한글과컴퓨터, 블리자드, 넥슨, 삼성전자, 몰로코 출신 개발자의
30년 커리어패스 인사이트

개발자로
살아남기

박종천 지음

GOLDEN RABBIT

골든래빗은 가치가 성장하는 도서를 함께 만드실 저자님을 찾고 있습니다.

내가 할 수 있을까 망설이는 대신, 용기 내어 골든래빗의 문을 두드려보세요.

apply@goldenrabbit.co.kr

우리는

가치가 성장하는

시간을

만듭니다.

"주변에서 '실력 있고, 경험도 많고, 게다가 친절한 형'이라 부르면 떠오르는 사람이 한둘은 있을 겁니다. 몰로코의 헤드 오브 솔루션스 아키텍처 박종천 님이 바로 그런 사람입니다. 이 책은 출발점에 서 있거나, 출발한 지가 몇 년 되지 않은 개발자에게 주는 지도입니다. 자신이 30년간 오가면서 알게 된 귀한 지식을 꼼꼼히 태그를 붙여가며 친절하게 알려줍니다. 요긴한 치트키가 되어줄 겁니다."

박태웅
한빛미디어 의장

"박종천 저자의 〈개발자가 갖추어야 할 9가지 기술〉은 스타트업얼라이언스 사상 최고로 뜨거운 반응을 얻은 명강연이었습니다. 현장의 분위기도 뜨거웠고, 이후 스타트업얼라이언스 유튜브 채널 영상 중 가장 많은 조회수를 올렸습니다. 개발자의 미래에 대해 가장 현실적이고 주옥같은 조언을 해주었기 때문입니다. 강연을 한층 더 보강해 저자의 경험과 통찰을 꾹꾹 눌러 담은 《개발자로 살아남기》는 모든 개발자가 꼭 읽어야 하는 바이블입니다. 아니 개발자가 아니어도, 기업에서 프로젝트를 관리하는 매니저라면 읽어두세요. 피와 살이 될 겁니다."

임정욱
스타트업얼라이언스 센터장

개발자 30년을 넘어서

1993년 한글과컴퓨터에서 '아래아한글'을 만들며 개발자 생활을 시작했습니다. 이후 미국에서 스타트업 두 곳을 거쳐 블리자드에서 일했습니다. 블리자드에서 일할 당시 국민 게임 〈스타크래프트〉에 자체 한글 기능을 구현해넣었습니다. 이후로 제 소개를 할 때마다 라떼 이야기로 자랑삼아 써먹고 있습니다. 블리자드 최초의 모바일 게임인 〈하스스톤〉을 만들고 나서 '이제 한국에 가야 되겠다', '우리나라 개발자들과 시간을 보내고 싶다'는 생각이 들었습니다. 귀국 후 넥슨에서 모바일 플랫폼과 PC 플랫폼 등을 개발했고, 삼성전자 무선사업부에서 인공지능을 이용한 광고 플랫폼을 만들었습니다. 지금은 실리콘밸리에 본사를 둔 몰로코MOLOCO라는 유니콘에서 헤드 오브 솔루션스 아키텍처Head of Solutions Architecture로 활동합니다.

30년 동안 한 일을 한 문단으로 정리했는데요, 각 단어에는 그리고 행간에는 이제부터 말씀드릴 내용이 잔뜩 심어져 있습니다. 배우고, 경험하고, 공유하며 지낸 시간입니다. 개발자가 성장하는 시간을 세 단계로 구분하고 각 단계마다 필요한 역량을 세 가지씩 추렸습니다. 이름하여 '커리어패스 30년을 꿈꾸는 개발자를 위한 9가지 기술'입니다. 저처럼 30년을 혹은 그 이상을 개발자로 살고 싶은 분께 조금이나마 도움이 되었으면 하는 마음으로 제 경험을 풀어놓을 겁니다.

이미 비슷한 주제로 유·무료 강연을 여러 차례 진행했습니다. 이 책은 그간 강연에서 못다한 말을 더 디테일하게 그리고 더 체계적으로 담았습니다. 기존 강의를 뼈대로 삼았지만 100% 분량을 정제하고 기존 대비 70% 분량을 추가했습니다. 80억 인구가 80억 가지 인생을 살게 되므로 제 이야기가 여러분께, 혹은 지금 시기에 딱 맞지 않을 수도 있습니다. 그럼에도 가능하면 시간이 지나도 살아있는 콘텐츠가 전달되게 핵심에 집중했습니다. 개발자 여러분께 도움이 되길 희망합니다.

성장하는 개발자 30년을 생각하다

한 개발자* 선배와 이야기를 나눌 일이 있습니다. 선배는 미국에서 컴퓨터공학 박사 과정까지 마치고, 인텔에서 10년 정도 일했습니다. 이후 모토로라에서 10년을 일하고 현재는 미국 굴지의 테크 대기업 하니웰에서 일합니다. 30년을 개발자로 일하면서 딱 세 회사만 다닌 분입니다.

처음 인텔에 입사했을 때는 정말 깜짝 놀랐다고 합니다. 천재 같은 사람들, 대체로 박사 학위를 가진 사람들이 가득해서 과연 여기서 살아남을

---

* 이 책에서는 소프트웨어 개발자, 소프트웨어 엔지니어, 프로그래머를 편의상 개발자로 부릅니다.

수 있을까 적지 아니하게 걱정이 들었다고 합니다. 선배는 정말로 열심히 일해서 10년 동안 살아남는 데 성공했고, 결과적으로 실력을 쌓는 기간이 되었습니다. 조금 더 개발 리더십을 발휘할 기회가 있는 회사에서 일해보고 싶다는 생각에 모토로라로 옮기게 됩니다. 모토로라에서는 다른 개발자들을 리드하면서 많은 프로젝트에서 좋은 성과를 냈습니다. 전체 경력이 20년쯤 되었을 때, 이제는 예전처럼 열정적으로 일하기도 힘들고 리더십 역할보다는 서포팅 역할을 하면서 후배를 양성하고 싶어졌습니다. 그러고는 하니웰이라는 회사로 이직합니다. 이곳에서는 소프트웨어 개발과 다른 개발자를 서포트하는 역할을 근 10년째 합니다.

선배와 이야기를 하고 나서 '선배의 30년'을 넘어 '개발자의 30년'을 생각했습니다. 혹자는 30년을 넘어 100세 코딩을 꿈꾸고, 혹자는 5년 만에 CTO가 되는 걸 꿈꿉니다. 저는 100세 코딩이나 너무 이른 진급(?)보다는 선배의 사례처럼 진화하는 30년을 이야기할 겁니다. 마침 올해로 딱 30년이 되는 제 경력과도 궤를 같이 하므로, 비슷한 커리어패스를 꿈꾸는 분께 혹은 미래를 어떻게 개척해 나아가야 할지 고민하는 분께 간접 경험을 제공하기에 적절하지 않나 싶습니다.

커리어패스를 왜 100세가 아니고 고작 30년으로 잡았느냐는 의문이 들 수도 있습니다. 첫째, 제가 아직 100세까지 살지 못했습니다. 둘째, 대개는 20대 후반에 사회에 진출해 60살이면 정년을 맞습니다. 요즘 세상에 정년에 무게감을 두는 분은 없을 겁니다. 그럼에도 현실적으로 60살까지 30년을 첫 직업의 사회생활 기간으로 두는 데 큰 무리는 없을 겁니다. 예외를 무시하고, 저처럼 꾸준하게 성장하고 진화하기를 꿈꾸는 분을 대상으로 이야기기 꾸려보겠습니다.

은퇴하는 그날까지
코딩하고 싶어

개발과 관련된 다양한
역할을 해보고 싶어

100세 코딩

30년 커리어패스

저는 코딩에만 집중하는 '100세 코딩'보다는 성장하는 '30년 커리어패스'를 개발자께 제안드립니다. 처음 10년은 실력을 쌓으며 성장하는 시기, 다음 10년은 다른 개발자를 리딩하며 일하는 시기, 마지막 10년은 한발 물러서서 사람들을 돕고 서포트하는 시기입니다.

• 30년 커리어 패스 •

10년	10년	10년
성장하는 시기	리딩하며 일하는 시기	서포트하는 시기 (경영과 사업 시기)

←———————— 30년 ————————→

마지막 10년에는 선택의 폭이 넓습니다. 예를 들어 기술 리더십을 사업 리더십까지 확장해서 디렉터, VP, CTO 같은 임원이 될 수도 있겠지요. 개발자 커리어패스 30년을 10년 단위로 설계한 이유는, 프로그래밍과 마찬가지로 설계를 해야 효과적으로 개선하며 자기계발을 할 수 있기 때문입니다.

실리콘밸리의 커리어패스로 알아보는 개발 30년

실리콘밸리 대부분 회사는 개발자를 어시스턴트 개발자, 어소시에트 개발자, 미드 레벨 개발자, 시니어 개발자, 리드 개발자, 프린시펄 개발자*, 디렉터, VP of 엔지니어링, CTO로 구분합니다.

• 실리콘밸리 회사의 30년 커리어패스 직급 •

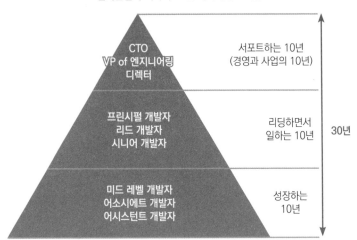

어시스턴트 개발자를 흔히 주니어라 부릅니다. 블리자드에서 일했을 때 이야기입니다만, 농담 반 진담 반으로 '대학 졸업 후 막 입사한 어시스턴트 개발자는 회사에서 숨만 쉬어도 된다'라고 말하곤 했습니다. 뭔가

---

* 차례대로 Assistant Software Engineer, Associate Software Engineer, Mid-level Software Engineer, Senior Software Engineer, Lead Software Engineer, Principal Software Engineer

큰 일을 하지 않아도 된다는 겁니다. 그때는 정말로 배워야 하는 시기니까요.

어시스턴트 개발자로 1~2년을 지내면 어소시에트 개발자가 됩니다. 어소시에트 개발자는 시키는 일을 잘하는 게 중요합니다. 주어진 일을 잘 마무리해내는 것이지요. 다시 3~4년이 지나면 미드 레벨 개발자, 그야말로 그냥 '개발자'가 됩니다. 이때는 본인이 알아서 일을 잘해내야 합니다. 일을 찾아서 하는 시기입니다. 이때부터 개발자로서 가장 왕성하게 일하는 시기에 접어듭니다.

경력이 10년 차쯤 되면 시니어 개발자입니다. 이때는 혼자서만 잘한다고 끝이 아닙니다. 일을 크게 만들 줄 알아야 하고요, 다른 사람을 이끌며 일할 줄 알아야 합니다. 프로젝트를 리드하고 기술을 결정하며 점점 더 큰 일을 더 많이 하게 되는 거죠. 여기까지는 '열심히' 영역에 속합니다. 다음 위치에 다다르려면 조금 더 많은 것이 필요합니다.

블리자드에서는 이후 레벨의 개발자를 리드 개발자, 프린시펄 개발자라고 불렀습니다. 리드 개발자가 되려면 미지의 영역을 해결하는 능력이 필요합니다. 블리자드에서는 아는 일을 잘하는 능력보다 모르는 일도 분석해서 끝까지 처리하는 능력, 그래서 새로운 프로젝트를 맡을 수 있는 능력이 있어야 리드 개발자로 승진합니다. 리드 개발자 승진 평가에는 심지어 다른 팀의 디렉터들까지 참여합니다. 회사 전체에 영향력이 퍼져 있을 정도로 많은 일을 하고 있어야지만 리드 개발자가 되는 것이죠. 반면에 프린시펄 소프트웨어 개발자는 진정한 구루여야 합니다. 프로젝트의 개발을 리딩한다기보다는 정말 깊게 기술을 연구해서 회사에서 인정받는 기술 전문가이어야 합니다.

그다음은 디렉터입니다. 경력 20년이 넘어가는 위치입니다. 이제부터는 책임의 영역입니다. 저는 농담으로 디렉터를 정의하며 이런 표현을 씁니다. "모든 일을 할 수는 있지만 아무 일도 하지 않고 대신 모든 일에 책임지는 사람"이라고요. 단순히 일을 하는 사람이 아닙니다. 책임질 줄 알아야 하는 사람입니다. 그러려면 모든 것을 파악하고 옳은 결정을 빠르게 내릴 수 있어야 합니다. 디렉터 위로는 'VP of 엔지니어링'이나 CTO가 있습니다. 이 둘은 사실상 경영과 사업 영역에 속합니다. 개발과 기술을 기반으로 사업에 기여하는 모든 일을 책임집니다. 당연히 개발은 개발자들이 하는 것이므로 좋은 개발자들의 채용과 교육 그리고 개발 문화까지도 챙겨야 하며, 개발 프로세스도 잘 정립해야 합니다.

여러 레벨을 언급했는데요, 정리해보면 '어시스턴트, 어소시에이트, 미드 레벨 개발자'까지는 배우고 성장하는 시기, '시니어, 리드, 프린시펄 개발자'까지가 리드하면서 일하는 시기, '디렉터, VP, CTO'가 경영과 사업의 시기에 속합니다. 그런데 모든 개발자가 경영과 사업의 시기까지 도달하기는 어렵습니다. 그래서 이에 대한 대안으로 서포트 시기를 마지막으로 제안합니다. 우리나라 IT 업계는 10년 전에도, 지금도, 향후 10년 후에도 개발자가 부족했고 부족하며 부족할 겁니다. 게다가 모든 개발자가 꼭 승진에 승진을 거듭하여 경영과 사업의 길을 갈 필요도 없습니다. 자신의 성향에 맞게 꾸준히 개발자 생활을 계속해나가는 전략도 중요합니다.

커리어패스 30년을 성장하는 시기, 리딩하면서 일하는 시기, 서포트하는 시기(또는 경영과 사업의 시기)로 나눠봤는데요, 다음 단계로 성장하려면 10년을 꼬박 채워야 하는 걸까요? 더 빠른 길은 없을까요?

그렇지 않습니다. 10년보다 중요한 건 성장입니다. 그런데 성장은 무엇일까요? '성장'은 역량이 늘어난다는 뜻입니다. 사람의 '역량'이란 무엇일까요? 첫 번째는 지식, 두 번째는 숙련도, 마지막은 경험입니다.

첫 번째 지식은 공부를 해야 쌓입니다. 지식을 쌓는 공부는 혼자서 하는 영역입니다. 물론 일하면서도 지식을 쌓을 수는 있지만, 근본적으로 본인이 하지 않으면 쌓을 수 없다는 측면은 같죠. 두 번째 숙련도는 같은 일을 여러 번 오래 반복해야 쌓을 수 있습니다. 결국 프로그래밍, 프로젝트, 소통, 협업을 해봐야 숙련도가 높아집니다. 얼마나 열심히 하냐에 따라 공부와 숙련에 드는 시간이 짧아질 수 있습니다. 반면 경험을 쌓는 데 드는 시간은 단축하기가 어렵습니다. 경험은 성공과 실패를 해봐야 하고, 이런 사람 저런 사람도 만나봐야 합니다. 다행인 것은 강연이나 책으로 다른 사람 경험을 간접 습득하면 시간을 줄일 수 있습니다. 왜 많은 사람이 책을 강조하는지 이제 알겠죠?

항상 지식과 숙련도를 고민하고, 특히 간접 경험을 적극적으로 받아들여 경험을 쌓으면 앞서 언급한 커리어패스를 더 빠르게 밟아나아갈 수 있습니다. 기억하세요. 지식, 숙련도, 경험.

30년간 개발자가 갖춰야 할 9가지 기술

각 10년, 도합 30년 동안 개발자가 갖춰야 할 9가지 기술을 알아봅시다. 크게 세 분야로 나눌 수 있습니다. ❶ 엔지니어링 역량, ❷ 매니지먼트 역량, ❸ 비즈니스 역량입니다. △ 엔지니어링 역량에는 개발에 대한 기본 지식, 제품에 대한 이해, 개발 주기 지식이 필요합니다. △ 매니지먼트 역량에는 프로젝트, 팀, 프로세스 관리 기술이 필요합니다. 마지막 △ 비즈니스 역량에는 회사 인사 시스템, 사업 관리, 비전과 조직 문화에 대한 이해와 관리 기술이 필요합니다. '개발하는 데 인사 시스템까지 알아야 해?' 라는 생각이 드나요? 그렇습니다. 인사 시스템은 매우 중요합니다. 인사가 만사이고, 개발도 사람이 하는 일이라 그렇습니다. 좋은 코드를 만들려면 좋은 개발자를 채용하고, 좋은 개발자로 교육을 시키고, 또 좋은 개발 문화를 만들어야만 가능합니다.

• 30년 커리어패스 9가지 기술 •

구분	기술
엔지니어링 역량	개발에 대한 기본 지식, 제품에 대한 이해, 개발 주기 지식
매니지먼트 역량	프로젝트 관리, 팀 관리, 프로세스 관리
비즈니스 역량	인사 시스템, 사업 관리, 비전과 조직 문화

말씀드린 개발자가 갖추어야 할 9가지 기술은 30년 커리어패스 전 영역에 필요합니다. 물론 시기에 따라서 필요한 기술이나 정도가 다를 수 있지만, 궁극적으로 성공적인 개발자 커리어패스를 걷고자 한다면 9가지

기술을 모두 익혀야 합니다.

이제부터 개발자 30년 커리어패스에 필요한 3가지 역량과 9가지 기술을 소개합니다. 다음 그림에서 각각을 어디서 다루는지 확인하실 수 있습니다. 이 모든 역량을 갖추려면 시간 관리가 중요합니다. 시간 관리는 모든 이야기를 마친 4부에서 다룹니다.

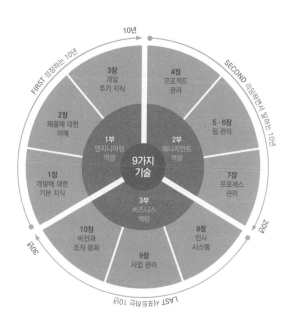

엔지니어링
역량

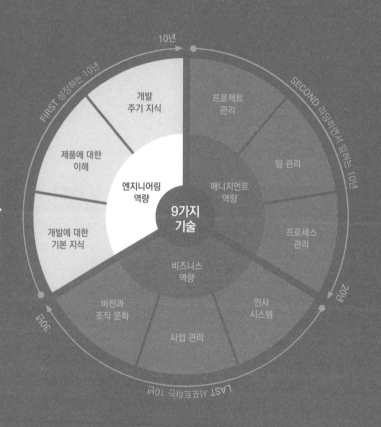

9가지
기술

엔지니어링
역량

매니지먼트
역량

비즈니스
역량

개발
주기 지식

제품에 대한
이해

개발에 대한
기본 지식

프로젝트
관리

팀 관리

프로세스
관리

인사
시스템

사업 관리

비전과
조직 문화

10년

20년

30년

FIRST 성장하는 10년

SECOND 관리하면서 일하는 10년

LAST 사업하는 10년

성장하는 10년

30년 커리어패스의 첫 번째 10년에 필요한 엔지니어링 역량은 총 3가지
입니다.

- 개발에 대한 기본 지식
- 제품에 대한 이해
- 개발 주기 지식

개발에 대한 기본 지식

엔지니어링 역량에는 기본 개발 지식이 1순위입니다. 개발자라면 개발
을 잘해야 하기 때문입니다. 그렇다면 기본 개발 지식이 뭘까요? 백엔드
개발자라면 자바스크립트나 Go 같은 언어를 알아야 백엔드 개발을 할 수
있습니다. 개발 환경도 잘 설정해서 쓸 줄 알아야 합니다. 시스템 구조를

잘 잡으려면 자료구조와 알고리즘도 알아야겠죠. 이런 소프트웨어가 동작하는 운영체제도 어느 정도 알아야 최적화가 가능합니다. 게다가 운영체제 뒤에 있는 하드웨어도 알아야 합니다. 이런 모든 것을 정말 깊게 알기는 힘들겠습니다만, 차에 엔진이 있다는 사실과 핸들로 바퀴를 조정하는 방법 정도는 알아야 운전을 잘할 수 있듯이 개발도 마찬가지입니다. 하드웨어, 운영체제, 자료구조와 알고리즘, 데이터베이스와 네트워킹, 그리고 개발 도구를 어느 정도는 알아야 적절한 프로그래밍 언어로 개발할 수 있습니다.

조카가 컴퓨터공학과에 합격했을 때 위에서 언급한 주제의 책들을 한 권씩 선물했습니다. 기본 개발 지식을 익히는 제일 좋은 방법은 책입니다. 위에 언급한 주제별로 최소한 한 권씩을 읽어보기 바랍니다. 그러고 나서 직접 해보세요. 컴퓨터를 분해하거나, 운영체제 구석 구석 설정을 살펴보거나, 자료구조와 알고리즘을 직접 만들어보세요. 요즘은 좋은 개발 도구가 많아서 마음만 먹으면 어렵지 않게 접할 수 있습니다. 직접 간단한 서비스를 만들면 더 좋겠죠. 아는 것과 해보는 것의 차이는 무척 큽니다. 책을 읽고 공부했으면 꼭 직접 해봐야 내 것이 됩니다. 무엇보다 해봐야 벽에 부딪치고 질문이 생깁니다. 좋은 답변은 좋은 질문에서 나옵니다. 전문가를 만나서 책에서 배운 내용과 직접 해보며 겪은 어려움을 이야기하면 나의 역량도 올라갑니다.

제품에 대한 이해

현업에서 개발할 때는 구현 대상인 제품을 제대로 파악해야 합니다. 주어진 스펙대로만 개발만 하는 게 아니라 사용자 입장에서 제품을 생각하고 아이디어를 보태야 합니다. 그러려면 좋은 사용자가 되어야 합니다. 자신이 만드는 제품을 직접 써보면서 더 좋은 제품을 만들고자 하는 욕구가 있어야 더 좋은 개발자로 발전합니다. 그래서 경쟁 제품도 많이 써 봐야 합니다. 다양한 제품들을 써보면 제품을 이해하고 시장도 이해할 수 있습니다. 그래야 내가 만드는 제품에 내 의견을 불어넣어 재밌게 개발할 수 있습니다.

스타트업에서 일할 때 이야기입니다. 한 개발자가 우리가 만드는 제품의 메뉴 구조가 마음에 안 든다고 메뉴 구조를 마음대로 바꾼 특별한 버전을 따로 만들어서 본인만 사용했습니다. 개발실장이던 저는 아주 큰 경고를 주었습니다. 물론 제품에 대한 애정이 넘쳐 본인만의 버전을 만든 일은 칭찬할 만합니다. 하지만 정말 그 방향이 옳다면 다른 사람을 설득해서 함께 가야 합니다.

모든 사용자가 다 왼쪽으로 갈 때 혼자만 오른쪽으로 가게 제품을 만들면 사용자의 혼란을 야기합니다. 특히나 사용자와 다르게 제품을 사용하면 사용자와 다른 경험을 하게 되므로 사용자와 공감할 수 없습니다. 그래서 저는 컴퓨터를 사면 기본 환경 그대로 사용합니다. '우리 사용자들이 새 컴퓨터를 사서 우리 제품을 쓴다면 이런 환경이겠지.' 블리자드에서 일할 당시 마이크 모하임 대표도 저와 같은 철학을 가지고 있었습니다. 심지어 너무 좋은 기계를 쓰면 일반 사용자 환경과 다르다고 생각해서 평균보다 성능이 떨어지는 컴퓨터를 사용했습니다. 그러다 보니 새로 게임을 만들고 테스트할 때마다 구닥다리 컴퓨터에서 적지 않은 문제를 발견할 수 있었죠. "밤중에 몰래 컴퓨터를 업그레이드해주자"라는 농담

PART 1 • 엔지니어링 역량

을 개발자끼리 주고받기도 했죠.

개발 주기 지식

기본 개발 지식이 풍부하고 제품 이해도가 높다고 곧바로 제품을 구현해도 될까요? 아닙니다. 사람에게 수명 주기가 있듯이 제품 개발에도 개발 주기가 있습니다.

개발 주기는 5단계입니다. ❶ 요구사항 분석하기, ❷ 시스템 구조 설계하기, ❸ 구현하기, ❹ 테스트하고 출시하기, ❺ 피드백을 모아서 업데이트하기입니다.

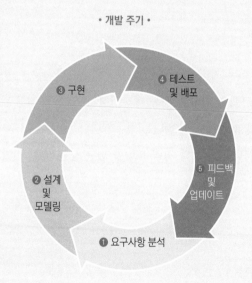

· 개발 주기 ·

예를 들어 워드프로세서를 개발하는 도중에 글꼴을 키우거나 줄이는 기능을 만들어달라는 요구사항을 접수했다고 가정합시다. 요구사항을 기술적으로 분석해야 합니다. 글꼴이란 무엇이고 키우고/줄이는 것이 무엇인지 기술적 정의를 내려야 합니다. 그리고 나서 시스템 구조를 설계합니다. 자료구조 등도 이때 같이 설계하게 됩니다. 이처럼 구현하기 전에 거쳐야 하는 단계가 있습니다. 그다음에야 개발을 하고 테스트하고 출시합니다. 실제 사용자들이 사용하면 피드백이 데이터로 쌓이게 됩니다. 데이터를 분석하고 결과에 따라서 필요하면 업데이트를 해야 합니다. 5단계 중에서 소홀히 여길 단계는 없습니다. 작은 기능이라고 해도 개발 주기를 차근차근 밟아나가기 바랍니다.

이제부터 30년 커리어패스의 첫 10년에 필요한 엔지니어링 역량을 개발자 소양, 고객이 원하는 제품 디자인하기, 개발 주기를 주제로 살펴보겠습니다. 첫 10년이 이후 20년을 좌우합니다. 주니어 개발자라면 꼼꼼하게 읽어주세요. 이미 개발 경력 10년을 넘은 분은 놓친 것이 없나 확인하는 시간으로 삼아주세요.

01

개발자의
소양

소프트웨어 없이는 비즈니스를 제대로 키울 수 없습니다. 소프트웨어 수요가 빠르게 늘면서 프로그램을 만드는 개발자 수요도 늘어났습니다. 수요는 늘었으나 공급이 따라가질 못하는 형국입니다. 2025년까지 4만 명의 개발자가 부족합니다.* 우리나라뿐만 아닙니다. 미국도 마찬가지입니다.

오늘날 미국에서 연봉이 가장 높은 직업이 개발자입니다. 대학에서도 소프트웨어 엔지니어링 관련 학과 경쟁률이 제일 높습니다. 심지어 일찍이 오픈 소스에 기여한 아이들도 대학에 합격하기 어려울 정도로 경쟁이 치열합니다. 우리나라도 2021년 초에 소프트웨어 개발자 연봉이 대폭 인상되는 사건(?)이 있던 터라 개발자의 인기를 더 설명하지 않아도 되리라

* 비상경제 중앙대책본부 겸 혁신성장전략회의에서 만든 〈민·관 협력 기반의 소프트웨어 인재양성 대책〉

봅니다. 참고로 우리나라 개발자 수는 2016년 대비 2020년에는 약 10% 늘어 32만 6천 명입니다.

• 우리나라 소프트웨어 개발자 수(단위 : 천 명)* •

구분	2016	2017	2018	2019	2020
패키지SW	146.6	150.9	158.9	120.6	124.7
IT서비스	112.6	113.9	122	157	158.3
게임SW	37.1	39.2	40.6	41.6	42.9
합계	296.3	304	321.5	319.2	325.9

이렇게 인기가 치솟는다니 기분이 좋아집니다. 들뜬 마음을 가라앉히고 이제부터 본격적으로 30년 커리어패스의 처음 10년인 엔지니어링 역량을 갖추려면 어떻게 해야 하는지 알아보겠습니다.

소프트웨어 개발자가 뭐지?

우리나라 미래는 기술과 창조, 이 두 가지 힘에 달렸습니다. 우리 민족은 굉장히 논리적인 성향을 가지고 있어서, 개발자가 많이 나옵니다. 페이스북, 구글, 아마존 같은 거대 IT 기업에서 적지 않은 우리나라 개발자가 일합니다. 쏘카, 마켓컬리, 무신사, 야놀자 같은 기업이 유니콘이 될 수 있던 이유는 서비스의 훌륭함을 뒷받침하는 기술력(논리적 사고)이 있

---

* 출처 : 통계청 전국사업체조사(2016~2017), 과학기술정보통신부 ICT실태조사(2018~2019), ICT인력 동향실태조사(2020). 2020은 예상치

기 때문입니다.

　창조 영역에서 성과도 살펴볼까요? BTS, 블랙핑크 아이돌 그룹은 이미 세계적인 반열에 올랐습니다. 〈오징어 게임〉과 〈킹덤〉은 넷플릭스 전 세계 1위를 찍어버립니다. 창조 능력이 엔터테인먼트 영역에서 발휘된 결과입니다. 100년 전에 나왔던 3·1 운동 독립선언서에 '새로운 기술과 독창성으로 세계 문화에 기여할 기회를 잃은 것이 얼마인가'*라는 문구가 있습니다. '우리나라를 해방시켜라, 우리 민족은 세계 문화 발전에 기여할 능력을 가진 민족인데, 너희들이 붙잡고 있기 때문에 그런 기회를 놓치고 있다'는 내용입니다. 놀랍지 않나요? 백 년 전에 스스로가 세계 문화 발전에 기여할 수 있다고 생각했고, 실제로 발현한 겁니다.

　모든 서비스와 콘텐츠 뒤에는 기술이 있고, 기술과 콘텐츠가 합쳐져 세계적인 성과를 만듭니다. BTS나 〈오징어 게임〉이 그저 창조의 영역에만 있는 게 아닙니다. 2021년 상장한 빅히트(BTS 소속사)는 엔터테인먼트 라이프스타일 플랫폼 기업을 표방하며 엔터테인먼트 기업뿐 아니라 IT 기업 인수에도 열을 올리고 있습니다. 글로벌 커뮤니티 위버스와 온라인 공연 플랫폼도 개발해 활용합니다. 게임도 마찬가지입니다. '2020 대한민국 게임백서**'에 따르면 우리나라는 전 세계 게임 산업에서 점유율 6.2%로 5위를 차지합니다. 1위가 아니고 5위라서 아쉽다고요? 게임산업 규모는 정말 큽니다. 2019년에 약 64억 달러의 무역수지 흑자를 기록했는데, 이

---

* 　"우리 민족이 수천 년 역사상 처음으로 다른 민족에게 억눌리는 고통을 받은 지 십 년이 지났다. 그동안 우리 스스로 살아갈 권리를 빼앗긴 고통은 헤아릴 수 없으며, 정신을 발달시킬 기회가 가로막힌 아픔이 얼마인가. 민족의 존엄함에 상처받은 아픔 또한 얼마이며, 새로운 기술과 독창성으로 세계 문화에 기여할 기회를 잃은 것이 얼마인가."《쉽고 바르게 읽는 3.1독립선언서》
** 　문화체육관광부와 한국콘텐츠진흥원 발간

는 우리나라 전체 무역수지 흑자(389억 달러)의 약 16%에 달하는 큰 액수입니다. 이렇게 효자산업인 게임에 프로듀서, 아티스트, 디자이너, 기획자, 개발자, 사업을 총괄하는 비즈니스 매니저, QA 테스터 등 여러 사람이 모여서 창조와 기술을 발휘합니다.

게임을 만드는 데 필요한 직군으로는 아티스트, 기획자, 소프트웨어 개발자 등이 있습니다. 게임 아티스트를 역할별로 나누면 게임의 큰 그림을 보여주는 콘셉트 아티스트, 게임 캐릭터를 3D로 구현하는 3D 아티스트, 게임 UI를 2D로 구현하는 2D 아티스트 등이 있습니다. 게임 기획자는 게임 콘텐츠를 만들고 밸런스를 조정하는 콘텐츠 기획자, 랭킹과 보상 시스템을 기획하는 시스템 기획자, 플레이 스크린 동작 방식을 기획하는 UI 기획자 등이 있습니다. 소프트웨어 개발자는 게임 자체를 구현하는 게임 개발자, 시스템과 네트워크를 구성하는 시스템 개발자, DB를 구성하는 데이터베이스 개발자, 인프라를 구현하는 클라우드 개발자 등이 있습니다. 여기에 프로젝트 매니저와 QA도 물론 필요하겠고요. 이런 사람들이 모여 게임이라는 기술과 창조의 집합체를 만드는 겁니다.

'소프트웨어는 컴퓨터 안에서 돌아가는 단순한 로직의 집합체가 아닙니다. 소프트웨어는 과학, 기술, 엔지니어링, 수학이 잘 융합된 STEM Science, Technology, Engineering, Mathematics의 결정체입니다.' 개발자는 STEM의 결정체인 소프트웨어를 만드는 사람이며, 기획자나 프로젝트 매니저, QA 등 다른 직군의 사람들과 창의적으로 협업하여 사용자에게 가치를 제공하는 사람입니다.

폴리글랏 시대의 개발자 직군 엿보기

오늘날 모든 기기에서 소프트웨어가 돌아갑니다. 그래서 개발자 직군도 셀 수 없을 정도로 많습니다. 예를 들어 은행에서 서버를 만들고 데이터를 구축하는 개발자가 있습니다. 한편으로 MS 워드 같은 도구나 게임을 만드는 개발자도 있습니다. 자동차, 냉장고, TV 속에서 동작하는 소프트웨어를 만드는 임베디드 개발자도 있습니다.

• 개발자 직군 •

관점	개발자 구분
역할	서버, 클라이언트, 풀스택, 프론트엔드, 백엔드, 데이터, 머신러닝 개발자
제품 유형	게임, 모바일 앱, 보안 프로그램, 임베디드, 미들웨어, 시스템, 도구, 웹
사용 언어	자바, C, C++, C#, 파이썬, 자바스크립트, HTML/CSS
운영체제	iOS, 안드로이드, 리눅스, 윈도우

여러분이 게임을 만든다고 합시다. 어떤 개발자를 몇 명이나 채용하겠습니까? 채용 규모는 게임 규모에 따라 다르겠지만 블리자드에서 〈하스스톤〉을 출시하기 이전에는 소프트웨어 개발자 15명 정도가 참여했습니다. 게임 개발에 참여한 개발자의 역할별 필요한 능력을 살펴보겠습니다. 먼저 게임 클라이언트 개발자와 게임 서버 개발자가 있습니다. 클라이언트 개발자가 되려면 그래픽스나 UI, 게임 플레이를 알아야 하고, 서버 개발자가 되려면 네트워킹과 데이터베이스 등을 알아야 합니다. 그리고 툴스 개발자, 플랫폼 개발자가 필요합니다. 툴스 개발자는 배포deployment,

자동화 automation 기술을, 플랫폼 개발자는 계정account, 페이먼트payment, 디스트리뷰션distribution 기술을 알아야 합니다. 여기에 안정적으로 게임 서비스를 운영하려면 클라우드 개발자(또는 시스템 개발자, 데이터베이스 개발자)가 필수입니다.

야놀자나 배달의민족 같은 서비스는 어떨까요? 프론트엔드 개발자가 웹사이트를 만들고, 백엔드 개발자가 서버를, 데이터 개발자가 데이터를 수집하고 정리합니다. 머신러닝 개발자는 머신러닝을 활용해 데이터에서 인사이트를 뽑고 추천 시스템을 만들어 데이터 기반으로 비즈니스 성과를 높입니다. 클라우드 개발자는 아마존이나 구글 같은 클라우드 서비스(각각 AWS, GCP)를 이용해 서비스를 운영합니다. 마지막으로 모바일 애플리케이션으로 출시할 수도 있으니 안드로이드/iOS 개발자도 필요하겠군요.

직군마다 사용하는 언어도 상이합니다. 스택 오버플로의 발표에 의하면 개발자가 자주 쓰는 언어 종류가 굉장히 많습니다. 즉 한 가지 언어만 공부해서는 제대로 개발할 수가 없다는 겁니다. 한 개발자가 여러 프로그래밍 언어를 사용할 줄 알아야 하는 폴리글랏 프로그래밍 시대입니다.

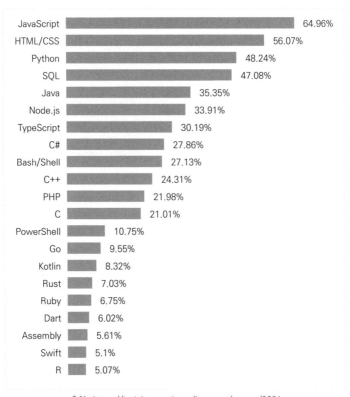

• 2021년 가장 많이 사용하는 언어 •

언어	비율
JavaScript	64.96%
HTML/CSS	56.07%
Python	48.24%
SQL	47.08%
Java	35.35%
Node.js	33.91%
TypeScript	30.19%
C#	27.86%
Bash/Shell	27.13%
C++	24.31%
PHP	21.98%
C	21.01%
PowerShell	10.75%
Go	9.55%
Kotlin	8.32%
Rust	7.03%
Ruby	6.75%
Dart	6.02%
Assembly	5.61%
Swift	5.1%
R	5.07%

출처 : https://insights.stackoverflow.com/survey/2021

10년이면 강산도 변한다고 합니다. IT 산업에서 10년은 너무나 유구한 시간입니다. 5년, 혹은 그보다 짧은 기간 안에 IT 산업은 크게 변모합니다. 언급한 자료는 2021년 기준입니다. 5년 전과는 많이 다릅니다. 2016년 기준 자바는 2위였으나 5위로 밀렸습니다. C#, PHP도 밀렸고 타입스크립트와 Go, 코틀린이 부상했습니다. 세상이 빨리 변하므로 개발자는 유행보다는 기본 지식을 쌓는 데 투자해야 합니다. 제 첫 프로그래밍 언어는 베이식입니다. 첫 상용 프로그램을 코볼로 짰습니다. 아르바이트를 할 때는 포트란을 사용했습니다. IT 인생 30년 내내 줄곧 쓰는 언어는 없습니다. 프로그래밍 언어는 유행을 따르는 도구일 뿐입니다. 그래서 빠르게 새로운 걸 터득하는 능력과 기반 지식이 중요합니다. 기본이 튼튼하면 뭐든지 흡수하고 쌓을 수 있습니다. 저는 언어 중에서도 영어를 가장 먼저 공부해야 한다고 이야기합니다. 영어는 개발 지식을 습득하는 지식이기 때문입니다.

개발에 대한 기본 지식이 뭐지?

개발자 기본은 영어입니다. 그다음은 수학과 물리입니다. 코딩 교육이 붐이라 초등학생도 코딩을 배웁니다. 의문이 듭니다. '초등학생에게 코딩을?' 터도 안 닦고 건물을 올리겠다는 말처럼 들립니다. 먼저 수학과 물리, 그중에서도 수학을 잘 알아야 합니다. 기본을 잘 만들고 나서야 프로그래밍 언어를 공부하고, 자료구조, 알고리즘, 운영체제, 하드웨어를 공부하면 됩니다.

알아야 하는 지식이 너무 많군요. 개발자는 평생 공부하는 직업입니다. 공부가 싫으면 다른 길을 고민하는 편이 시간 낭비를 줄이는 방법입니다. '나는 웹 개발자니까 하드웨어는 몰라도 돼', '나는 운영체제는 몰라도 돼' 이런 자세는 안 됩니다. 만든 프로그램을 쌩쌩 돌게 하려면 하드웨어를 알아야 합니다. 하드웨어 이론뿐만 아니라 예를 들어 안드로이드 앱을 개발한다면 제일 잘 팔리는 최신 삼성 갤럭시와 샤오미 홍미노트를 직접 만져보고 소프트웨어를 동작시키고 실생활에서 사용해보며 하드웨어 기능과 특징과 성능을 익혀야 합니다. 안드로이드 운영체제 버전별 기능(특징)도 알아야 하죠. 다방면으로 알아야 제대로 지식을 쌓을 수 있습니다. 다시 강조하지만 빠르게 세상이 변하므로 새로운 하드웨어, 새로운 운영체제, 새로운 프로그래밍 언어를 빠르게 익힐 수 있는 능력을 갖추는 데 집중해야 합니다.

다음은 제가 주니어 개발자들에게 '개발에 대한 기본 지식이란 무엇인가'를 설명할 때 제시하는 목록입니다. 이 정도는 알아야 합니다.

• 개발에 대한 기본 지식 •

분야	상세 지식
자료구조	스택, 힙
알고리즘	회귀 호출, 인덱스, 정렬, 이진 검색
운영체제	프로세스, 스레드, 뮤텍스, 세마포어
디자인 패턴	MVC 아키텍처
프로그래밍 언어	네이티브 코드, 콜 바이 밸류, 콜 바이 레퍼런스
경험	간단한 텍스트 기반 게임 만들어보기

현업은 기본 위에서 이뤄집니다. 예를 들어 자동차를 운전하려고 바퀴나 엔진을 직접 만들지는 않습니다. 핸들, 깜빡이, 엑셀, 브레이크, 차 크기, 바퀴 유무와 신호체계만 알면 운전할 수 있습니다. 개발도 마찬가지입니다. 기본 지식을 잘 안다고 제로 베이스부터 모든 걸 직접 만들어 쓰는 게 아닙니다. 하지만 모든 소프트웨어는 기본 위에서 작동합니다. 기본을 알면 아키텍처가 달라집니다. 아키텍처는 소프트웨어 품질의 근본

입니다. 정렬, 스택, 힙, 스레드, 네이티브 코드, 모델-뷰-컨트롤러 아키
텍처(MVC) 등 표에서 언급된 내용을 공부해보세요. 이 정도는 알아야 소
프트웨어 기본 지식을 갖췄다고 할 수 있습니다.

　게임 개발자가 꿈이라면 기본 지식만으로 텍스트 기반의 게임을 만들
어보세요. 예를 들어 화면에 글자 A가 왔다갔다 하는 게임 말입니다. 유니
티나 언리얼 같은 강력한 게임 엔진을 사용해 화려한 3D 그래픽 게임을
만들어보고 싶겠지만, 2D 텍스트 기반으로 게임을 만들어보세요. 그러면
기본 지식을 점검하고 활용할 수 있어 유용합니다.

크리티컬 싱킹하라

　대개는 상사가 일을 시키면 '네 알겠습니다'하고 곧바로 일을 합니다.
'크리티컬 싱킹'이라는 말이 있습니다. 우리말로는 '비판적 사고' 정도로
번역할 수 있습니다. 크리티컬 싱킹은 주어진 일의 앞뒤를 생각하는 습관
입니다. '왜 이 일을 해야 될까?', '이 일을 하다가 말면 어떻게 될까?', '어
떤 방식으로 일하는 게 최선일까?' 문제의 상하좌우까지 고민하는 사고
방식을 습관으로 들이면 모든 일을 더 깊이 들여다볼 수 있습니다. 두 사
람에게 같은 난도의 일을 주고 1년을 일하게 한다고 해봅시다. 둘 다 갓
대학을 졸업한 신입 직원이고 현재 역량이 같다고 합시다. 그러니까 둘
다 채용되었겠죠. 1년이 지나고 보면 둘의 역량은 같을까요? 차이가 난
다면 '크리티컬 싱킹'이 그 차이를 만든다고 생각합니다. '삽을 들고 가서
열 번 땅을 파고 독을 묻은 다음에 돌아와라'하고 시켰을 때 그대로 하면
숙련도는 올라갑니다. 하지만 지식이나 경험은 잘 쌓이지 않습니다. 반

면 '왜 10번만 파야 되지?', '왜 삽으로 파야 하지?', '곡괭이로 파면 안 되나?', '꼭 파야 하나?', '독을 왜 묻지' 이런 질문을 하고 더 좋은 방법을 고민하면 어떻게 될까요? 관리자 입장에서는 전자가 편합니다. 시키는 대로 하니까요. 후자는 뭐 하나만 시키면 맨날 물어봅니다. 그래서 귀찮습니다. 그런데 1년이 지난 다음에도 전자한테는 여전히 설명을 길게 해줘야 합니다. '동쪽으로 열 걸음 가서 땅을 열 번 파고 독을 묻어라.' 그런데 후자한테는 '김치를 잘 보관해봐'라고 하면 끝입니다. 땅을 파는 대신에 김치 냉장고를 구비해 보관할지도 모릅니다. 크리티컬 싱킹 습관이 들어 있으면 그 사람이 감당하는 업무 스케일이 계속 커지게 됩니다.

소프트웨어를 개발하면서 왜why, 어떻게how, 무엇what을, 누가who, 언제when까지 출시해야 하는지를 종합적으로 고려해야 합니다. 어떻게에 매몰되면 좁은 영역에서 해결책을 얻을 수는 있지만 종합적인 관점에서 최고 혹은 최선의 해결책을 얻지 못합니다. 크리티컬 싱킹은 종합적인 관점에서 해법을 구하는 습관입니다. 같은 시간을 투자해도 상대적으로 더 큰 성장을 이끌어냅니다.

혹자는 '그거 주인의식의 다른 말 아닙니까? 회사의 주인도 아닌데 시킨 것만 잘하면 되지 주인의식을 가질 수 없어요'라고 말합니다. 네, 맞습니다. 회사의 주인의식을 가질 필요는 없습니다. 대신 나의 주인의식을 가져보세요. 이직을 하든 창업을 하든 과거에 내가 한 일이 오늘의 나를 만듭니다. 화장품 하나도 성분을 보고 사는 시대입니다. 개발자를 채용하면서 어떤 프로젝트에 참여했는지가 아니라 어떤 기여를 했는지 확인하는 시대입니다. '그냥 시킨 것만 했어요'라고 대답하지 않으려면 나에 대한 주인의식, 즉 크리티컬 싱킹이 필요합니다. 그런 기여가 결국 나를 자연스럽게 성장시킨다는 거죠. 주인의식은 부차적인 겁니다. 주는 나의 성장인 거죠. 그래서 저는 말합니다. '프로젝트에서 최대한 오너가 되어라.'

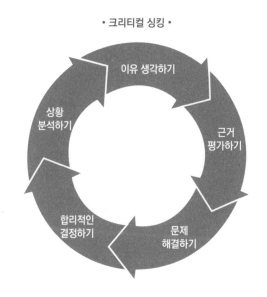

• 크리티컬 싱킹 •

도구를 사랑하지 마라

게임 하나에 분야별 다양한 개발자가 필요하다고 언급했습니다만, 사실 개발자는 그래픽도 볼 줄 알아야 되고, 데이터베이스, 도구도 많이 알아야 합니다. 소스 관리 도구라든지 비주얼 스튜디오, 유니티, 언리얼 같은 엔진도 알아야 합니다. 무엇까지 알아야 하냐고요? 프로젝트를 성공적으로 개발하는 데 필요한 모든 겁니다. 당연히 사전에 모든 걸 알 수는 없습니다. 꾸준히 공부하는 수밖에 없습니다.

그렇기에 특정 언어나 도구와 사랑에 빠지면 안 됩니다. 사랑에 빠지면 최적의 언어와 도구를 선택하지 못합니다. 기술은 빨리 변합니다. 프로젝트라는 과업 달성과 1~2년 후를 고려해서 선택해야 합니다. '나는 정말 훌륭한 앵귤러JS 개발자야.' 5년 전에는 환영받았겠지만 지금은 리액트나 뷰가 대세입니다. 앵귤러JS에만 머물러 있다면 새로운 직장을 찾기 어려울 겁니다. 도구도 마찬가지입니다. 15년 전에는 비주얼 스튜디오와 이클립스가 양대 산맥이었습니다. 지금은 인텔리제이 같은 도구가 선택지를 넓혀줍니다. 현업에 바쁘더라도 6개월 주기로 새로운 기술과 도구를 확인하고 공부하는 기간을 갖길 바랍니다.

  개발자의 도구는 역할과 프로젝트마다 달라져야 합니다. 게임 클라이언트 개발자라면 유니티와 C# 혹은 언리얼과 C++를 알아야 합니다. 서버 개발자라면 자바나 닷넷이나 파이썬을 알아야 합니다. 도구는 어떤 자동화 프로세스를 채택하느냐에 따라 달라질 겁니다. 기술 흐름을 조망하고 큰 흐름을 계속 따라가야 합니다. 지금까지 자바로 서버를 개발했다면 다음 프로젝트에 Go 언어를 사용하는 건 어떤가요? 스택오버플로 2020년 개발자 리서치* 결과에 따르면 Go 언어는 배우고 싶은 언어 4위, 미국에서 연봉이 높은 언어 2위에 올랐습니다. 오케스트레이션 시스템인 쿠버네티스, 컨테이너 시스템인 도커, 리뉴얼한 드롭박스에 사용되었죠. 젯브레인즈에서도 비슷한 리서치 결과를 발표했죠. TIOBE**와 깃허브***에서 발표하는 프로그래밍 언어 순위(흐름)를 참고해도 좋습니다. 여러 리서치 결과를 참고하면 더 객관적으로 흐름을 파악할 수 있습니다.

---

*   https://insights.stackoverflow.com/survey/2020
**   https://www.tiobe.com/tiobe-index
*** https://madnight.github.io/githut/#/pull_requests

동향 파악도 크리티컬 싱킹과 연결됩니다. 다음 제품을 만드는 데도 쓸모가 있는지 생각하면서 기술을 채택해야 합니다. 다음에도 유용한 기술이면 이직할 때 매력 포인트가 되어줄 겁니다.

가정을 하나 해봅시다. 신기술을 적용하고 싶은데 상사가 옛 기술을 쓰라고 하면 어떻게 해야 할까요? 크리티컬 싱킹이 습관화된 분이라면 설득의 묘미를 발휘할 겁니다. "포트란으로 짜면 당장은 제가 개발할 수 있지만, 향후 제가 퇴사한 뒤에는 개발자를 구하지 못해 유지보수가 어려울 겁니다. 한 달만 더 주면 Go 언어로 만들 수 있습니다." 여러분이 관리자라면 어떻게 하겠습니까? 저 같으면 한 달을 더 주겠습니다. 이렇게 상사를 설득하면 본인에게도 이득입니다. 이직 전선에서 포트란 개발 이력은 전혀 도움을 주지 못하는 반면, Go 언어 개발 이력은 도움을 줄 겁니다.

새로 취업한 회사에서 사장되는 기술로 개발하라고 지시를 내리면 어떻게 해야 할까요? 진지하게 빠른 탈출을 고려하든가, 다른 기술을 관철시켜야 하겠죠? 전자는 본인을 위한, 후자는 본인과 회사 모두를 위한 선택지입니다. 그저 시킨 대로 사장될 기술을 사용한다면 모두에게 불행을 가져다줄 겁니다. 그렇다고 모든 개발에 신규 기술만 고집할 필요는 없습니다. 향후 5년 이상 유지할 서비스라면 최대한 미래를 고려해 선택하고, 1년 미만 혹은 유지보수 정도 목적에는 기존 기술을 쓰면 됩니다.

왜 5년이냐고요? 딱 5년일 필요는 없습니다. 어떤 분야에서 무슨 일을 하고 싶냐에 따라서 기준이 달라집니다. 잠시 IT에서 5년이라는 시간을 생각해볼까요? 리액트, Vue.js, 파이토치, 쿠버네티스, GCP, 플러터, 코틀린, Go 언어. 5년 전에는 지금처럼 개발자에게 대중적으로 사용되는 기술이 아니었습니다. 아예 그 당시에 없던 기술도 있죠. 하지만 지금은 각 분야에서 내노라하는 대표 주자가 되었습니다. 5년 전과 지금이 다르듯 지금과 5년 후도 다를 겁니다. 제가 지속적인 공부를 반복해 강조하는 이유입니다.

π자형 인재되기

프론트엔드 개발자라고 해서 프론트엔드만 알면 안 됩니다. 백엔드를 조금이라도 개발할 줄 알아야 합니다. 개발은 협업의 연속입니다. 원활히 협업하려면 알아야 합니다. 프론트엔드 개발자가 백엔드 개발자에게 안 되는 걸 무조건 해달라고 하면 어떻게 되겠습니까? 분란만 나겠죠? 초당 10만까지만 받을 수 있는 시스템인데 '나는 당신 사정은 모르겠고 당장 천만 받아줘'라고 하면 안 됩니다. 풀스택 개발자까지는 안 되더라도 프론트엔드, 백엔드, 데이터베이스, 머신러닝, 클라우드, 안드로이드/iOS 전반에 대한 지식이 있어야 합니다.

한 가지를 깊게 파서 잘하는 I자형 인재가 각광받던 시절이 있습니다. 변화가 빠른 지금은 적어도 하나는 깊게, 나머지는 골고루 잘 아는 T자형 인재가 각광받고 있습니다. T자를 넘어 요즘에는 π자형 인재라는 말도 나왔습니다. 하나가 아니라 두 가지에서 전문성이 있어야 한다는 이야깁니다. 프론트엔드 개발자만 π자형 인재가 되어야 하는 게 아닙니다. 백엔드 개발자도 프론트엔드 개발을 할 줄 알아야 합니다. 100세 코딩과 30년 커리어패스 중 무엇을 로망하더라도 한 가지만 잘해서는 달성할 수 없습니다. 부전공을 선택하세요. '프론트엔드 개발을 잘하지만 머신러닝도 깊게 익혀두자', '임베디드 개발자지만 백엔드도 익혀두자' 이렇게 말입니다. 시작은 I자형 인재입니다. T자형을 거쳐 π자형 인재로 차근차근 나아가면 됩니다. π자형 인재가 되려면 눈물 나게 노력해야 합니다. 정말 힘듭니다.

공부는 할 때 해야 합니다. 개발 초기 10년에 공부하는 것과 중간 10년에 공부하는 것은 속도가 다릅니다. '1년 안에 느는 영어가 당신의 모든 영어다.' 제가 미국에서 일할 때 한국에서 막 건너온 개발자께 하던 말입니다. 신기하게도 미국에서 10년 살고, 20년 살아도 처음 1년 동안 배운 영어가 전부입니다. 왜냐면 1년이 지나면 사는 데 지장이 없어집니다. 맥도날드에 가서 햄버거를 사 먹을 수 있고, 미국 친구들이 무슨 얘기하는지 대충 알아듣고, 회사에서 소통에 문제가 없습니다. 손짓 발짓도 되니까요. 1년이 지나면, 언어가 안 통해도 일이 됩니다. 그러고는 영어가 늘지 않게 됩니다. 그래서 처음 1년, 말이 안 통하는 가장 힘든 첫 1년 동안 집중해 영어를 공부해야 합니다. 개발자 커리어패스 30년 중에서 처음 10년, 모르는 게 가장 많은 시기에 최대한 많이 깊게 공부하세요. 기본 지식이 선입견이 되고, 나이 먹게 되면 새로운 걸 받아들이는 속도가 느려집니다. 그래서 개발 경력 초기에 공부하시라 재차 강조해봅니다.

지금까지 지속적으로 성장하는 방법, 성장을 이끌어내는 일의 방식에 대해 이야기를 나눴습니다. 제가 좋아하는 벤자민 바버Benjamin R. Barber는 말했습니다.

"나는 세상을 약한 자와 강한 자로 나누지 않고, 성공한 자나 실패한 자로 나누지 않고, 무엇을 만들거나 만들지 못하는 자로 나누지 않는다. 나는 세상을 배우는 자와 배우지 않은 자로 나눈다."

제가 스무 살 때인가 이 글을 보고 충격을 받았습니다. 그전까지만 해도 세상의 기준은 이게 아니었거든요. 저는 깨달음을 얻었습니다. '아, 세상은 배우는 자와 배우지 않는 자로 나뉘는구나.' 지금까지 30년 동안 직장 생활을 해올 수 있던 이유도 이 메시지의 힘 덕분입니다. 끊임없이 공부하고 성장을 추구하고, 계속 넓은 세상을 보려고 노력했습니다. 또 제가 하는 일만 아니라 다른 세상이 어떻게 돌아가는지도 봐왔습니다. 많은 사람을 만나고, 많은 책을 읽었습니다. 이 책을 쓰는 이유도 제가 공부하고 성장하기 위해서입니다.

여러분도 항상 이 말을 기억했으면 좋겠습니다. "세상은 배우는 자와 배우지 않는 자로 나뉜다." 많은 것을 보고 공부하고, 좋은 책을 보고, 좋은 사람을 만나서 끊임없이 성장하는 것만이 개발 업계에서 살아남을 수 있는 비결입니다. 동시에 굉장히 재밌게 생활하는 길입니다.

고객이 원하는
제품 디자인

2008년 출간된 《Why Software Sucks》라는 책이 있습니다. 수많은 소프트웨어와 웹사이트에서 사용자가 원하는 일을 쉽게 할 수 없는 이유를 알아보는 책입니다. 책이 출간되고 적지 않은 시간이 흘렀지만 오늘날에도 사용자들은 원하는 일을 쉽게 할 수 없습니다. 이러한 문제는 고객이 원하는 제품 디자인과 관련이 있습니다.

좋은 제품을 디자인하려면 누가 사용하나, 사용자가 원하는 일은 무엇인가, 만드는 제품이 사용자가 원하는 바를 제공해주는가, 경쟁 제품은 어떤 접근을 하는가 등을 고려해야 합니다. 아이폰 출현 이후 사용자 인터페이스뿐만 아니라 사용자 경험까지 챙기는 시대가 되었습니다. 한발 더 나아가서 고객 경험도 고려하는 시대입니다. 사용자 경험User Experience, UX이 특정 제품 안에 국한되는 경험이라면 고객 경험Customer Experience은 탐색, 구매, 사용, 사용 후 평가까지 모든 접점에서의 경험입니다.

사용자 인터페이스는 실제 사용자가 보는 화면을 구성하는 일입니다. 사용자가 원하는 일을 직관적으로 제공하는 겁니다. 사용자 경험은 그것보다 한 발 더 나아가서 사용자 인터페이스를 포함해서 사용자가 원하는 일을 처리해주는 겁니다.

예를 들어 암호 변경 기능을 아예 제공하지 않기로 사용자 경험을 기획한다면 암호 변경 사용자 인터페이스를 만들 필요가 없습니다. 그러면 화면 구성은 간단해지고 사용자는 중요한 일에 더 쉽게 접근할 수 있을 겁니다. 하지만 암호 변경 기능이 필요한 사용자는 어떤 이유에서든 반드시 나타납니다. 암호를 변경하고자 고객지원센터에 전화를 걸어 이 버튼 저 버튼을 누르며 10분이나 대기한 후 자초지종을 설명하고 팩스로 본인 등본을 보내야 한다면, 사용자는 화가 머리 끝까지 치밀 겁니다. 사용자 경험 기획이 제대로 안 되면 발생하게 될 일이죠.

	사용자 경험	고객 경험
정의	제품을 이용하는 사용자의 인지 반응 또는 기대하는 바	서비스를 이용하는 고객이 체험하는 모든 경험 총체
대상	이용자. 고객일 수도 아닐 수도 있음	고객이거나 잠재 고객
접근 방식	• 사용자 니즈 분석 • 사용 접점 정의 • 접점 설계 • 테스트 및 검증	• 고객에 대한 이해 • 고객 접점 정의 • 비즈니스 사례 도출 • 전략 수립 • KPI 수립 • 서비스 구조 확립

개발자가 제공하는 사용자 경험으로는 오류 대처 방법이 있습니다. 예를 들어 윈도우의 블루스크린을 들 수 있죠. 프로그램에서 오류가 나타났을 때 사용자 경험을 제공하는 방법은 총 3가지입니다. 첫 번째는 사용자에게 알리지 않고 알아서 문제를 해결하는 경우입니다. 예를 들어 문서를 저장하는 데 로컬 저장소에 공간이 부족할 때 자동으로 임시 파일을 지워서 공간을 확보한 후 저장하는 방식을 들 수 있습니다. 두 번째는 사용자에게 해결책을 알려주어 사용자가 실행하는 경우입니다. '저장 공간이 부족하니 임시 파일을 지우세요'라고 알려주는 거죠. 이때 문제 원인과 해결책을 명확하게 알려주어야 합니다. 그렇지 못한 오류 메시지가 제일 나쁜 오류 메시지입니다. 세 번째는 아무것도 할 수 없는 경우입니다. 예를 들면 메모리가 부족한 상황입니다. 이런 때는 오류 메시지를 보여주지도 못하고 시스템이 죽어버릴 가능성이 있습니다. 이럴 때는 최대한 안전하게 현재 상태를 마무리하는 것 말고는 딱히 해결책이 없습니다. 이렇듯 오류 처리만 해도 다양한 방식이 있습니다. 가능하면 사용자에게 좋은 경

험을 주는 방법으로 처리해야 합니다.

개발자라면 많은 제품을 써보고 사용자 인터페이스, 사용자 경험, 그리고 고객 경험까지도 고민해야 합니다. 이제부터 고객이 원하는 제품을 디자인하는 방법론을 몇 가지 소개합니다.

경쟁 제품 분석

하늘 아래 완전히 새로운 제품은 없습니다. 항상 비슷한 제품이 있고 참고 제품과 경쟁 제품이 있습니다. 카피만 해서는 경쟁 제품을 이길 수 없습니다. 하지만 경쟁 제품의 장점과 단점을 파악해서 장점을 도입·개선하고 단점을 보완한다면 사용자에게 좋은 제품을 제공할 수 있습니다. 참고로 마이크로소프트의 초기 전략은 'Embrace and Extend', 즉 '흡수하고 확대하라'였습니다. 천하의 마이크로소프트도 경쟁 제품을 참고해 성장한 겁니다.

경쟁 제품 혹은 참고 제품의 대상으로는 특별한 경계가 없습니다. 비슷한 기능을 제공하는 제품이 경쟁 제품일 수도 있겠고, 다른 제품군이더라도 배울 것이 있다면 참고할 수 있습니다. 꼭 기술적인 면만 참고할 필요는 없습니다. 디자인, 인터페이스, 뭐든 참고할 수 있죠. 예를 들어 나이키의 경쟁사는 누구입니까? 아디다스일까요? 게임기는 어떤가요? 고객의 시간을 두고 경쟁하는 사이로 말이죠. 지금 이 순간에도 경쟁 제품의 범위는 갈수록 넓어지고 있습니다.

경쟁 제품 분석에는 디테일에 신경을 써야 합니다. 단순하게 '이렇게 동작합니다'라고 정리하는 건 의미가 없습니다. 그렇게 설계한 이유를 밝

혀내고 사용자가 어떻게 사용할지 그리고 만족할지 등을 충분히 시간을 들여서 분석해야 합니다. 분석이 끝나면 내부 세미나를 통해서 모두에게 공유하는 일도 중요합니다.

고객 여정

제품을 만들 때는 고객과 우리 제품 사이의 모든 여정이 설계되어 있어야 합니다. 고객 여정으로는 인식, 고려, 결정, 유지 단계가 기본입니다. 설계대로 여정이 진행되는지를 데이터를 기반으로 모니터링하고, 그 결과를 기반으로 개선해야 합니다.

인식은 고객이 우리 제품을 알게 되는 단계입니다. 개인적인 불편함을 해소하고자 지인에게 묻거나, 인터넷으로 검색하거나, 우연히 TV 광고를 보고 인식할 수도 있습니다. 인식 다음은 고려 단계입니다. 수많은 제품 중에 우리 제품을 선택하는 과정에서 고객은 가격과 기능을 비교하고 기존 구매자의 평점도 확인합니다. 살펴본 결과 우리 제품을 구매하는 것으로 결정했다면, 드디어 매출이 오르는 겁니다! 하지만 고객 여정은 여기서 끝이 아닙니다. 한 번 고객을 영원한 고객으로 만들어내야 합니다. 바로 유지 단계죠. 유지도 중요하지만 떠나는 고객에게서 피드백을 받는 것도 중요합니다.

제품 기획과 개발 단계에서 고객 여정을 설정하고 미리 시뮬레이션해야 하며, 각 과정은 숫자로 정의되어야 합니다. 예를 들면 '페이스북 광고에 1만 건을 노출시켜, 신규 고객 1000명이 우리 웹사이트에 들어오면, 계정 생성은 500명이고, 제품을 확인하는 사용자는 400명이고, 구매하는 사용자는 100명이다'처럼 말이죠. 실제 제품을 출시하고 나서 예상 수치와 실제 판매가 일치하는지 모니터링하면서 관리해야 합니다.

예를 들어 스타벅스라면 문을 열고 매장에 들어와 문밖으로 나가는 시간을 고객 여정으로 만들 수 있을 겁니다. 게임이라면 광고를 보고, 게임을 설치하고, 플레이를 하다가 삭제하는 과정으로 만들 수 있죠. 각 제품마다 고객 여정의 기준을 다를 수 있습니다.

• 고객 여정 지도 예시 •

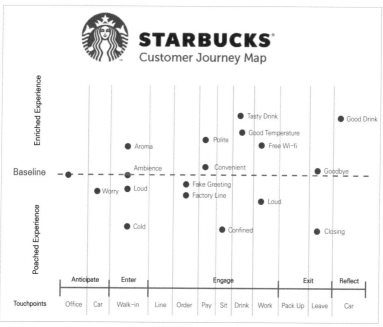

출처 : https://blog.podium.com/customer-journey-map/

A/B 테스트

인터넷 이전 시대에는 제품을 사용자에게 판매하면 업데이트할 방법이 없었습니다. 지금은 인터넷과 연결되어 있으면 소프트웨어는 언제든 업데이트가 가능합니다. 완성된 제품 제공보다 빠른 업데이트로 사용자를 만족시키는 일이 더욱 중요한 시대입니다.

그런데 사용자는 늘 새로운 기능을 더 좋아할까요? 오히려 기존 기능을 좋아하지는 않을까요? 이러한 질문의 대답인 사용자 반응을 (거의) 실시간으로 파악하는 방법을 아시나요? 바로 A/B 테스트입니다. 새로운 기능을 추가하거나 바꾸고 싶을 때 전체 사용자 중 일부에게는 기존 기능을, 나머지에게는 새 기능을 제공하여 그 결과를 비교하는 방법입니다.

이 방법은 최소기능제품Minimum Viable Product, MVP의 시대에도 딱 들어맞습니다. 최소한의 기능을 좋은 품질로 만들어서 빠르게 시장에 내고 계속 시장 반응을 보면서 업데이트하는 개발 방법입니다. 정답을 제품 기획자의 머릿속에서 다 찾으려고 하지 않고, 사용자에게 선택권을 주어 사용자가 좋아하고 성공하는 방향으로 기능을 추가하는 거죠. 그야말로 사용자와 함께 개발하는 시대입니다. 제품 기획자가 한 달을 끙끙대며 최대한 사용자의 생각을 예측하는 것보다 그 시간에 기능을 개발해서 일부 사용자들에게 배포하고 반응을 살피는 것이 더 확실한 방법입니다.

간단해 보이지만 A/B 테스트를 잘하려면 챙겨야 할 것이 많습니다. 최근에는 A/B 테스트를 제공하는 서비스도 있습니다. 이런 서비스를 사용하면 제품 개발에 몰두하면서도 배포하고 나서 손쉽게 분석 결과를 얻을 수 있습니다.

데이터 주도 개발

앞서 언급한 모든 도구가 사실상 데이터 주도 개발 도구입니다. 사람의 인사이트도 중요하지만 실제 사용자의 행동을 데이터로 모아서 분석해야 최고의 선택을 할 수 있습니다. 예를 들어 블리자드는 〈스타크래프트 2〉를 출시하고 나서 게임 밸런스를 봅니다. 프로토스 종족이 저그 종족을 너무 많이 이기면 프로토스 종족을 조금 약하게 조정합니다. 〈홍길동〉이라는 게임이 있다고 합시다. 유독 남미 리전에서 크래시가 많이 난다면 크래시 데이터를 모아서 자세히 살펴보겠죠. 그 결과 남미 언어 팩에 일부 깨진 데이터가 들어가 있다는 원인을 찾을 수 있게 됩니다. 데이터 주도 개발이란 이처럼 제품 출시 이후에도 지속해서 데이터를 모아 모든 과정에 데이터를 사용하는 겁니다.

제품 개발 초기 단계부터 데이터 수집 계획 및 설계를 제대로 마련하고, 수집한 데이터를 가공해 개발팀이 활용할 수 있게 해야 합니다. 개발을 위해서 수집하는 데이터를 로그 데이터라고도 부릅니다. 로그 데이터를 너무 과도하게 수집하면 성능이 느려지거나 프로그램이 이상 종료하거나 서버에 접속하지 못하는 문제가 발생할 수도 있습니다. 따라서 성능과 충분한 데이터 사이에 균형을 맞추어야 합니다. 그래서 좋은 데이터 시스템이 중요합니다.

좋은 데이터 시스템을 만드는 일도 상당히 어렵습니다. 단순히 난이도를 떠나 핵심 제품 개발에 역량을 집중하고 싶다면 구글 애널리틱스 같은 외부 솔루션 도입을 긍정적으로 고려하기 바랍니다. 그럼에도 직접 만들고 싶다면 구글 애널리틱스를 충분히 조사해서 여러분의 제품에 잘 맞는

데이터 수집 시스템을 구축하면 됩니다.

데이터 수집 시스템 설계는 총 3단계로 나눌 수 있습니다. 첫 번째는 데이터 설계 단계입니다. 어떤 데이터를 어디에서 수집하는지, 왜 수집하는지, 그 데이터를 어떻게 사용할지를 계획해야 합니다. 두 번째는 데이터를 수집하는 시스템 설계 단계입니다. 프론트엔드에서만 수집할 수 있는 데이터도 있고, 백엔드에서만 수집할 수 있는 데이터도 있습니다. 어디서 수집할지 정해야 합니다. 특히나 사용자가 많은 서비스에서는 데이터 수집 자체도 쉽지 않습니다. 세 번째는 모은 데이터를 정리하고 활용하는 단계입니다. 대량의 데이터는 정리도 쉽지 않습니다. 따라서 여러 솔루션을 이용해서 자동으로 정리되게 하고, 정리된 결과를 보여줄 대시보드를 만들어서 개발자나 운영자가 활용하게 해야 합니다.

피터 드러커는 "측정할 수 없으면 관리할 수 없고, 관리할 수 없으면 개선할 수도 없다"고 말했습니다. 데이터 주도 개발에서도 꼭 명심해야 하는 말입니다. 측정할 수 없는 변화는 의미가 없습니다. 우리가 제품에 주는 모든 변화는 꼭 측정이 가능해야 하며, 지속적인 변화만이 최고의 제품을 만들 수 있습니다.

개발자 자세, 30년 동안 도그푸딩 실천하기

도그푸딩Dogfooding이라는 말이 있습니다. '내가 만든 개밥을 스스로 먹어라Eat your own dog food'라는 말에서 유래했습니다. 우리말로 풀면 '본인이 만든 제품을 직접 써보라'라는 격언이 되겠습니다.

내가 만드는 제품에 대한 이해가 중요하다는 의미의 문장입니다. 예를 들어 만드는 서비스를 직접 써보지 않고, 경쟁 제품을 직접 분석하지 않고 남이 시키는 대로 개발한다면 절대 성장할 수 없습니다. 내가 만든 제품의 첫 번째 사용자는 '나'이어야 합니다. 써본 만큼 이해가 깊어집니다. 이해한 만큼 더 나은 제품을 개발할 수 있습니다.

여기서 질문을 하나 드릴게요. 블리자드는 어떻게 좋은 게임을 만들 수 있었을까요? 다음 일화에서 그 답을 찾을 수 있습니다.

〈디아블로 3〉를 출시하기 직전 디렉터가 모여 최종 회의를 진행했습니다. 개발 완료 상황을 돌아가면서 발표하고 출시 일정을 정하면 되는 그런 회의였죠. 한창 회의를 진행하는데 마이크 모하임 대표가 진행을 막으며 "잠깐! 여기서 이 게임을 끝까지 다 해보고 재밌다고 생각하는 사람 손 들어보세요"라고 말했습니다. 질문이 끝나자 회의장에는 침묵만 흘렀습니다. 손 드는 사람도 없었습니다. 다들 본인 업무에만 바빠서 끝까지 게임을 해보지 못했던 겁니다. 회의는 이대로 끝났습니다. "여기 있는 모든 디렉터가 엔딩을 보고 재밌다고 생각이 들면 그때 출시하겠습니다." 결국 출시도 잠정 연기되었죠. 〈디아블로 3〉는 모든 디렉터가 엔딩을 보고 재미있다 할 때까지 몇 개월을 담금질되고 나서야 출시되었고, 결과는 대성공이었습니다. 보통 직급이 높은 사람일수록 자기 제품을 써보지 않고 관리만 하고, 개발자는 개발만 하게 되는데 그러면 안 됩니다. 모두가 사용자가 되어야만 좋은 제품을 만들 수 있습니다.

그 당시 미국 블리자드 본사에는 직원이 3천 명 정도 있었는데, 하나 같이 게임에 열광하는 게이머입니다. 동양인, 유럽인, 미국인이 약 천 명씩 섞여 있습니다. 결국 직원 3천 명이 전 세계 사람의 표본입니다. 이 사람들이 좋아하는 게임을 10년이든 15년이든 공들여 만들면, 모든 사람이 좋아하는 게임이 나올 수밖에 없습니다.

또 다른 예로 제가 몸담았던 하스스톤팀은 매주 목요일 오전에 무조건 다 같이 4시간 동안 〈하스스톤〉 게임의 신규 콘텐츠를 플레이했습니다. 다들 바쁘지만 그래도 그 4시간은 모두 모여서 진짜로 재밌게 떠들고 웃으면서 플레이를 즐겼고, 많은 피드백을 주고받았습니다. 이렇게 우리가 좋아하는 게임을 만들겠다는 팀의 비전 아래 진짜로 우리가 좋아하는 즐거운 게임을 만들 수 있었고, 그 덕분에 〈하스스톤〉 출시 후 전 세계 누적 사용자 1억 명을 달성하는 성과를 낼 수 있었습니다.

식당에는 세 가지 종류가 있습니다. 첫 번째는 돈을 벌려고 하는 식당입니다. 당연히 말이 되죠. 두 번째는 손님들에게 맛있는 음식을 대접하는 걸 좋아해서 하는 식당입니다. 이것도 좋습니다. 세 번째는 요리하는 행위 자체를 좋아해서 하는 식당입니다. 세 식당이 추구하는 바는 각각 다른 의미를 가지고 있습니다. 각각에서 '소비자란 누구인가'를 떠올려봅시다. 첫 번째 식당은 돈을 버는 것이 목적이고, 두 번째는 손님의 만족감이 목적이죠. 세 번째는 요리하는 행위 자체, 즉 자기만족을 목적으로 두는 겁니다. 그럼 첫 번째 식당의 소비자는 손님이고, 두 번째 식당의 소비자도 손님입니다. 세 번째 식당은 주인 자신의 행위에 만족하므로 주인이 소비자가 됩니다.

식당을 게임사로 바꿔볼까요? 첫 번째는 매출을 목표로 하는 게임사입니다. 많은 게임사가 여기 속하겠죠. 두 번째는 재미있는 게임을 만드는 게임사입니다. 블리자드나 라이엇 게임즈 등이 여기에 속한다고 봅니다. 마지막 세 번째는 자신이 만들고 싶은 게임을 만드는 인디 게임사로 볼 수 있습니다. 돈만 목표로 해서는 적당한 성공을 얻을 수 있으나 큰 성공을 얻기는 어렵습니다. 여담입니다만 많은 게임 회사가 과도한 과금 정책으로 질타를 받고, 충성 고객들을 잃어버립니다. 어떤 게임사가 될 것이냐의 갈림길에서 저마다의 선택에 이유는 있겠으나 궁극적으로 그 길이 고객 곧 게이머가 원하는 길인지를 다시 한번 생각해볼 필요가 있습니다.

블리자드의 사례처럼 소비자를 이해해야, 제품을 이해해야 더 좋은 제품을 만들 수 있습니다. 대개 최종 제품을 쓰는 사용자만 소비자라고 생각합니다. 최종 제품을 쓰는 사용자뿐만 아니라, 사내에 있는 동료와 상사와 나도 소비자로 삼아야 합니다. 내가 먼저 제품을 써보고 좋아해야 사용자도 좋아하게 되는 겁니다. 그래야 성공하는 제품이 되는 거죠.

지금 이 순간에도 제품을 개발하고 계십니까? 그렇다면 나와 팀원과 소비자가 좋아하는지를 확인해보세요. 방법은 될 때까지 도그푸딩! 많이 써보는 겁니다. 내 제품뿐 아니라 경쟁 제품도 깊이 있게 많이 써보고, 글로 남기는 것이 최고의 방법입니다.

개발은 좋은 제품 만들기가 목적입니다. 멋진 코드와 확장성 있는 아키텍처도 좋지만 기술은 좋은 제품을 만들어내야 의미가 있습니다. 그래서 개발자도 제품에 대한 이해력을 키워야 합니다. 제품은 기획자의 인사이트를 넘어 사용자 반응 데이터를 활용해 빠르게 방향과 기능을 결정하며 발전해야 합니다. 따라서 좋은 제품을 만들려면 좋은 데이터를 수집하고 분석하는 능력이 필수입니다. 그 과정에서 고객 여정 분석, A/B 테스트, 데이터 주도 개발 등이 유용한 도구가 될 겁니다. 좋은 제품을 개발하길 원한다면 고객 데이터 기반, 지속적인 업데이트를 잊지 마세요.

03

30년간 실천할
개발 주기

개발 주기에 대해서 얘기해볼까요? 제가 처음 프로그래밍에 입문하던 시절에는 '일단 하자' 정신으로 프로그래밍했습니다. 그때는 그렇게 해도 원하는 결과물을 뽑아낼 수 있었지만, 오늘날에는 프로그램의 복잡도가 높아져 그러면 안 됩니다. 개발은 복잡하고 어려운 과정을 극복하는 과정입니다. 충분한 시간을 들여 사전 검토 후 단계별로 결과를 점검하며 진행해야 합니다.

개발 프로세스는 일반적으로 분석, 기획, 개발, 테스트, 출시, 피드백, 마지막으로 피드백 반영까지를 순환합니다. 잘 짜인 개발 흐름이지만 이전 단계(분석과 기획)를 맹신하고 개발(코딩)부터 하면 망하게 됩니다. 개발 전에 요구사항을 제대로 분석했는지, 기획은 제대로 되었는지, 아키텍처는 잘 잡았는지 확인해야 합니다. 그런 이후 실제로 개발을 진행합니다. 개발 과정에서 테스트를 충분히 진행해 품질을 끌어올리고, 출시 후 모든 지표를 살펴볼 수 있도록 측정 도구를 준비해야 합니다. 그래야만 출시 뒤에 바로 지표를 보고 처음으로 돌아가 주기를 반복할 수 있습니다. 어느 한 단계를 소홀히 할 수 없습니다. 단계별로 충분한 시간을 들여야 합니다.

개발자들과 개발 주기 이야기를 할 때 각 단계에 얼마나 시간을 쓰는지 물어봅니다. 어떤 회사는 프로그래밍에, 어떤 회사는 기획에 시간을 많이 쓴다고 합니다. 재밌는 점은 좋은 제품을 만든다고 여겼던 회사는 모든 단계에 골고루 시간을 쓰고 있다는 겁니다. 모든 단계가 중요하기 때문에 어느 한 단계라도 작게 보고 대충 넘어가지 않는 겁니다. 장인이 모든 단계에서 만족스러운 결과를 얻을 때까지 같은 작업을 반복해 명품을 만들듯 말이죠.

30년간 실천할 개발 주기 알아보기

애자일이나 스크럼처럼 속도가 빠른 방법론을 들어 모든 단계에 큰 의미가 있는 건 아니라고 오해하는 분이 있습니다. 사실은 그렇지 않습니다. 애자일은 무계획/무관리 개발과 지나친 계획/관리 개발 사이에서의 타협점입니다. 품질을 놓치지 않으면서도 기민한 개발을 지향합니다. 켄트 백, 로버트 C 마틴 등이 모여 발표한 애자일 선언문에 그 취지가 잘 드러나 있습니다.

우리는 소프트웨어를 개발하고,
또 다른 사람의 개발을 도와주면서
소프트웨어 개발의 더 나은 방법들을 찾아가고 있다.
이 작업을 통해 우리는 다음을 가치 있게 여기게 되었다.

공정과 도구보다 개인과 상호작용을
포괄적인 문서보다 작동하는 소프트웨어를
계약 협상보다 고객과의 협력을
계획을 따르기보다 변화에 대응하기를

가치 있게 여긴다.
이 말은, 왼쪽에 있는 것들도 가치가 있지만,
우리는 오른쪽에 있는 것들에 더 높은 가치를 둔다는 것이다.

Kent Beck	James Grenning	Robert C. Martin
Mike Beedle	Jim Highsmith	Steve Mellor
Arie van Bennekum	Andrew Hunt	Ken Schwaber
Alistair Cockburn	Ron Jeffries	Jeff Sutherland
Ward Cunningham	Jon Kern	Dave Thomas
Martin Fowler	Brian Marick	

이 선언문의 일부만 발췌해 이해하면 안 됩니다. 예를 들어 '포괄적인 문서보다 작동하는 소프트웨어를'만 발췌해 이해하면 '문서는 필요 없다'는 엉뚱한 결론을 얻게 됩니다. '왼쪽에 있는 것들도 가치가 있지만, 오른쪽에 있는 것들에 더 높은 가치를 둔다'라는 말은 사족이 아닙니다. 선언문 전체를 두고 이해해야 애자일을 제대로 이해할 수 있습니다.

구체적인 애자일 소프트웨어 개발은 12가지 원칙(애자일 선언 이면의 원칙)으로 살펴볼 수 있습니다.

우리는 다음 원칙을 따른다.
우리의 최우선 순위는, 가치 있는 소프트웨어를
일찍 그리고 지속적으로 전달해서 고객을 만족시키는 것이다.

비록 개발의 후반부일지라도 요구사항 변경을 환영하라.
애자일 프로세스들은 변화를 활용해 고객의 경쟁력에 도움이 되게 한다.

작동하는 소프트웨어를 자주 전달하라.
두어 주에서 두어 개월의 간격으로 하되 더 짧은 기간을 선호하라.

비즈니스 쪽의 사람들과 개발자들은 프로젝트 전체에
걸쳐 날마다 함께 일해야 한다.

동기가 부여된 개인들 중심으로 프로젝트를 구성하라.
그들이 필요로 하는 환경과 지원을 주고 그들이 일을 끝내리라고 신뢰하라.

개발팀으로, 또 개발팀 내부에서 정보를 전하는 가장
효율적이고 효과적인 방법은 면대면 대화이다.

작동하는 소프트웨어가 진척의 주된 척도이다.

애자일 프로세스들은 지속 가능한 개발을 장려한다.
스폰서, 개발자, 사용자는 일정한 속도를 계속 유지할 수 있어야 한다.

기술적 탁월성과 좋은 설계에 대한 지속적 관심이 기민함을 높인다.

단순성이 (안 하는 일의 양을 최대화하는 기술이) 필수적이다.

최고의 아키텍처, 요구사항, 설계는
자기 조직적인 팀에서 창발한다.

팀은 정기적으로 어떻게 더 효과적이 될지
숙고하고, 이에 따라 팀의 행동을 조율하고 조정한다.

따라서 애자일은 각 단계를 너무 작게 만들거나 건너뛰어 빠르게 개발해서 출시한다는 개념이 아닙니다. 애자일은 굉장히 작은 기능, 즉 최소한의 기능으로 최대한 빠르게 개발하는 방법입니다. 작은 기능을 기획해서 아키텍처에 추가하고, 개발하고 측정하는 방법을 만들어 출시하고, 실제로 어떻게 작동하는지 측정한 다음 다시 처음으로 돌아가 반복하는 겁니다.

그렇다고 애자일만이 개발의 정답은 아닙니다. 오늘날에도 개발 주기를 빨리 반복하는 좋은 기술이 많이 등장했습니다. 예를 들어 지속적 통합continuous integration, CI으로 개발과 출시에 드는 간극을 좁힐 수 있습니다. 다양한 브랜칭 방법을 활용해 기능 A를 개발하며 기능 B도 동시에 개발해 출시를 앞당기는 등 속도를 향상시키는 방법도 등장합니다. 좋은 기술과 도구를 활용하면 한 달에 한 번, 또는 일주일에 한 번 기능을 출시할 수 있습니다. 그렇더라도 모든 기능은 모든 개발 주기를 거치게 됩니다. 기획이 다 되었는지, 스펙이 다 잡혔는지, 개발 기술을 정확히 정했는지 등을 리뷰하는 게 매우 중요합니다.

개발 문화를 변화시킨 애자일

애자일은 짧은 주기를 반복하여 큰 프로젝트를 완성해 나아가는 방법론입니다. 애자일을 실천하는 데 유용한 프로젝트 관리 방법으로 스크럼Scrum이나 칸반이 있죠. 스크럼은 소규모 팀으로 제품을 기민하게 개발하는 방법으로 스프린트sprint라는 업무 주기를 반복합니다. 제품 책임자product owner가 할 일 목록에서 스프린트 동안 수행할 일을 결정하고 스프린트마다 결과물을 산출해냅니다. 팀이 성과를 낼 수 있도록 스크럼 마스터가 장애 요소를 제거하며 프로세스를 인도합니다. 스크럼이 시간을 제한하는 방법론인 반면 칸반은 수를 제한하는 방법론입니다. 쉽게 말해 칸반Kanban은 칠판에 '할 일', '진행 중인 일', '완료된 일' 열을 만들고, 그 밑에 중요도에 따라 색이 다른 '업무'를 포스트잇으로 붙여서 관리하는 개발 방식입니다. 이를 칸반 보드라고 합니다. 당연히 물리적인 칠판을 꼭 써야 하는 건 아닙니다. 칸반은 '진행 중인 일' 칸으로 옮길 수 있는 업무의 최대 숫자를 제한합니다. 현장에서는 특정 프로젝트 관리 방법이 제일 좋다 나쁘다를 따지기보다는 사정에 맞추어 적절하게 사용하는 추세입니다.

• 칸반 •

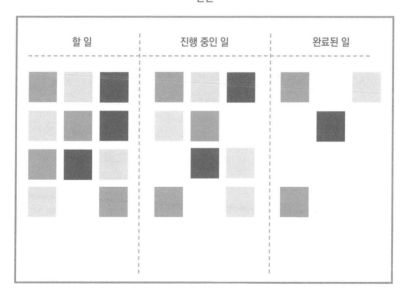

애자일을 효과적으로 실천하려면 도구를 사용해야 합니다. 프로젝트 관리 도구로 지라Jira를 주로 씁니다. 협업 문서 관리 도구는 컨플루언스Confluence에서 노션Notion으로 옮겨가는 추세입니다. 이메일은 좋은 소통 도구이지만, 실시간 다자 소통에서 부족한 면이 있어 개발 현장에서는 슬랙Slack도 많이 이용합니다. 구글 닥스는 협업해 문서를 만드는 최고의 도구입니다. 도구는 결국 프로세스를 구체화하는 겁니다. 어떻게 애자일한 프로세스로 일할 것인가를 고민한 후 알맞은 도구를 사용하면 됩니다.

일반적인 스타트업 프로세스는 대개 다음과 같습니다. 일주일에 한 번 개발팀과 PM팀이 미팅을 합니다. 거기에서 현재 개발팀의 진행 상황을 프로젝트 관리 도구로 관리하고 문제가 있으면 바로 논의를 해서 해결 방안을 모색합니다. 백로그*에 새로운 미래 업무 후보들을 넣어둡니다. 빠르게 일하는 스타트업의 특성상 백로그에 많은 아이템을 넣거나 리뷰에 많은 시간을 쏟지는 못합니다. 꼭 해야 할 중요한 일만 백로그에 넣습니다. 보통은 분기 계획을 세웁니다. 백로그에 있는 아이템이나 사업상 또는 기술적으로 중요한 아이템을 정리해서 분기 계획을 만듭니다.

출시는 일정 주기로 하는 것이 제일 안전합니다. 예를 들어 2주에 한 번씩 정기적으로 출시하면 지속적으로 시장 반응을 확인하기 좋고, 안정성 확보에도 도움이 됩니다. 물론 출시에는 항상 위험이 따르니 다시 원상태로 빠르게 복구하는 롤백rollback 계획도 세워져 있어야 합니다.

동시에 여러 기능을 구현한다면 소스 코드를 분리하고 통합하는 데 신경을 써야 합니다. 쾌적한 개발 환경을 제공하고 체계적인 테스트 환경을

---

* Product Backlog. 구현해야 할 사항을 정의한 문서

마련해서 빠르게 개발하고 배포해야 합니다. 테스트는 실제 사용자와 비슷한 환경에서 진행되어야 합니다. 대부분 스타트업은 개발에 시간과 리소스 대부분을 투자합니다. 따라서 개발을 빠르고 유연하게 하는 애자일은 선택이 아니라 필수입니다.

애자일의 꽃은 회고입니다. 매달 또는 분기에 한 번 정도 정기적으로 현재 조직, 기술, 제품, 프로세스(도구)에 대해서 논의해보고, 문제점이 발견되었을 때 개선 방안을 깊게 살펴보는 과정이 회고입니다. 지속적으로 조직, 기술, 제품, 프로세스 등 모든 것이 개선되도록 노력하는 최고의 도구가 회고인 거죠.

애자일이 원활히 동작하려면 적극적인 소통이 중요합니다. 시킨 일만 하는 수동적인 자세로는 불가능하다고 해도 과언이 아닙니다. 소통은 모든 방향에서 원활히 이뤄져야 합니다. 특히나 스타트업은 빠르게 움직이기 때문에 소통이 제때 이뤄지지 못하는 문제점이 있습니다. 그래서 요즘은 커뮤니케이션 매니저라는 역할도 생겨났습니다. 보통은 프로젝트 매니저와 조직장들이 원활한 소통 환경을 만들어야 하는데 업무가 너무 많다 보면 당장의 업무에만 집중하게 되거든요. 소통에 문제가 있다고 느껴지면 바로 결정권자와 이야기를 나눠보는 것이 좋습니다.

〈하스스톤〉 개발로 보는 애자일

〈하스스톤〉 개발기는 매우 독특합니다. 거의 애자일의 교과서라고 보아도 무방할 정도입니다. 〈월드 오브 워크래프트〉의 대성공과 또 이 게임을 바탕으로 한 보드 게임인 〈월드 오브 워크래프트 TCG^{World of Warcraft}

Trading Card Game〉도 의미 있는 성과를 이루었습니다. 그래서 자연스럽게 〈월드 오브 워크래프트 TCG〉를 디지털로 옮겨보자는 아이디어가 나왔고, 블리자드 내부에서 오랜 기간 검토하고 작은 팀을 만들었습니다. 이렇게 해서 〈하스스톤〉 개발이 시작되었습니다. 아주 소수의 게임 기획자와 게임 개발자만으로 개발을 이끌어가던 중 다른 게임이 마무리 단계에 접어들어 개발자 모두가 차출되어 자릴 비웠습니다. 팀에는 기획자 몇 명만 남게 되었죠. 이 기간이 짧을 줄 알았었는데, 무려 1년 이상을 갔고, 그 기간 동안 게임 기획자들은 어쩔 수 없이 게임 아이디어를 종이로 만들어서 플레이하면서 게임 콘셉트를 만들었습니다.

1년 동안 게임 기획자 몇 명이 최대한 작게 만들어 사용해보고 피드백을 받아 계속 개선하는 애자일을 실천한 겁니다. 매일매일 새로운 버전의 하스스톤을 종이로 만들어서 다른 팀 사람까지 불러 같이 플레이했습니다. 물론 실제로 프로그램으로 구현하지는 않았지만 완성도 높은 게임을 고안해둔 덕분에 팀에 개발자들이 다시 합류했을 때는 구현만 하면 되는 상황이었습니다.

블리자드는 게임에 들어가는 A부터 Z까지 모든 걸 직접 만듭니다. 그런데 이번에는 직접 게임 엔진을 만드는 대신 유니티 엔진을 도입했습니다. 조직 관행과 다른 나름 큰 결정을 내린 거죠. PC와 모바일 두 플랫폼에 대응해야 해서 일정을 고려해 멀티 플랫폼을 지원하는 유니티 엔진을 선택한 겁니다. 덕분에 빠르게 게임을 만들어서 테스트할 수 있었고 개발 일정 역시 단축할 수 있었습니다.

개발 자동화에도 많은 공을 들였습니다. 코드를 수정할 때마다 자동으로 게임을 빌드하고 테스트를 진행해 문제를 발견했습니다. 또한 현재 개발 버전과 다음 확장팩 버전을 동시에 개발하는 브랜치* 시스템 구성에도 공을 들였습니다. 이름하여 자동 머지(통합) 시스템이었습니다. 이 시스템은 개발자들이 새로운 기능을 넣으면 자동으로 다음 확장팩 브랜치에도 머지되고 빌드돼서 테스트까지 진행합니다. 그 와중에 문제가 생기면 머지를 다 취소하고 개발자가 다시 작업하게 됩니다. 자동 머지 시스템은 빠른 속도로 개발하는 근간이 되었죠.

가장 큰 난관은 브랜치를 머지하는 일이었습니다. 유니티 엔진에서는 에셋이라는 데이터를 만들어서 사용하는데, 에셋은 머지가 조금 힘든 구조였습니다. 애초에 소규모 게임을 주 타깃으로 한 게임 엔진이라서 여러 브랜치를 머지하는 경우를 고려하지 않았던 것이죠. 〈하스스톤〉을 개발하면서 유니티 엔진 에셋이 쉽게 머지되도록 구조 개선에도 기여했습니다. 물론 유니티 사의 적극적인 도움이 있어 가능했지만요(유니티 엔진 개선에 기여했다는 뿌듯함도 얻게 됐다는 라떼 이야기입니다).

〈하스스톤〉 개발은 기존 블리자드 게임과 많은 면에서 다릅니다. 더 빠르게 개발하고 시장 반응을 데이터로 파악했습니다. 게다가 블리자드 최초의 부문 유료화 게임입니다. 다행히 많은 사랑을 받아 엄청난 양의 데이터가 쌓여 분석에 애를 먹기도 했습니다. 〈하스스톤〉 성공에 가장 중요한 한 가지를 꼽으라고 하면 애자일입니다. 작고 빠르게 개발해서 실제로 플레이하며 빠르게 개선해 출시했습니다. 데이터를 이용해서 사용자의 반응을 살펴보면서 시장 반응에 따라 업데이트도 진행했습니다. 이제는 모든 회사에서 당연한 방향이겠지만, 당시에는 신선한 경험이었습니다.

---

* 메인(main)의 복사본(branch)

개발 주기와 도그푸딩 자세, 애자일을 살펴봤습니다. 이로써 엔지니어 역량에 관한 이야기는 모두 끝났습니다. 개발자 첫 10년에 도움이 되길 빕니다.

PART 2

매니지먼트
역량

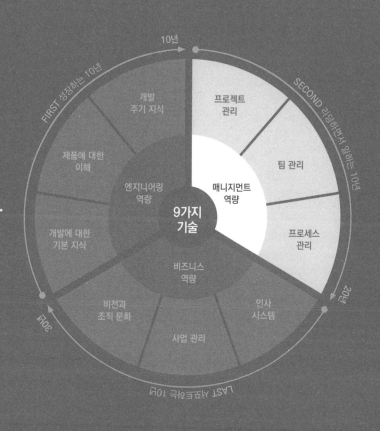

9가지 기술

매니지먼트 역량

엔지니어링 역량

비즈니스 역량

프로젝트 관리

팀 관리

프로세스 관리

인사 시스템

사업 관리

비전과 조직 문화

개발에 대한 기본 지식

제품에 대한 이해

개발 주기 지식

10년

20년

30년

FIRST 성장하는 10년

SECOND 리딩하면서 일하는 10년

LAST 서포트하는 10년

리딩하면서 일하는 10년

30년 커리어패스의 두 번째 10년에 필요한 매지니먼트 역량은 총 3가지입니다.

- 프로젝트 관리
- 팀 관리
- 프로세스 관리

매니지먼트 역할

매니지먼트는 프로젝트 관리, 팀 관리, 프로세스 관리로 구분할 수 있습니다. 첫 번째 프로젝트 관리는 출시 시기와 중점을 둬야 하는 일을 관리하는 기술입니다. 두 번째는 팀 관리, 즉 사람 관리입니다. 세 번째로 프로세스 관리입니다. 진행하는 과정을 관리하는 기술입니다.

주니어 개발자로 입사하면 처음에는 주어진 일을 하며, 개발 방법과 개발 주기를 배웁니다. 연차가 높아질수록 프로젝트를 관리하는 방법, 직원을 관리하는 방법, 좋은 프로세스를 설정하는 방법을 고민하며 성장합니다. 이 단계를 거쳐야 좋은 시니어 개발자가 되거나 좋은 개발 팀장이 될 수 있습니다.

프로젝트 관리

프로젝트 관리는 기본적으로 비용(리소스/인력), 시간(출시일), 제품 범위(기능) 세 가지를 관리하는 겁니다.

• 매니지먼트 영역 리소스 •

기업 입장에서는 기능을 모조리 넣으면서, 최대한 출시일을 앞당기고, 인력을 최소한으로 쓰고 싶어 합니다. 결론부터 말씀드리면 불가능한 이야기입니다. 시간과 인력은 늘 부족합니다. 반대로 만들고 싶은 것은 무한합니다. 그래서 이 사이에서 균형을 잡아서 제품을 출시해야 합니다.

시간은 누구에게나 공평하게 하루 24시간이죠. 게다가 적절한 출시 시점도 무시할 수 없습니다. 돈이 있다고 원하는 사람을 무한정으로 뽑을 수 있는 것도 아니고, 사람은 기계랑 달라서 입사하자마자 본인 자리에 앉아 프로젝트에 기여할 수 있는 것도 아닙니다. 그래서 결국에는 제품의 범위를 줄여야 합니다. 기능을 100%가 아니라 80~90%만 넣어 출시하는 겁니다. 최소기능제품을 출시하고 지속적으로 기민하게 업데이트하는 개발 방법론이 애자일입니다. 이때 핵심 기능을 빠뜨리는 일이 없어야 합니다. 품질과 경쟁력에 영향을 미쳐 자칫 위험에 처할 수도 있습니다.

팀 관리

두 번째로 팀 관리를 살펴보겠습니다. '팀을 만든다 → 유지한다 → 제품을 출시한다' 순서로 큰 그림을 그립니다. 다음 표는 팀이 어떤 방식으로 조직되어 돌아가는지 보여줍니다.

팀을 포밍forming하면 스토밍storming, 즉 폭풍처럼 마구 싸웁니다. 그러고 나면 잔잔해지고norming 사람들이 친해집니다. 마지막은 퍼포밍performing, 즉 일을 잘하게 되는 단계로 진입합니다. 대부분의 팀이 이런 순서로 돌아갑니다.

여기서 핵심은 신뢰와 지식입니다. 무슨 뜻이냐면, 새로 결성된 팀에서 처음 만난 사람들은 당연히 서로를 신뢰하지 않습니다. 그래서 지식도 공유하지 않습니다. 상대방을 믿지도 못하고 상대가 무엇을 하는지도 모릅니다. 이게 첫 단계입니다. 그러다 조금씩 자기가 하고 싶은 말을 합니다. 그러면서 본인의 지식을 전하게 됩니다. 아직은 서로를 신뢰하지는 못하기 때문에, 상대방 말이 기분 나쁘게 들립니다. 그래서 싸움이 생깁니다. 스토밍 단계에 접어드는 거죠. 사람은 참 이상합니다. 싸우다 보면 결국 친해집니다. 정이 드는 것이죠. 친해지면 신뢰가 생겨서 다른 사람의 지식을 믿고 잘 협력하게 됩니다. 비로소 팀이 잘 돌아가게 되는 거죠. 시너지가 발생합니다. 1+1이 2가 아니라 3이 되는 거죠. 프론트엔드 개발자와 백엔드 개발자가 원활히 협업해 일하다가, 그 과정에서 새로운 서비스나 아키텍처를 고안해낼 수도 있습니다. 함께 일하기 노림수는 시너지에 있다고 해도 과언이 아닙니다. 혼자가 아니라 함께 일하면 더 큰 성과를 만듭니다. 이게 퍼포밍 단계입니다.

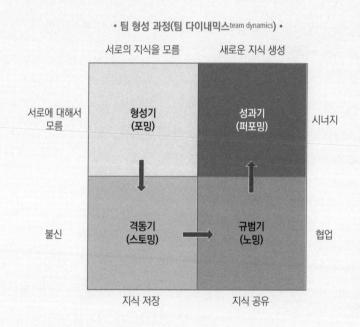

• 팀 형성 과정(팀 다이내믹스team dynamics) •

팀 관리자라면, 팀원에게 큰 그림을 보여줘야 합니다. 그래야 현재 팀 위치를 파악하고, 자신이 무엇을 어떻게 해야 하는지 생각할 수 있습니다. 저는 새 팀을 만들 때마다 워크숍을 합니다. 워크숍 때마다 남들이 써줬으면 하는 자신의 장점을 말하게 합니다. "나 C#을 정말 잘해. 나에게 물어봐줘" C# 고수가 동료라니 누가 반기지 않겠습니까? 약점도 말하게 합니다. 그런데 약점만 말하라고 하면 싫어합니다. 그래서 본인 약점을 말하되, 자신의 약점을 어떤 방식으로 도와줬으면 좋겠는지 말하게 합니다. "내 약점은 자리에 앉아서 혼자 일하는 걸 좋아하는 거야. 사람들이 말 거는 것을 싫어해. 하지만 중요한 일로 말을 걸고 싶으면 책상을 한두 번 톡톡 쳐줘. 그럼 하던 일을 멈추고 이야기할게." "나는 일하다 보면 너무 집중해서 옆도 안 보고 앞만 보고 가. 그러니까 그럴 땐 꼭 옆에서 너무 빨리 가는 것 같으니 잠시 멈춰서 살펴보자고 알려줘."

팀 존재 이유는 서로의 장점을 공유해서 극대화하고 약점을 보완해주는 것이므로, 서로가 강점과 약점을 알아야 합니다. 특히 약점을 공격하는 데 사용하면 안 됩니다. 약점은 당사자를 보호하고 팀워크를 유지하는 데 사용해야 합니다. 팀 생성 초기에 이 워크숍을 진행하면 빠르게 신뢰 단계(규범기)로 진입해 원활히 지식을 나누게 됩니다.

프로세스 관리

프로세스란 결국 일을 하는 과정을 정리하는 겁니다. 한 번 했던 일을 다시 할 때 잘하기 위한 장치가 프로세스입니다. 프로세스를 만들면 규격화해 측정할 수 있게 됩니다. 두세 번 반복하면서 최적화할 수 있습니다.

예를 들어 저는 이사를 하거나 직장을 옮기면, 출퇴근 수단과 경로를 정리해 시도해봅니다. 그렇게 최적의 경로를 찾으면, 집에서 몇 시에 나서면 언제 도착하는지 예상할 수 있습니다. 프로세스 관리는 실패를 막고, 우연을 막고, 철저하게 품질을 관리하고, 최적화하는 과정을 만드는 겁니다. 개발 방법은 다양합니다. 그러니 프로세스를 만들어두는 것이 매우 중요합니다. 개발 주기, 코드 리뷰 등 개발과 관련된 모든 것이 프로세스에 해당합니다. 프로세스가 잘 정립된 회사는 문제 없이 회사를 운영할 수 있을 뿐만 아니라 최적화까지 할 수 있습니다. 프로세스가 정립되어야지만 회사의 현 상태를 측정하고, 고도로 최적화할 수 있습니다.

매니지먼트 5가지 기본 소프트 스킬

훌륭한 개발자는 절대 엔지니어링 역량만 가지고는 될 수 없습니다. 매니지먼트 역량이 꼭 필요하고 이 매니지먼트 역량의 바탕은 바로 소프트 스킬Soft Skill입니다. 소프트 스킬 중에서도 제일 기본인 다섯 가지 기술을 알아보겠습니다. 첫째 **소통**communication입니다. 소통이 원활하지 않으면 일이 원활하게 돌아가지 못합니다. 둘째 **협업**teamwork입니다. 혼자서 프로그램을 만들던 시대는 끝났습니다. 일을 주고받으며 함께 일해야 합니다. 소통과 협업은 비슷하면서도 다릅니다. 셋째 **긍정적인 자세**positive attitude입니다. 일을 할 때 사람마다 자세와 마음가짐이 다르게 마련입니다. 일이 될 거라고 믿는 긍정적인 자세와 안 될 거라고 보는 부정적인 자세가 큰 차이를 만듭니다. 넷째 **프로 의식**work ethic입니다. 자신의 일이라고 생각하고, 최선을 다하는 자세입니다. 마지막은 **리더십**leadership입니다. 프로젝트

를 리딩하는 능력, 다른 사람을 관리하는 능력, 기술을 결정하는 능력이
여기에 해당합니다.

매니지먼트 역량은 관리자뿐만 아니라 직원에게도 필요합니다. '상사
가 일을 어떻게 했으면 좋겠다'라는 생각이 있어야 합니다. 그래야 상사
에게 요구할 수 있습니다. 예를 들어 일주일에 한 번은 상사와 면담을 하
고 싶어 하는 직원이 있다고 가정해봅시다. 그런데 상사가 면담을 해주질
않습니다. 그러면 해달라고 요청할 수 있어야 합니다. 추후에 본인이 상
사가 되면 직원과 일주일에 한 번씩 면담해야겠죠. 자신에게 주어진 일만
하는 것이 아니라 더 멀리 내다보고, 자신이 바라는 관리자 모습을 그려
보고, 관리자가 그렇게 해줄 수 있도록 유도해야 합니다.

그래서 저는 채용 면접 때 "상사에게 무엇을 원하냐?", "무엇을 원하지
않느냐?"라는 질문을 꼭 합니다. 대답에서 원하는 관리자 모습을 알게 됩
니다. 입사 후 어떻게 일하게 될지도 유추할 수 있습니다.

소통과 리더십

리더라면 특히 소통과 리더십을 갖춰야 합니다. 소통에서는 투명성과 개방성, 리더십에서는 인사이트가 중요합니다. 저는 그동안 투명성, 개방성, 인사이트를 갖춘 리더가 본인과 조직원과 비즈니스와 회사를 성장시키는 일을 적지 않게 봐왔습니다. 그래서 더 자신 있게 꼭 갖춰야 한다고 말할 수 있습니다.

소통에서는 투명성transparency이 중요합니다. 투명성은 사람들이 알아야 할 정보를 충분히 공급해주는 걸 말합니다. 투명성이 보장되려면 업무에 필요한 중요 정보에 모두가 쉽게 접근할 수 있어야 합니다. 서로가 항상 사실을 말해야 합니다. 예를 들어 리더가 투명하게 이야기하면 더 쉽게 의도가 전달됩니다. 그리고 부하 직원은 리더를 예측할 수 있게 됩니다. 리더에게 질문했을 때 답변을 예측할 수 있으면 사사건건 상사에게 물어볼 필요가 없습니다. 상사의 생각을 미리 알기 때문에 '아 이거는 이런 식으로 처리하면 되겠구나'라고 생각하는 거죠. 반대로 상사에게 허락을 받아야 할 사안은 확실하게 물어보게 됩니다. 이렇게 투명성과 예측 가능성이 확보되면 직원에게 자율성이 생깁니다. 아직도 옥죄야 성과가 나온다고 생각하는 분이나 조직이 있는지 모르겠지만, 자율성이 보장될 때 창의성이 발현되고 직원은 행복해지고 결과적으로 더 나은 성과를 도출하게 됩니다. 따라서 상사라면 당연히 예측 가능한 상사가 되어야 합니다.

투명성은 개방성openness과 같이 있을 때 더 빛을 발합니다. 항상 모든 정보를 투명하게 공개하는 일은 소통에서 매우 중요합니다. 아울러 리더라면 개방성을 가지고 남의 말을 경청하는 사람이 되어야 합니다. 투명하고 예측 가능하지만 다른 사람의 말을 무시한다면 아무 의미가 없습니다. 즉 투명하게 모든 정보를 공유하고, 개방적인 자세로 다른 사람의 말을 잘 듣는 것. 이 두 가지를 잘하는 것이 소통의 핵심입니다. 투명성과 예측 가능성을 기반으로 한 자율성에 개방성을 더해봅시다. 적극적인 참여를 즐기는 동시에 성과도 내는 팀을 만나게 될 겁니다.

협업은 논쟁 테이블 위에서 벌어지는 관철과 양보의 줄다리기입니다. 좋은 리더라면 협업을 잘 이끌어야 하는데, 그러려면 8할을 양보해야 합니다. 예를 들어 비슷한 역량을 갖춘 A와 B가 한 프로젝트에서 개발을 한다고 가정합시다. 일을 하다 보면 둘 사이 이견이 생길 수 있습니다. 이견이 생길 때마다 항상 A 의견이 관철된다고 해봅시다. 그럼 제대로 된 협업이 아닙니다. 3대7, 6대4, 5대5 정도로 아웅다웅하면서 일하는 게 협업입니다. 한 사람이 항상 이겼다면 그건 욕심에서 비롯된 결과일 겁니다. '작은 일에 목숨 걸지 마라'라는 말을 다들 아시죠? 이래도 되고 저래도 되는 일까지 자신의 의견을 관철할 필요는 없습니다. 정말 중요한 일을 관철하지 못하는 일이 발생하지 않도록 하는 게 더 중요합니다. 좋은 리더라면 작은 것을 버리고 큰 것을 얻어야 합니다. 중요하지 않은 일은 원하는 대로 하게 둡시다. 대신 중요한 일에서는 물러서서는 안 됩니다. 설득해야 합니다. 너무 중요하다면 우겨서라도 이겨야 합니다. 중요한 일까지 물러서면 호구입니다. 열에 여덟아홉 사소한 일에서 확실히 물러섭시다. 중요한 한두 건만 확실히 챙깁시다.

아마존 제프 베조스는 경영 회의에서 모두가 '좋아요'라는 합의를 보면 불이 나게 화를 냅니다. 충분히 고려하지 않았다고 생각하는 겁니다. 건강한 조직이라면 협업 테이블에서 치열한 논쟁이 오가야 합니다. 그래야 최고의 선택을 할 수 있습니다. 점잖은 샌님 놀이로는 전쟁 같은 개발 세계를 지탱할 수 없습니다. 중요한 일이라면 치열하게 논쟁하고 관철해냅시다. 그렇지 않으면 양보합시다. 그러면 협업을 제대로 이끌어내는 리더가 될 수 있습니다. 아시겠지만 양보했다고 해서 나 몰라라 하면 안 됩니다. 무관심을 주는 게 아니라 자율 선택권을 주는 양보와 타협이라면 지지하고 지원해줘야 합니다.

리더의 조건으로 리더십을 흔히 말합니다. 리더십은 무얼까요? 리더십이라는 역량은 많은 것을 포괄합니다만 그중에서 하나만 꼽으라면 인사이트입니다. 현재 시장을 파악하고 향후 변화의 큰 물줄기를 분간하는 능력이죠. 탁월한 인사이트를 갖춘 리더라면 큰 물줄기를 발견해 흐름에 올라탑니다. 인사이트가 부족하면 지류로 조직을 내몰아 바다에 닿지 못하고 배를 땅에 처박을 겁니다. 인사이트가 있어야 기술 변화를 내다보고, 개발 방식과 방향을 결정할 수 있습니다. 코끼리 무리에서는 할머니 암컷이 리더를 맡습니다. 초목과 물로 무리를 이끌어야 하므로 경험과 노련함이 중요한 겁니다. 힘은 큰 의미가 없습니다. 리더가 없거나 리더가 초원과 물이 있는 곳으로 안내하지 못하면 코끼리 떼는 근방에 있는 목초를 금세 다 뜯어먹고 나서 아사하게 될 겁니다. 비즈니스에서도 마찬가지입니다. 리더에게 기술, 제품, 시장에 대한 인사이트가 없으면 개발만 하다가 도태될 겁니다.

그럼 인사이트를 어떻게 계발할 수 있을까요? 저는 책과 사람 그리고 크리티컬 싱킹을 제안해봅니다. 좋은 책을 계속 읽고, 좋은 사람을 계속 만나야 합니다. 이렇게 해서 얻어진 것들을 실제 업무에 적용해보고, 크리티컬 싱킹을 해서 계속 확장해야 합니다. 투명하게 지속적으로 본인의 인사이트를 전파하고 개방성을 발휘해 다시 좋은 피드백을 듣고 반영해야 합니다. 그래야 혼자만의 생각이 아닌 집단 지성을 이끌어내며 발전할 수 있습니다.

업무 위주의 책만 보는 것이 아니라 인문이나 리더십 서적 등 다양한 주제의 책을 읽어야 하며, 사내와 외부 사람들 모두를 많이 만나보아야 합니다. 일하면서 그리고 책을 읽고 느낀 점을 사람들과 대화를 나누면서 발전시켜야 합니다. 계속 만나던 사람들도 좋지만 매년 새로운 사람들을 만나는 노력을 해야 합니다. 세상은 빠르게 변합니다. 내가 세상보다 빠르게 변하지 않으면 세상이 나를 강제로 변화시킬 겁니다. 내가 세상보다 빠르게 변하려면 인사이트 계발에 많은 노력을 해야 합니다.

프로젝트 리딩, 테크니컬 리딩, 피플 매니징

관리자는 최상위 관리자와 중간 관리자로 나뉩니다. 최상위 관리자는 회사의 미래, 파트너십, 투자를 책임지고, 중간 관리자는 실무선에서 제품을 개발하고 조직을 관리합니다. 10년 차 20년 차가 되어도 관리자 역할을 하지 않고, 본인의 역량과 능력을 활용해서 회사에 기여하는 일반 직원을 개인 기여자individual contributor라고 부릅니다. 100세 코딩을 꿈꾼다면 개인 기여자의 삶을 살면 됩니다. 개인 개발자로 남을지 관리자가 될지는 본인의 선택입니다. 하지만 관리자가 무슨 일을 하는지는 알아야 본인이 관리자로서 재능이 있는지 알 수 있고, 커리어도 결정할 수도 있습니다.

중간 관리자(개발 팀장)는 세 가지 일을 합니다. 첫 번째는 **프로젝트 리딩**입니다. 프로젝트 관리와 비슷합니다. 제품의 방향을 결정하고 잘 출시하도록 프로젝트를 진행하는 일입니다. 두 번째는 **테크니컬 리딩**, 기술에 집중합니다. 사용하는 기술이 올바른 기술인지, 해당 기술을 잘 쓰고 있는지, 현 상태로 개발하면 나중에 문제가 생기지는 않을지, 시스템은 확장 가능한지 등 기술과 관련된 문제에 집중합니다. 마지막은 **피플 매니징**입니다. 직원의 행복과 성장에 집중하는 겁니다. 결국 관리자는 제품, 기술, 사람과 관련된 일을 하는데, 이 세 가지는 성격이 많이 다르다는 것을 기억해주세요.

• 중간 관리자 역할 •

피플 매니징

중간 관리자
역할

프로젝트
리딩

테크니컬
리딩

현실적으로 개발 팀장이 세 가지 영역을 다 잘하기는 쉽지 않습니다. 관리자는 본인이 잘하는 것에 집중하고, 부족한 부분은 도움을 받아 메워야 합니다. 예를 들어 기술이 좀 약하다면, 기술 역량이 높은 직원에게 "기술적인 부분은 당신이 많이 도움을 주면 좋겠어"라고 역할을 부여해주는 겁니다. 사람 관리에 약한 편이라면, 팀원 중 시니어 한 명에게 부탁해 팀원을 관리하게 하면 됩니다. 개발 팀장이 혼자서 세 가지를 다 할 필요는 없습니다. 다만 각 역할을 명확히 이해하고는 있어야 합니다. 다시이야기하지만 팀 리딩은 프로젝트 리딩, 테크니컬 리딩, 피플 매니징을 포괄합니다.

소프트 스킬로서 매니지먼트의 역량과 역할을 알아봤습니다. 이제부터 제품을 개발할 때 필요한 역할인 프로젝트 리드, 테크니컬 리드, 피플 매니저를 알아보고, 개발이 융합되어 돌아가게 하는 프로세스도 알아봅시다.

성공을 이끄는
프로젝트 리드

현업에서 PM이라는 용어를 많이 쓰는데요, PM에는 두 가지 뜻이 있습니다. 프로젝트 매니저project manager와 프로덕트 매니저product manager입니다. 프로덕트 매니저를 프로덕트 오너product owner, PO라고도 부릅니다. 혼란을 막고자 제품의 총책임자를 PO, 프로젝트 책임자를 PM으로 부르며 설명하겠습니다. PM은 제품에 대해서도 신경을 쓰고 관리하기 때문에 PO 역할을 겸하기는 합니다. 이 두 직책의 차이는 회사마다 다르기 때문에 명확하게 정의하기가 쉽지 않습니다. 단적으로 이야기하면 PO는 제품만 신경쓰고, PM은 개발해서 출시하는 전체 일정과 리소스를 관리합니다. 참고로 우리나라 기업은 대개 프로젝트 매니저와 프로덕트 매니저를 한 사람이 맡아서 진행합니다. 미국 기업은 회사 규모가 작으면 한 사람에게 다 맡기지만 커지면 분리합니다. 지금부터 다룰 프로젝트 리드는 PO 역할도 하지만 전반적으로는 PM 쪽에 더 집중하는 역할이라고 보면 됩니다.

프로젝트 리드는 기술을 제외한 모든 것을 챙겨야 합니다. 개발 계획을 세우고 나면 부족한 인력과 다가오는 출시 일자와 구현할 수많은 기능을 두고 저글링합니다. 다양한 역할의 사람과 소통하며 교통정리를 하면서도 중요하지 않은 일에 시간을 쓰지 않도록 시간 관리에 신경을 써야 합니다. 지속적으로 생기는 다양한 문제를 관리하며 중요한 일에 리소스가 투입되도록 우선순위도 관리합니다.

• 《Debugging the Development Process》 •

《Debugging the Development Process》라는 책이 있습니다. 우리나라에 《프로그램 개발의 비결》이라는 제목으로 번역되기도 했는데요, 원서 제목을 직역하면 '개발 과정을 디버깅하자'입니다. 제목에서 유추할 수 있듯이 개발 과정 자체를 계속 살펴보면서 개선해야 좋은 제품을 만들 수 있다는 메시지를 던져주는 책입니다. 프로젝트 리드라면 제품과 코드뿐만 아니라 개발 과정 전체를 다 신경 써야 한다는 이야기입니다. 이제 이런 개발 과정에서 벌어지는, 그래서 프로젝트 리드가 챙겨야 하는 일들을 살펴봅시다.

개발 계획 세우기

　개발 주기는 요구사항을 분석하고, 시스템 구조를 설계하고, 개발하고, 테스트와 출시하고, 피드백을 받아서 업데이트하는 전체 과정입니다. 언제까지 기획하고, 무엇을 개발할지, 아키텍처는 언제 설계하는지 계획을 마련해야 합니다. 1년 치가 어렵다면 6개월이든 1개월이든 최소한의 개발 계획이 있어야 합니다. 계획 안에서 실행해야 리소스가 관리됩니다. 일정이 있어야 일정에 맞춰서 일을 끝내는 데 필요한 채용 규모와 시기를 정할 수 있습니다. 개발과 계획 모두 PM의 소관입니다. PM은 전체 과정을 이해하고 목표를 이해하고 리소스를 관리해야 합니다. PO를 포함한 사람들이 그림 안에서 소통할 수 있도록 도움을 줘야 하고 스스로도 소통을 해야 합니다. 프로젝트 관리도 하고, 연 단위, 월 단위 계획, 일 단위 계획을 세워야 합니다.

　계획을 세우는 것도 중요하지만 준수하는 것도 중요합니다. "작전계획을 세우는 것은 누구나 할 수 있다. 그러나 전쟁을 할 수 있는 사람은 적다." 나폴레옹 말입니다. 계획을 세우고 실천해야 의미가 있습니다.

　계획을 세우는 이유는 완벽하게 준수하기 위해서가 아닙니다. 성공을 위해 세우는 겁니다. 그러므로 계획을 세워두고 상황에 맞게 수정하고 대비해야 합니다. 계획을 세우고 3일만 지나도 상황은 바뀝니다. 그럼 다시 계획을 세워야 합니다. 원래부터 계획은 세우고 고치고 다시 세우고 고치기를 반복해야 하는 겁니다. 작심삼일이면 어떻습니까? 3일마다 계획을 세워 3일 동안 실행하면 되지 않습니까? PM은 계획을 세워서 전체 그림을 정리하고 시장, 개발, 제품에 맞춰서 계획을 업데이트해야 합니다. 쉽지 않은 일입니다. 하지만 이렇게 정리하는 사람이 있어야 프로젝트가 안정적으로 진행됩니다. PM은 시간, 인원, 비용이라는 제약을 고려해서 개발 범위를 설정해야 합니다.

블리자드 채용 면접에서 필수 질문이 있습니다. "시간과 품질 중 무엇을 선택할 건가요?" 10월 말까지 제품을 출시하기로 했다고 가정합시다. 이 일정은 시장 상황 때문일 수도 있고, 마케팅 플랜 때문일 수도 있습니다. 일정은 정해져 있는데 기능에 문제가 있습니다. 그냥 출시할 것^{on time}이냐, 아니면 일정을 늦추고 품질을 높일 것인가^{on quality} 선택하라는 질문입니다.

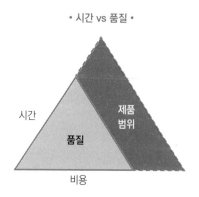

· 시간 vs 품질 ·

이 질문에 정답은 없습니다. 지원자의 성향을 보려는 질문입니다. 어떤 답변을 하든 지원자에게 철학이 있으면 됩니다. 실무에서는 둘 다가 정답일 수 있고 오답일 수도 있습니다. 블리자드는 항상 품질을 선택했습니다. 아무리 '오래 걸려도 좋은 품질의 게임만을 출시한다'가 회사의 철학이었지요. 하지만 모든 게임에 이를 적용할 수는 없습니다.

예를 들어 스파이더맨 영화가 개봉되고 영화 줄거리를 바탕으로 한 게임이 나온다면 영화와 동시에 출시하는 것이 최선이겠지요. 이 경우 품질도 중요하지만 타임 투 마켓Time-to-Market, 즉 최적의 시기에 맞추는 일이 품질보다 더 중요합니다.

하지만 일반적인 서비스라면 품질과 시간 사이에서 밸런스를 잡아야합니다. 적절한 품질로 최대한 늦지 않게 지속적으로 시장에 출시하는 것이지요. 스타트업에서는 최소기능제품이라는 개념이 활발히 사용됩니다. 따라서 최소기능제품 전략이 가능하려면 최소한의 시간에 사용자가 사용하기에 충분한 품질을 만들고 제품 범위를 최대한 줄여야 합니다. 요즘게임은 최소기능제품의 표본입니다. 모든 콘텐츠를 다 만들어서 출시하는 것이 아니라 게임의 10%만 만들어서 출시하고 시장의 반응을 보면서나머지를 구현합니다.

'시간도 부족하고 리소스도 부족하니, 무조건 기능을 줄여서 출시한다'는 정답이 아닙니다. 더 높은 차원에서 프로젝트 관리를 하려면 애초에이런 상황이 오지 않게 주어진 시간과 리소스를 효과적으로 써야 합니다. 팀이 효율적으로 돌아가도록 계획을 세우는 겁니다. 모든 기능이 필수는아니므로 범위를 조금은 줄여야 합니다. 결국 우선순위 정하기가 절반, 시간을 효율적으로 관리하기가 절반입니다. 이걸 잘 섞고 조율해야 프로젝트 관리를 잘해서 성공적으로 제품을 출시할 수 있습니다.

역할 나누기

PM은 인적 자원을 역할 기준으로 관리합니다. 사람들이 어떤 역할을 맡고 어떤 일을 하는지 조율하는 코디네이터 역할을 하는 거죠. 전체 프로젝트로 보면 PO와 어떤 기능을 넣어달라고 요구하는 이해관계자stakeholder, 실제 기능을 개발하는 개발팀이 있습니다. 그리고 팀에는 프로젝트 리드(언제까지 만들고 뭘 할 건지 결정하는 사람), 테크니컬 리드(기술을 관리하는 사람), 피플 매니저가 있습니다. 세 역할을 한 사람이 다 맡기에는 버거운 면이 있습니다. 마이크로소프트나 블리자드를 비롯한 미국 회사는 엔지니어링 매니저를 따로 두기도 합니다. 심지어 각각을 세 명에게 맡기기도 합니다.

역할은 팀 크기에 따라 달라질 수 있습니다. 역할을 맡은 사람이 일을 잘할 수 있게 코디네이션하려면, PM은 사람들이 적절히 부딪히며 일할 수 있게 역할을 정의해야 합니다. 역할을 나눈다는 것은 바둑판처럼 격자를 그려놓고 사람들을 하나하나 넣어서 할 일을 정해주는 게 아닙니다. 야구에서의 1루수, 2루수, 3루수 같이 포지션을 정해야 합니다. 급할 때는 1루수가 2루수 자리로 옮기기도 하니까요. 서로 포지션을 약간씩 겹치면서 충돌하면서 일해야 합니다.

예를 들어 '프로덕트 오너는 요구사항을 만들지마', '이해관계자만 요구사항을 줄 거야', '엔지니어는 그냥 시키는 일만 해' 이런 식으로 역할을 나누면 망합니다. 완벽히 격리된 역할을 주면 의욕이 떨어지고, 역할 이기주의에 빠질 수 있습니다. 그러면 큰 그림에서 협동이 어렵습니다. 모든 사람에게 기본 역할을 정리해주되, 약간은 자기 범위 밖에 나와서 일할 수 있도록 자유를 제공해야 합니다. 앞부분에서 이야기했던 투명성, 예측 가능성 같은 것을 발현하여, 사람들이 자연스럽게 자기 밖으로 나와서 이야기하고, 생산적인 충돌이 일어나도록 해야 합니다.

시간 아끼기

시간을 아끼는 최고의 방법은 낭비를 없애는 겁니다. 시간을 잡아먹는 요인으로는 ❶ 필요 없는 코드, ❷ 개발 과정에서 기다림(다음 과정이 준비되지 않았기 때문에), ❸ 불명확한 요구사항, ❹ 내부 정치, ❺ 느린 내부 소통 이렇게 다섯 가지가 있습니다.

생소한 이야기가 아닐 겁니다. 이미 많은 회사에 만연하죠. 지금 이 순간에도 도처에서 시간이 버려집니다. 성공적으로 프로젝트를 완료하고 싶다면 낭비를 막아야 합니다. 물론 모두 없앨 순 없습니다. 하지만 줄이는 건 가능합니다. 해결책은 단순합니다. 계획을 세워서 명확한 요구사항을 만들고, 관리자가 큰 틀에서 목표와 비전을 가지고 정리해 내부 소통을 개선해서 내부 정치를 사라지게 하면 됩니다. 소통이 원활해지면 투명성이 높아지니까 엉뚱한 정치가 안 먹히게 되는 겁니다. 프로세스 자체가 느리다면 시스템을 개선해야 합니다. 빠르게 빌드하고, 테스트를 자동화하고, QA를 빠르게 진행하는 등 개발 과정을 최적화해야 합니다. 필요 없는 코드는 요구사항이 명확하지 않을 때 또는 기술 구조를 잘 정의하지 않았을 때 발생합니다. 따라서 요구사항을 명확히 정의하고 기술 구조를 초기에 제대로 잡아둬야 합니다.

가벼운 캔미팅이나, 대대적인 워크숍으로 낭비 요소를 찾고 해결책을 함께 모색할 수도 있습니다. 하지만 직장인이라면 낭비되는 요소를 누구나 너무 잘 압니다. 거창한 이벤트보다는 일상에서 꾸준히 하나씩 낭비를 줄이는 방식이 낭비가 낭비를 만들지 않는 방법입니다. 때로는 돈을 더 많이 버는 것보다 덜 쓰는 게 쉽습니다. 아예 돈을 덜 쓰면 낭비를 안 하게 되거든요. 시간도 마찬가지입니다. 낭비를 줄이면 업무 효율이 올라갑니다. 당연히 생산성도 높아지게 됩니다. 아주 중요한 내용이라서 다시 한번 강조합니다. 생산성을 올리는 방법은 모두를 바쁘게 하는 것이 아니고 낭비를 없애는 겁니다. 모두가 바쁘고 진척이 안 된다면 사실상 낭비하고 있을 가능성이 높습니다. 서로가 서로에게 병목이 되어서 전체 진행 속도가 느려졌을 겁니다. 가능한 모든 곳에서 낭비와 병목 요소를 없앱시다. 그러면 빠르면서도 모두가 적절한 업무량으로 일할 수 있게 됩니다. 효율적이며 생산성이 높아지는 거죠.

문제 해결 6단계

프로젝트를 진행하다 보면 문제가 계속 발생합니다. 어느 날 한 직원이 "왜 출근하면 항상 밤새 시스템이 망가져 있는 걸까요. 슬픕니다"라고 하는 겁니다. 그래서 제가 말했습니다. "이게 안 망가져 있으면 우리가 출근을 안 했겠지. 잘렸겠지. 매일 뭔가가 망가지니까 우리가 즐겁게 매일 일하는 거야." 문제는 항상 발생합니다. 일이란 문제를 잘 정리하고 계산하고 해결하는 행위입니다. 문제가 재발되지 않게 해결하는 게 중요합니다. 고로 문제 자체를 싫어하면 안 됩니다.

위기관리 프로세스를 예로 들어보겠습니다. 위기관리 프로세스를 준비하면 위기가 발생하지 않습니다. 준비를 했으니까요. 우산을 계속 들고 다니면, 비가 와도 위기가 아닙니다. 들고 다니다가 쓰면 되니까요. 그런데 우산을 가지고 다니지 않으면, 비가 올 때 위기 상황이 되는 겁니다. 그래서 위기관리를 하면 위기가 안 오고, 위기관리를 안 하면 위기가 옵니다.

문제는 필연적으로 계속 발생하므로 문제 해결 시스템을 갖추면 시간 낭비를 줄일 수 있습니다. 문제 해결 시스템을 어떻게 만들어야 할까요? 시스템을 만들려면 문제 해결을 단계별로 나눠야 합니다. 문제 정의부터 문제가 해결되었는지 확인하기까지 과정을 총 6단계로 나눠봅시다.

· 문제 해결 단계 ·

1단계 문제 고르기

2단계 고른 문제를 정의하기

3단계 문제 분석하기

4단계 해결책을 찾고 그중에서 최선의 해결책 선택하기

5단계 선택한 해결책을 실행해도 되는지 결정권자에게 승인받기

6단계 문제가 해결되었는지 확인하기

문제는 도처에 도사립니다. 그리고 한둘이 아닙니다. 어떤 문제를 먼저 해결할지 우선순위를 정해야 합니다. 모든 문제를 완벽하게 해결할 수는 없기 때문입니다. 그래서 1단계는 '문제 고르기'입니다. 2단계는 '고른 문제를 정의하기'입니다. 예를 들어 '너무 더워서 일할 수 없다'라는 문제가 있다면, '더위란 무엇인지, 몇 도가 되면 더운지, 원하는 온도는 몇 도인

지', 이런 식으로 문제를 정의합니다. 3단계는 '문제 분석하기'입니다. '더워서 생산성이 떨어진다, 땀이 흘러 수건으로 닦아야 된다' 등 문제의 원인과 결과를 분석합니다.

4단계는 '해결책 찾기'입니다. '더우니까 선풍기 갖다 놓을까, 에어컨 갖다 놓을까, 밖에 나가서 일할까?' 고민하는 겁니다. 해결책은 여러 가지여야 합니다. 해결책이 하나만 있어서는 안 됩니다. 저는 해결책이 단 하나일 때는 그 해결책을 적용하지 않는 편입니다. 만약에 그걸 적용했다가 해결이 안 되면 더 위험한 상황이 될 수 있기 때문입니다. 여러 가지 해결책이 있어야, 하나가 실패했을 때 잽싸게 다른 해결책을 시도할 수 있습니다. 문제 하나에 해결책이 하나만 있을 수는 없습니다. 문제 하나에 여러 해결책을 고안한 뒤 제일 좋은 해결책을 골라야 합니다. 이것이 문제 해결의 핵심입니다.

5단계는 '선택한 해결책을 실행해도 되는지 결정권자에게 승인받기'입니다. 제일 좋은 방안을 골랐다고 곧바로 실행하면 안 됩니다. 결정권자와 이야기한 뒤 실행해야 합니다. 결정권자에게 해결책을 보여주고 이해와 동의를 구한 뒤 진행합시다. 그렇지 않으면 우리가 해결책을 선택할 때 고려하지 못했던 결정권자만 아는 이유로 모든 일을 처음부터 다시 해야 할 수도 있습니다.

마지막 6단계는 '문제가 해결되었는지 확인하기'입니다. 에어컨과 선풍기 중 고민하다가, 에어컨으로 결정했다고 해봅시다. 결정권자가 돈이 많이 들어도 에어컨 설치에 동의했으면, 이제 시원하게 모두가 즐겁게 일하면 됩니다. 그런데 설치했다고 끝이 아닙니다. 얼마간은 계속 확인해야 합니다. 온도가 낮은지, 모두가 행복한지, 문제 해결 상태가 지속되는지 측정해야 합니다.

참고로 문제 해결뿐 아니라 모든 일에서 목표goal, 계획plan, 실행action, 측정measure 이 네 가지는 중요합니다. 목표가 있어야 의미가 있는 것이고, 계획이 없으면 무엇도 할 수가 없으며, 실제 실행해야만 뭐든 결과가 나옵니다. 모든 결과를 측정/분석해서 더 좋은 목표로 수정하거나 아니면 계획을 더 좋게 바꾸어서 다시 실행해 원하는 결과가 나올 때까지 이 과정을 반복해야 합니다. 이 방법론은 지금까지 이야기한 문제 해결 방식에도 동일하게 녹아 있습니다. '목표는 문제 해결하기', 계획은 '여러 해결책 마련하기', 실행은 '일부 해결책을 골라서 행동하기', 측정은 '문제가 해결됐는지 확인하기'입니다. 문제 해결 상태는 반드시 유지되어야 합니다. 안 그러면 의미가 없습니다. 만약에 해결된 상태가 유지되지 않는다면 다시 문제를 풀어야 합니다.

선별해 문제 풀기

제한된 시간을 효과적으로 사용하려면 산적한 문제를 효과적으로 분류하고 대응해야 합니다. 현재 역량으로 풀 수 있는 문제와 풀 수 없는 문제가 있습니다. 따라서 문제를 발견했다면 경중과 해결 가능성을 따져야 합니다. 예를 들어 직원들이 연봉이 낮다고 항의한다고 합시다. 회사가 돈이 없다면 더 줄 수 없으니 현실적으로 해결할 수 없는 문제가 됩니다. 중요하고 풀 수 있는 문제는 풉시다(do it). 중요한데 풀 수 없다면 미래로 미뤄둬야 합니다(postpone). 풀 수는 있지만 중요하지 않다면 위임합니다(delegate). 할 수 있는 일이라고 다 해야 하는 건 아닙니다. 중요하고 풀 수 있는 일의 우선순위가 높습니다. 다음 그림은 우선순위를 정할 때 사용하는 시간 관리 매트릭스를 문제 선별용으로 약간 변형한 버전입니다 (우선순위에서는 X 축이 '긴급도'입니다).

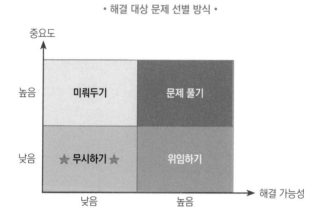

• 해결 대상 문제 선별 방식 •

이 도표의 핵심은 중요하지 않고 할 수 없는 일을 무시ignore하는 영역입니다. 해결 못할 일에 시간을 낭비하지 않도록 아예 뇌에서 지워버리는 겁니다. 존재하지 않는 것처럼요.

블리자드에서는 아침마다 버그 리뷰를 했습니다. 아침 리뷰 때마다 30개 정도씩 버그가 새로 추가됩니다. 매일 고쳐도 매일 버그가 늘어나니 항상 500개 정도가 유지됩니다. 그중 400개는 몇 달째 쌓여 있는 겁니다. 중요성이 낮고 해결까지 드는 시간을 확보하기도 어려운 문제들이죠. 그래서 400개를 지우자고 했습니다(무시하기), 괜히 리뷰하는 데 시간만 들어간다고요. 그래서 정말로 지웠냐고요? 지웠습니다. 그리고 평소와 같이 매일 30개 버그가 쌓였고, 일부 버그는 고치고(문제 풀기), 일부 버그는 수정하지 않기로 결정하고(무시하기), 일부 버그는 추가 테스트 요청을 했습니다(위임하기). 중요하다고 판단한 100개만 리뷰하면 되기 때문에 시간을 절약할 수 있었습니다. 이처럼 중요도가 낮거나 해결할 수도 없는 일이라면 (리소스 때문이든 능력 때문이든) 머릿속에서 지워버리는 것도 방법입니다. 그렇지 않으면 낭비로 연결되기 때문입니다. 할 수 있는 일, 중요한 일, 해결할 수 있는 문제에 집중합시다. 재발하지 않도록 해결책을 만듭시다. 그래야 시간을 효율적으로 쓰면서 프로젝트를 제대로 리드했다고 말할 수 있습니다.

우선순위 정하기

우선순위대로 일하고, 문제를 해결하고, 낭비를 없애고, 사람들의 역할을 연결해야 합니다. 단순히 일정 잡고 열심히 일하도록 격려하는 역할이 프로젝트 관리라고 오해하기 십상입니다. 하지만 프로젝트 관리는 생각보다 많은 일을 포함합니다.

핵심은 '우선순위 정하기'입니다. 우선순위의 기본은 '급한가 급하지 않은가?', '중요한가 중요하지 않은가?'에 있습니다. 앞서 얘기한 '중요한데 할 수 있는가 없는가'와 비슷하게 들립니다만, 약간 다른 측면에서 보는 겁니다. 급한 거는 바로 느껴지지만 중요도는 잘 느껴지지 않습니다. 대개는 생각할 시간이 없고, 눈앞에서 당장 닥친 일만 하다 보니까 급한 것 위주로 일하게 됩니다.

찰스 험멜이 쓴 《늘 급한 일로 쫓기는 삶》이라는 책이 있습니다. 우리는 늘 급한 일로 쫓깁니다. 만약에 여러분이 매일 너무 급하게 살고 계속 시간에 쪼들린다면, 뭔가 잘못되고 있다는 겁니다. 중요한 일을 해야지 급한 일의 늪에 빠져서는 안 됩니다. 할 일을 고를 때 급한가 급하지 않은가를 따지지 말고, 한 발 물러서서 '중요한가 중요하지 않은가'를 먼저 생각해야 합니다. 급한데 중요하지 않은 일에 시간을 다 써버리면, 그 사이에 급하지 않았지만 중요했던 일이 아주 시급하고 중요한 일로 다가오게 됩니다. 중요한 데 시급한 일이라니! 상상만 해도 무섭군요. 그러니 '중요하고 급한' 일로 분류될 일은 초기에 처리해서 없애버려야 합니다. 그러고 나서는 '중요하지만 안 급한 일' 위주로 처리하면 됩니다. 그래야 자신이 삶을 주도하고 시간을 주도하면서 프로액티브proactive하게 살아갈 수 있습니다. 급한 일만 하면 일에 쫓겨다니고 끌려다니게 됩니다.

예를 들어 이야기해봅시다. 업무 중에 여기저기서 전화가 오고, 이메일이 옵니다. 그러면 당장 그 일들을 처리하느라 너무 바쁩니다. 그러다가 하루를 다 써버립니다. 이는 외부에서 오는 것에 반응하는 리액티브reactive한 삶입니다. 원래 직장 생활이 그런 거 아니냐고 생각할 수 있지만, 이걸 뒤집을 수 있습니다. 이메일이 오면 언제까지 하겠다고 답장하고, 전화가 오면 지금 다른 일을 하고 있으니 언제 다시 연락을 주겠다고 하는 거죠. 아니면 다른 사람에게 일을 넘겨줄 수도 있습니다. 업무 요청을 전부 즉시 처리하는 게 아니라 마감일을 정하거나, 거부하거나, 위임해서 관리해야 합니다. 일종의 대기열을 만들어서 하나씩 차근차근하면 됩니다. 중요한 일은 앞으로, 덜 중요한 일은 뒤로.

우선순위 정리는 시간과 업무 두 측면 모두에 필요합니다. PM이라면 팀 전체의 시간과 업무의 우선순위를 정리해야 합니다. PM이 우선순위를 제대로 정하지 못하고 헤매면 팀 전체가 헤맵니다.

◆◆◆

프로젝트 리드는 역할, 낭비, 문제, 우선순위 이 모든 것을 총체적으로 관리해야 합니다. 그래야 큰 그림 안에서 안정적으로 일할 수 있습니다. 이 모든 것을 관리하므로 바쁩니다. 원래 바빠야 합니다. 본인은 바빠도 프로젝트 안에서 일하는 사람들은 안정적으로 일할 수 있게 해줘야 합니다.

기술 주도
테크니컬 리드

테크니컬 리드, 즉 기술적으로 어떻게 팀을 이끌 것인지를 살펴보겠습니다. 게임 개발에서 아티스트는 고객을 끌어오고, 게임 기획자는 게임성을 심고, 개발자는 게임을 구현합니다. 완성도는 마지막 단계인 개발에서 결정됩니다. 개발은 한 번 구현했다고 끝이 아닙니다. 블리자드에서 개발한 〈월드 오브 워크래프트〉는 2004년에 출시되어 2020년까지 확장팩이 8개나 발매되었습니다. 이처럼 업데이트하고 기능을 추가할 수 있어야 합니다. 일단 동작하게만 만들어서 어떻게든 출시하겠다는 생각은 망하는 길입니다. 최대한 안정적인 기술로 확장 가능성과 유지 보수성 등을 고려해 만들어야 합니다. 그래야 이후 기능을 계속 추가할 수 있습니다.

테크니컬 리드는 '제품이 사용자에게 사랑받을 것인가?'를 생각하기 이전에 실현 가능한 기술인지와 좋은 기술인지를 고려해야 합니다. 동시에 개발 환경 자체도 최적화해야 합니다. 어떻게 하면 개발을, 출시를, 고객

피드백 반영을 빨리 할 수 있을지, 어떻게 하면 데이터를 수집하고 기술 부채를 줄일 수 있을지 기술 측면에서 고민해야 합니다. 프로젝트 리드가 'What to do'를 고민한다면, 테크니컬 리드는 'How to do'를 고민합니다. 뒤에서 소개하겠지만, '조엘 테스트' 같은 것을 활용하면 좋습니다.

미지의 영역을 대하는 자세

개발은 미지의 영역(모르는 일)을 개척하는 일이 다반사입니다. 남들이 이미 만든 것을 똑같이 만들어서 출시하며 성공할 확률이 낮습니다. 결국은 남이 안 만든 서비스를 만들어 출시해야 성공 가능성이 높습니다. 아무도 가지 않은 길을 가야 합니다. 〈월드 오브 워크래프트〉 이전에는 사용자가 몇십만인 MMORPG가 거의 없었습니다.* 〈월드 오브 워크래프트〉는 오픈 최대 동접 23만을 기록했습니다. 처음 가는 길을 간 거죠. 그러니 출시하자마자 서버가 불안했습니다. 이처럼 개발은 경험하지 못한 일을 해결해야 할 때가 생각보다 많습니다. 테크니컬 리드는 모르는 일을 어떻게 하면 잘할 수 있을지 고민해야 합니다.

초보 개발자는 시키는 일을 잘하고, 중급 개발자는 시키지 않아도 일을 잘하고, 고급 개발자는 남에게 시키는 일을 잘하면 됩니다. 그보다 위에 있는 고수 개발자는 모르는 일, 한 번도 안 해본 일을 하는 사람입니다. 즉 초급, 중급, 고급까지는 아는 일을 잘하는 사람이고, 고수 개발자, 즉 대가는 모르는 일을 하는 사람입니다. 모르는 일을 해내는 영역에서 성공

---

* 이전 기록은 〈리니지 2〉. 2003년 오픈 최대 동접자 수 18만

과 실패가 결정됩니다.

개발에서는 일을 필요한 일과 하고 싶은 일로 나누고, 또 아는 일과 모르는 일로 나눕니다. 필요한 일을 우선 진행하고 나서, 원하는 일을 추가해야 합니다. 필요한 일은 중요한 일과 비슷하고, 원하는 일은 안 중요하지만 하면 좋은 일에 해당합니다. 원하는 일도 다시 세분화해서 아는 일과 모르는 일로 구분할 수 있습니다.

예를 들어 UI 개발은 아는 일이고, 엔진 만들기는 모르는 일이라고 해봅시다. 이건 둘 다 필요한 일입니다. 필요한 일들을 먼저 해야 하는 건 이제 우리도 알고 있습니다. 그렇다면 아는 일을 먼저 하는 게 좋을까요 아니면 모르는 일을 먼저 하는 게 좋을까요? 필요한데 모르는 일에는 리소스가 얼마나 투입될지 알 수 없습니다. 6개월이 걸릴 수도 있고 1년이 걸릴 수도 있습니다. 그러므로 필요하지만 잘 모르는 일(여기서는 새 엔진을 만드는 일)을 먼저 해야 합니다. 어렵고 큰 일, 모르는 일을 먼저 해야합니다. 성공을 목표로 한다면 어려운 문제를 먼저 푸는 게 좋습니다.

미지의 영역에 속해 있는 일이라도, 필요한 일이라면 모르는 일을 먼저 시작하는 게 개발 쪽에서 해야 될 일입니다. 테크니컬 리드가 이를 관리해야 합니다. 모르는 일을 쪼개고 나눠서 모르는 일 하나를 아는 일 100개로 만들어야 합니다. 대부분 사람은 시키는 일만 하지만 테크니컬 리드는 끊임없는 고민으로 일을 성공시키는 능력을 키워서 앞으로 전진하는 역량을 개발해야 합니다. 기술, 업계, 제품에 대한 공부를 꾸준히 해야 합니다. 새로운 사업을 하면 새로운 제품을 만들게 되어 있습니다. 테크니컬 리드는 거기에 필요한 기술을, 해결책을 찾아내야 합니다. 모르는 것을 아는 것으로 바꾸는 능력이 테크니컬 리드에게 가장 중요합니다.

속도와 방향성

우리는 올바른 방향으로 빠르게 가야 됩니다. 천천히 가는 경우와 잘못된 방향으로 가는 경우를 비교해보세요. 물론 올바른 방향으로 빨리 가는 게 제일 좋습니다. 올바른 방향으로 천천히 가는 것도 나쁘지 않습니다. 가장 안 좋은 것은 잘못된 방향으로 느리게 가는 겁니다. 그런데 올바른 방향이 잘 안 보입니다. 속도도 나지 않고요. 원래 그렇습니다. 그런데 대개 일은 잘못된 방향으로는 엄청 느리게 갑니다. 그래서 성공하는 제품이 적고 실패하는 제품이 많은 겁니다(프로젝트는 성공해도 제품은 실패할 수 있죠). 프로젝트를 하는데, 일이 너무 잘 돌아가고 있다면 잠깐 멈춰 서서 돌아봐야 합니다, 잘못된 방향으로 내달리고 있지 않은지.

속도보다 방향이 중요하므로, 항상 올바른 방향으로 가고 있는지 점검해야 합니다. 속도에 집중하면 안 됩니다. 오히려 속도가 너무 빠르다면 점검해야 합니다. 달리면서 방향을 정하는 일은 거의 불가능에 가깝습니다. 사람이 뛰면서 지도를 못 보는 거랑 같은 이치입니다. 그래서 중간에 한 번씩은 멈춰 서서 자신이 올바른 곳으로 가는지, 방향이 맞는지 확인해야 합니다. 이 확인 작업을 짧은 주기로 자주 해야 합니다(애자일 방식입니다). 일을 하다 보면 목적지가 바뀔 수도 있습니다. 목적지가 바뀌면, 그에 따라서 방향도 바꿔야 합니다. 특히 요즘처럼 시장과 기술이 빨리 변할 때는 원래 만들고자 했던 제품을 만드는 사이에 새로운 기술이 나오고 시장마저 변할 수 있죠. 경쟁 제품도 달라지고요. 그러므로 방향을 계속 수정하며 개발해야 합니다. 느리더라도 올바른 방향을 선택하길 바랍니다.

일단 동작하게 만들고make it working, 제대로 만들고make it right, 그다음에 빠르게 작동하게 만들라make it fast는 격언이 있습니다. 일도 마찬가지입니다. 처음에는 방향을 정해 어떻게든 나아가게 하고 나서 일하는 방식을 개선합니다. 그런 뒤 모든 것이 정해지면 속도를 높이는 거죠. 단계별로 접근해야 합니다. 팀을 만들고, 팀이 잘 돌아가게 만들고, 그다음에 구조를 좋게 만들면서 속도를 높여야지, 아무것도 없는 상태에서 처음부터 달리려고 하면 배가 산으로 갈 가능성이 높습니다.

고등학생 때 전교 1등을 한 번 해보고 싶었습니다(결국 못하긴 했지만요). 밤을 새워서라도 열심히 공부를 하고 싶은데, 아버지가 12시만 되면 불을 꺼버리시는 겁니다. 아버지께 여쭤봤습니다. 밤새 공부해서 1등 하고 싶은데 왜 자꾸 불을 끄시냐고요. 그랬더니 아버지께서 "밤새 공부해서 1등 할 거면, 평생 밤샐래?"하시는 겁니다. 모든 일에는 지속 가능성이 중요합니다. 그래서 속도보다 방향이 중요한 겁니다. 잠깐 무리해서 속도를 내봤자 큰 의미가 없습니다.

우리에겐 지속 가능한 성공이 중요합니다. 방향을 잘 잡고 끊임없이 일을 해야지, 억지로 속도를 높이는 것은 무의미합니다. 아버지 덕분에 저는 지금까지 거의 30년을 일하면서 항상 방향과 지속적이고 안정적인 속도에 집중해왔습니다. 억지로 뭔가를 만들어내거나 갑자기 속도를 높이는 일은 피해왔습니다. 이게 제가 오랫동안 업계에서 살아남을 수 있던 비결입니다.

최소기능제품

요즘 최소기능제품이라는 단어가 유행입니다. 사용자가 쓸 수 있는 제일 작은 기능을 가진 제품이죠. 우리는 2020년 초에 마스크 대란을 겪었습니다. 코로나를 예방할 KF94 마스크를 구매하고 싶어도 재고가 있는 약국을 알 수가 없어 발걸음만 재촉할 수밖에 없었죠. 이런 상황을 해결하는 가장 빠르고 확실한 방법은 무얼까요? 일단은 동을 입력하면 텍스트로 약국별 재고를 출력하는 앱을 만듭니다. 그다음에 지도 기능을 추가하고, 그다음은 현 위치와 가장 가까운 약국을 추천하는 기능을 넣는 겁니다.

이렇게 하면 첫 출시까지 드는 개발 기간을 단축하고, 시장 반응을 반영해 개선할 수 있습니다. 최악의 상황이 발생했을 때 손해를 줄일 수도 있습니다. 그래서 최소기능제품의 중요도가 높아지고 있습니다.

최소기능제품을 만들 때는 기능만큼 기술도 중요합니다. 모든 것을 다 만드는 기술과 작은 것을 빨리 만드는 기술이 많이 다르기 때문입니다. 빨리 만들려면 알려진 기술을 써야 합니다. 대중적인 언어와 프레임워크를 써야 하는 거죠. 서버는 클라우드를 사용해야죠. 개발 속도를 높이려면 빌드 환경, 테스트 환경까지 포함한 개발 환경 자체가 좋아야 합니다. 좋은 도구와 쾌적한 업무 장소도 필요합니다. 개발용 컴퓨터가 너무 느리면, 컴파일 같은 작업에 드는 속도뿐만 아니라 의욕도 떨어져 전반적인 개발 속도 저하로 이어집니다. 개발자들에게 고성능 본체와, 대화면 모니터를 주고 초고속 네트워크를 제공해야 합니다. 이렇게 물리적인 환경을 쾌적하게 만들고 나서는 최적의 개발 방법론을 적용해 짧은 주기로 속도

감 있게 개발되도록 뒷받침해야 합니다. 개발 과정에서 기술 부채*가 커지지 않게 해야 합니다. 아무리 최소기능제품을 만든다고 하더라도 감당할 수 없을 정도로 기술 부채를 심어두면 안 됩니다. 그러면 초기작을 확장하지 못하고 처음부터 다시 만드는 일이 벌어져 비용이 낭비됩니다. 물론 최소기능제품을 만들고도 폐기하고 새로 만들 수도 있습니다. 이런 일은 상황과 전략에 맞춰 이루어져야 합니다. 의도치 않게 기술 부채가 많아서 전략이 틀어진 결과이면 안 됩니다. 경쟁력은 기획에서 나옵니다. 기술이 경쟁력이 되는 경우도 가끔 있지만, 대부분은 서비스 기획이 경쟁력이 되므로 좋은 기획을 빠르게 구현하는 개발 역량을 키워야 합니다.

기술력 점검하기

저는 스타트업이나 다른 팀의 기술력을 확인할 때 기술 자산 실사technical due diligence를 진행합니다. 총 7가지 질문을 개발 리더에게 던져 답변을 듣고 기술력을 판단하는 방법입니다.

---

* 임시 처리해 생긴 기술적인 문제

---

❶ 개발 역량은 있는지?

❷ 프로젝트 관리 능력은 있는지?

❸ 출시 후 운영 능력은 있는지?

❹ 확장성이 좋은지? 단일 장애점이 있는지?

❺ 보안은 잘 되고 있는지?

❻ 플랫폼은 무엇을 쓰고 있는지? 클라우드는 어떻게 활용하는지?

❼ 미래에 생길 수 있는 위험 요소는 없는지?

---

❶ 개발 역량, ❷ 프로젝트 관리 능력, ❸ 출시 후 운영 능력, ❹ 제품이 출시된 후 서비스 역량을 봅니다. 어느 한 곳에서 문제가 발생해서 서비스 전체가 다운되는 지점을 단일 장애점single point of failure, SPOF이라고 합니다. 병목점, 병목현상이라고도 합니다. 이런 단일 장애점 없이 확장 가능하도록 서비스가 구축되어 있어야 합니다. 그다음은 ❺ 보안과 ❻ 플랫폼입니다. 시스템이 구축된 기반 플랫폼은 무엇이고 안전한지 점검합니다. ❼ 마지막으로 미래에 위험이 어디서 발생할지 미리 분석했는지를 봅니다.

스타트업에서 일하는 관리자나 개발자라면 이상의 항목들을 쭉 점검해보기 바랍니다. 이 중에서 절반 정도를 잘 처리한다면 괜찮고, 대부분에 신경을 쓰지 못한다면 위험한 상태입니다. 여러분이 속한 팀에서도 일곱 가지를 잘 처리하는지 확인해보기 바랍니다.

조엘 테스트Joel's Test도 비슷합니다. 앞서 예를 든 일곱 가지 질문이 투자자 입장이라면, 이 테스트는 개발자 입장에서의 질문입니다.

• 조엘 테스트* •

① 소스 코드 관리 시스템을 사용하고 있습니까?

② 한 방에 빌드를 만들어낼 수 있습니까?

③ 일일 빌드를 하고 있습니까?

④ 버그 추적 시스템을 운영하고 있습니까?

⑤ 코드를 새로 작성하기 전에 버그를 수정합니까?

⑥ 일정을 업데이트하고 있습니까?

⑦ 명세서를 작성하고 있습니까?

⑧ 조용한 작업 환경에서 일하고 있습니까?

⑨ 경제적인 범위 내에서 최고 성능의 도구를 사용하고 있습니까?

⑩ 테스터를 별도로 두고 있습니까?

⑪ 프로그래머 채용 인터뷰 때 코딩 테스트를 합니까?

⑫ 무작위 사용 편의성 테스트를 수행하고 있습니까?

총 12가지 질문입니다. 특히 ①, ④, ⑥, ⑦, ⑪, ⑫번은 중요합니다. ① 소스 관리를 하고 있느냐? 의외로 아직도 안 쓰는 회사가 많습니다. ④ 버그를 데이터베이스로 잘 관리하고 있느냐? ⑥ 일정을 계획하고 업데이트하느냐? 프로젝트 리드에서 언급했죠. 일정 자체가 없으면 문제고, 일정이 있어도 업데이트하지 않으면 문제입니다. 많은 시간이 들지만 일정을 계획하고 관리해야 합니다. ⑦ 개발 명세, 즉 요구사항은 잘 정리되어 있는가? ⑪ 채용할 때 코딩 테스트를 하느냐? 개발자를 얼마나 신경 써서 뽑느

---

*   출처 : 《조엘 온 소프트웨어》

냐에 관한 것이죠. ⓬ 회사 복도를 다니며 아무나 붙잡고 테스트를 할 수 있냐? 즉 제품을 회사 사람들이 쓰고 좋아하는지 확인하라는 의미입니다. 개발자들이 개발만 열심히 하고, QA만 테스트하는 게 아니라 전 직원이 자사 제품을 좋아하고 테스트하는지도 개발 영역에 해당하는 겁니다. 테크니컬 리드라면 이런 내용을 다 알아야 합니다. 해결하지 못하더라도 일단 정리해두고, 나중에 개선할 생각을 해야 합니다.

중간 관리자의 세 가지 역할 중 테크니컬 리드를 살펴봤습니다. 테크니컬 리드는 기술을 주도해서 제품을 만듭니다. 미지의 기술 영역도 다룰 수 있어야 합니다. 속도와 방향성 모두가 중요합니다. 빠르게 일하는 것만큼이나 올바른 기술 사용이 중요합니다. 또한 최소기능제품을 가지고 시장의 반응을 보면서 개발할 수 있어야 합니다. 마지막으로 기술력 점검도 정기적으로 진행해야 합니다. 이렇듯 여러 방면으로 기술을 살펴봐야지만 성공적인 테크니컬 리드가 될 수 있습니다.

06

행복을 만드는
피플 매니저

영어로는 마음을 하트heart라고 하죠. 개발 팀장의 마음을 '사람에 대한 마음heart for people', '제품에 대한 마음heart for product', '기술에 대한 마음heart for technology'으로 분류할 수 있습니다. 자신이 어디에 마음을 두고 있느냐에 따라서 어떤 관리자로 성장하는지가 결정됩니다.

　프로젝트 리드가 되려면 제품에 대한 마음이 있어야 하고 제품을 최고로 생각해야 합니다. 테크니컬 리드가 되려면 기술에 대한 마음이 있어야 하고요. 좋은 피플 매니저가 되려면 사람에 대한 마음이 있어야 합니다. '결국 다른 사람들이 행복했으면 좋겠다', '다른 사람들이 일을 잘해서 만족감을 느꼈으면 좋겠다'를 생각하는 사람이죠. 단순히 일을 잘했으면 좋겠다고 바라는 것은 프로젝트 리드의 관점입니다. 피플 매니저는 사람들이 일을 하며 '만족감'을 느끼기를 바랍니다. 결국엔 사람을 향한 마음이 있어야 좋은 피플 매니저가 될 수 있습니다.

여러분이 지금 팀장이라면 세 가지 중에서 자신이 진짜 사랑하는 것이 무엇인지 생각해보기 바랍니다. 제품인지, 기술인지, 사람인지에 따라서 본인의 커리어패스를 생각하세요. 셋 다 잘하면 좋겠지만 그렇지 못해도 상관없습니다. 하나만 잘하면 나머지는 다른 사람의 도움을 받으면 됩니다. 본인의 성향에 집중하세요. 사랑하는 마음은 재능과 연결됩니다. 기술에 대한 마음이 있다면 기술 쪽으로 더 파시고, 사람 관리는 다른 사람의 도움을 받으면 됩니다.

이제부터 피플 매니저의 역할을 알아보겠습니다.

성향 파악하기

사람은 저마다 성향이 있습니다. Why, What, How, What If 성향으로 나뉩니다. Why 성향은 질문을 던집니다. '왜'를 묻는 거죠. What 성향은 제품에 관심을 가집니다. 다리를 만들자고 하면, 무슨 다리인지 제품 자체에 관심을 갖습니다. How 성향은 기술에 집중합니다. '다리를 짓는 최신 공법을 적용할까요?', '콘크리트는 이 제품으로 할까요?' 등으로 말입니다. 그래서 결국 Why, What, How는 고객에게 집중하느냐, 제품에 집중하느냐, 기술에 집중하느냐로 나뉩니다. 팀원의 성향을 파악하고 있으면 관리가 한결 수월합니다.

미국 회사에는 여러 성향의 사람이 골고루 섞여 있습니다. 1/3 정도의 비율로요. 그래서 프로젝트를 진행할 때 성향별로 질문이 고르게 나옵니다. 그러면 대화를 해서 방향을 정하고, 동의하고 진행합니다. 우리나라에서는 주입식 교육 때문인지 What 성향이 많습니다. 그래서 '왜 해야 하는지'나 '어떻게 해야 하는지'에 대한 질문이 적죠. 그냥 정해 달라고 합니다. 자기들은 일만 하겠다고요. 새로운 세대가 회사에 유입되면서 점점 나아지고는 있지만, 기존 세대들도 일을 하다 의문점이 생기면 물어보는 용기를 냅시다.

관리자라면 팀을 구성할 때 성향을 고려해야 합니다. Why, What, How 성향을 골고루 배치하는 것이 좋습니다. 성향이 같은 사람들끼리 팀을 구성하는 것은 좋지 않습니다. 채용할 때도 기존 직원들과 다른 성향의 사람을 뽑으려고 노력하는 게 좋습니다. 여러분이 속한 팀 사람들의 성향을 확인해보세요. 전부 성향이 다르다면 무척 좋은 겁니다. 일하면서 다른 성향의 사람을 만난다면 시너지를 낼 수 있습니다.

마지막으로 What If 성향을 알아봅시다. 이 성향의 사람은 다리를 짓자고 하면 "배를 타고 가면 안 되나요?"라고 물어봅니다. 좀 당황스럽기도 하지만 What If 성향은 굉장히 독특하거나 큰 기여를 하기도 합니다. 보석이 될 수 있습니다. 좋은 관리자라면 엉뚱한 말을 하는 사람이 있더라도 다양성을 존중해주는 것이 중요합니다. 전체적으로 큰 문제가 없다면 말이죠.

일의 진행 시점별로도 성향을 나눠볼 수 있습니다. 첫 번째는 일을 '시작하는 사람starter'입니다. 이들은 어떤 일이든 시작하는 것을 좋아합니다. 팀을 만들고 프로젝트를 셋업하고, 초기에 열정적으로 움직입니다. 두 번째는 일을 '수행하는 사람implementor'입니다. 팀과 계획이 세워졌으면 열심히 일에 임합니다. 세 번째로 일을 '마치는 사람finisher'입니다. 마무리 투수 같은 거죠. 프로젝트를 잘 진행하는 능력과 마무리해서 출시하는 능력은 다릅니다. 팀을 동일한 성향의 사람으로만 구성하면 안 됩니다. 세 종류의 사람을 섞어주세요. 다만 초기에는 시작하는 사람이 많은 게 좋고, 출시 직전에는 마치는 사람이 많은 게 좋습니다.

사람의 성향은 제품, 기술, 고객의 관점으로 볼 수도 있고, 일의 진행 과정의 관점에서도 볼 수 있습니다. 피플 매니저라면, 한 발 뒤에 서서 다양한 성향을 관찰할 수 있어야 합니다.

피플 매니징 문화

관리자에게 무엇을 원하는지 직원에게 물어보면, '정확한 기대치와 피드백을 받았으면 좋겠다'는 요구가 많습니다. 당연한 요구사항입니다. 그런데 이게 쉽지 않습니다. 대부분의 관리자는 프로젝트 리딩이나 테크니컬 리딩에 시간을 많이 쏟습니다. 그래서 피플 매니징을 잘하는 관리자는 많지 않습니다.

제가 삼성전자 다닐 때 '형님 리더십'이라는 말이 있었습니다. 수고했다고 으쌰으쌰해주고 술 사주고 그런 겁니다. 과학적인 관리라고 보긴 어렵습니다. 조직이 크고 할 일이 많다 보니 관리를 체계적이고 집중적으로 하기 어려워서 인간관계로 해결하는 겁니다. 관리자와 직원의 관계는 정확한 기대치를 알려주고, 결과가 나왔을 때 좋았던 점과 아쉬웠던 점을 알려주며 피드백을 주는 사이가 좋은 관계입니다. 직원이 생각하는 기대치와 관리자가 생각하는 기대치가 다를 수 있으니, 간극에 대해서도 의논해야 합니다. 현재 상황을 보는 직원의 시각은 관리자의 시각과 다를 수 있습니다. 직원은 잘되고 있다고 생각해도 관리자는 아쉽다고 생각할 수 있는 거죠. 그런데 이야기하지 않으면 서로의 생각을 알 수가 없습니다.

그래서 직원과 관리자가 각자 생각하는 기대치와 피드백을 꼭 공유해야 합니다. '좋은 게 좋은 것'이라는 식으로 넘어가서는 안 됩니다.

미국과 한국의 직장 문화 차이를 이야기해보겠습니다. 미국 회사들은 '일을 하려고 모였다'는 느낌이 강합니다. 그러다 보니 일 자체에 집중합니다. '우리는 같이 게임을 만드는 사람들이야. 이걸 같이 하는 거야'라는 느낌으로요. 그래서 누가 어디에 사는지, 결혼은 했는지, 애가 몇 살인지, 저 사람이 술을 좋아하는지, 노래방을 좋아하는지 등에는 관심이 없습니다. 그냥 일을 합니다. 그런데 우리나라는 일 자체에 이끌리기보다는 관계를 중심으로 돌아갑니다. 한국 사람들은 관계가 먼저 정립되어야 같이 일할 수 있습니다. 조금은 친해져야 일이 됩니다. 그래서 형님 리더십이 잘 통하고, 필요할 때도 있습니다. 미국 회사는 칼같이 일을 향해 움직인다면, 한국은 조직을 중심으로 친해지고 이해하고 가족처럼 움직이는 느낌이 강합니다.

스타트업 종사자라면 문화적인 측면에서 많은 고민이 필요합니다. 처음부터 모두 목표를 향해 달리는 사람들만 뽑았다면, 미국 회사처럼 일할 수도 있을 겁니다. 문화적인 차이와 개인 간의 차이를 조율해야 합니다. 한국에서도 미국처럼 일 중심으로 돌아가는 조직을 만들 수 있고, 반대로 미국에도 관계를 좋아하는 사람 있으니 그런 사람끼리 관계 중심으로 조직을 만들 수도 있습니다. 끝으로 '형님 리더십'이나 '가족적', '워크숍' 등 기존 한국적인 조직 관리에 사용하던 장치에 대한 반감이 급속하게 커지고 있다는 점도 유의해야겠습니다.

2주 30분 면담

일대일 면담은 매우 중요합니다. 특히 지속적으로 꾸준히 하는 게 중요합니다. 팀 규모에 따라 다르지만, 저는 최소 2주에 한 번을 권합니다. 매주 진행하는 것이 좋을 수도 있지만, 관리자의 업무 부담을 고려해서 정해야 합니다. 한 달에 한 번은 깁니다. 2주에 한 번 정도면 30분도 괜찮습니다. 팀원이 다섯 명이라면, 한 명당 30분씩 2시간 반이면 됩니다. 한 달에 총 5시간 드는 거니까 부담스러운 정도는 아닙니다. 생각보다 시간이 많이 들지 않습니다. 그러니 꾸준히 일대일 면담을 진행합시다. 면담은 주제나 스크립트를 정해서 지속적으로 동일하게 진행해야 합니다. 그래야 성과와 결과를 측정하고 발전할 수 있습니다.

제가 면담에서 항상 나누는 이야기는 세 가지입니다. 첫 번째는 성과performance입니다. 지금 일을 잘하는지 확인합니다. 직원이 일을 못하고 있으면 회사 입장에서는 곤란하니까요. 일을 아주 못하면 교육을 하거나 직원을 내보내야 합니다.

두 번째는 행복입니다. 직원이 일을 하면서 행복한지 물어봅니다. 만약에 행복하지 않다면 이 직원은 회사를 떠날 수도 있습니다. 일을 잘하면서 행복감을 느껴야 회사에서 오랫동안 재미있게 일하고 회사도 만족할 수 있습니다.

농담 중에 이런 말이 있습니다. '회사는 직원이 안 나갈 만큼만 월급을 주고, 직원은 회사에서 안 잘릴 만큼만 일을 한다.' 네, 맞는 말입니다. 그런데 회사가 정말 이런 상태라면 좀 위험합니다. 회사는 직원이 행복감을 느낄 만큼 대우해줘야 하고, 직원도 회사가 잘될 만큼 일해야 합니다. 그런 관점에서 관리자는 직원이 일을 잘하는지, 행복한지 살펴봐야 합니다. 현재 성과와 현재 행복만으로는 완전하지 않습니다. 그래서 세 번째 이야기 주제는 성장입니다. 관리자는 직원의 5년 뒤까지 생각해야 합니다. 5년 후에도 과연 이 직원이 일을 잘할 것인가, 즉 '성장'을 생각해야 합니다. 모든 업계가 그렇지만 특히 IT는 변화 속도가 빠르므로 성장을 위해 아무것도 안 하면 강물에 그냥 떠 있는 것과 같습니다. 수영을 하지 않으면 물결에 계속 밀려날 겁니다. 예를 들어 아직도 코볼만 쓸 줄 아는 개발자라면 밀려가는 중입니다. 옛날 기술을 아직까지 쓰고 있으니까요. 그러니 관리자는 직원이 계속 성장할 수 있게 이끌어줘야 합니다.

다시 강조하지만 2주에 한 번 30분 면담을 진행하세요. 일을 잘하고 있는지, 행복한지, 성장하고 있는지 물어보세요. 예, 아니요 단답을 듣고 노트에 적으려고 면담을 하는 게 아닙니다. 일을 잘 못한다면, 무엇을 도와주면 되는지 물어보세요. 관리자는 리소스의 일부입니다. 관리자는 직원이 일을 잘할 수 있도록 돕는 사람이 되어야 합니다. 사람들이 관리자에게 무엇인가를 요구하게끔 해야 합니다. '내가 뭔가를 해서 이 사람들이 일을 잘하게 해야겠다, 이 사람들을 행복하게 해야겠다, 성장할 수 있게 해야겠다'라고 생각하는 게 아니라, 반대로 '저는 리소스입니다. 저를 사용하세요'라는 메시지를 줘야 합니다. 관리자는 직원이 스스로의 성과, 행복, 성장을 확인하고, 뭔가 잘 안 되는 거 같아서, 아니면 더 잘하고 싶어서 관리자를 사용하게 해야 합니다. 예를 들어 관리자는 성과를 못 내는 직원이 무슨 도움을 받으면 좋을지 직접 아이템을 생각해서 가져올 수 있게 해야 합니다.

일대일 면담은 관리자도 준비를 하고 임해야 하지만 직원도 준비를 해야 합니다. 자신이 생각하는 해결책을 가져와야 하는 거죠. 2주마다 진행하며 기록하고 추적해야 합니다. 예를 들어 이번 주에 행복하지 않은데, 2주 뒤에도 또 2주 뒤에도 여전히 행복하지 않다면, 아무 일도 일어나지 않습니다. 행복해지려면 무엇을 하면 좋겠는지 생각하세요. 지금 진행하는 프로젝트가 잘 맞지 않는다면, 다른 프로젝트를 제안해보세요. 예를 들어 90%는 기존 프로젝트를 하고 10% 정도는 다른 프로젝트를 해보는 방법도 고려할 수 있습니다. 그리고 2주 뒤에 변화가 있는지 확인합니다. 면담 때마다 똑같다면 의미가 없습니다. 직원은 자신의 상황을 개선할 액션 아이템을 가져오고 관리자는 리소스로서 도와줍니다. 관리자는 직원의 요청을 들어주고 계속 지켜봅니다.

사람들은 어쨌든 각자 개인의 삶을 삽니다. 관리자가 모든 것을 다 해줄 수는 없습니다. 직원이 스스로 자신의 역량과 행복을 끌어낼 수 있게 도와줄 수만 있습니다. 하나부터 열까지 다 해주는 부모는 좋은 부모가 아닙니다. 자녀가 스스로 '이 공부를 하고 싶고 이 학교에 가고 싶으니 도와주세요'라고 이야기하게 돕는 부모가 좋은 부모입니다. 관리자도 직원이 리액티브한 삶을 사는 게 아니라 스스로 계획을 세워서 원하는 것을 관리자에게 받아내는, 프로액티브한 삶을 살도록 이끌어줘야 합니다.

성과, 즉 얼마나 일을 잘하는지 확인할 때는 개인이 일을 잘하는지, 팀이 잘하는지, 무엇을 잘했는지, 무엇이 힘들었는지 구체적으로 질문해야 합니다. 그리고 어떻게 하면 더 좋아질 수 있을지, 이번 성과를 고객은 어떻게 생각할지도 확인해야 합니다. 잘한 점, 힘든 점, 고객, 개선 포인트 등을 놓고 이야기하면 좋습니다. 가장 중요한 것은 '회사 차원에서 일이 잘 진행되는지, 개인이 만족하는지, 의미 있는 일을 하는지'를 측정해야 한다는 겁니다.

성과 평가하기

'성과 평가'는 매년 진행합니다(미국에서는 퍼포먼스 리뷰라고 합니다). 그런데 일 년에 한 번 평가해서 승진, 연봉 등을 결정하는 것은 의미도 없고 재미도 없습니다. 성과 평가는 2주마다 진행한 면담 결과를 기반으로 합니다. 면담이 성과 평가의 힌트가 되는 겁니다. 면담 때마다 잘한다는 평가를 했다면, 연말 성과 평가 때도 잘했다고 나와야 합니다. 갑자기 최종 결과가 나쁘게 나온다든지, 면담 때는 좋지 않았는데 갑자기 점수가 높아진다든지 하면 안 됩니다. 성과 평가는 별개의 평가가 아니라 면담과 연결되어야 합니다. 성과 평가 항목은 회사마다 상이합니다. 블리자드 항목을 예로 들겠습니다.

• 성과 평가 항목 예시 •

❶ 생산성(productivity)

❷ 책임감(professionalism)

❸ 협업(teamwork)

❹ 지식(knowledge)

❺ 기능성(functionality)

❻ 좋은 코드(implementation)

❼ 구조 설계와 아키텍처(design & architecture)

2주 면담 30분 안에 7가지 모두를 이야기하기는 힘듭니다. 그래서 연초에 전체를 깊이 있게 살펴보고, 사람마다 그 해에 집중하고 싶은 항목을 고른 다음, 1년 동안 해당 항목에 집중해서 도와줘야 합니다.

첫 번째는 생산성입니다. 과연 이 사람이 의미 있는 제품, 코드를 많이 만들어내는지입니다. 두 번째는 프로페셔널리즘입니다. 맡은 일을 책임 지고 끝까지 해내는지입니다. 생산성과는 조금 다릅니다. 무슨 일을 맡겨 도 안심할 수 있는 겁니다. 세 번째가 팀워크(협업, 소통)입니다. 여기까 지는 소프트 스킬에 해당합니다. 이다음부터는 엔지니어링 기술에 가깝 습니다. 네 번째는 지식입니다. 도메인 지식과 일반적인 소프트웨어 지식 모두를 포함합니다. 다섯 번째는 기능성입니다. 버그 없는 제품을 잘 만 들어내느냐죠. 여섯 번째는 코드를 얼마나 깨끗하게 잘 짜는지이고, 일곱 번째는 구조 설계와 아키텍처에 관한 겁니다.

훌륭한 개발자가 되려면 이 7가지 항목을 다 잘해야 합니다. 하나라 도 부족하면 힘듭니다. 다 좋아도 협업이 안 되면 같이 일하기 곤란합니 다. 7가지는 기본입니다. 아예 채용 때 이 7가지가 평균 이상인 '기본을 갖춘 사람'을 채용해야 합니다. 회사는 기본을 갖춘 사람의 성장을 돕는 겁니다. 두리뭉실하게 팀 성과를 보는 게 아니라, 개인 역량과 성과를 확 인하고, 최종 평가에 반영될 수 있게 하되, 중간중간에 업데이트해야 합 니다.

예를 들어 직원이 생산성과 지식을 올리고 싶어 한다고 해봅시다. 그럼 목표goal를 세우고, 계획plan을 세우고, 실천act하고, 평가measure합니다. 지식 을 쌓고 싶다면, 2주에 한 번씩 책을 한 권 읽는 계획을 세워볼 수 있습니 다. 이때 중요한 것은 회사가 필요한 것을 제공해줘야 한다는 겁니다. 책을 사줘야 하는 거죠. 직원 혼자서 가능한 일이라면 그냥 하면 되지만, 아까도 말했듯이 관리자와 회사 리소스를 써야 합니다. 그래야 더 많은 것을 얻게 할 수 있고, 더 많은 일을 할 수 있게 됩니다. 직원도 자신의 역량을 키우는 데 회사에서 필요한 것을 뽑아낼 수 있어야 합니다. '2주에 한 권씩 책을 사달라, 다 읽겠다' 이런 식으로 요구해야 합니다. 그리고 실천을 잘하는지 직원과 관리자가 함께 측정해야 합니다. 면담 때마다 책은 잘 읽는지, 지식은 쌓이는지, 일을 잘하는지 확인합니다. 혹시 책 말고 다른 것도 필요한지 물어보기도 하고요. 회사는 필요한 리소스를 공급하고 계속 격려해주어야 합니다.

그럼 '무엇에서 성장할지'를 어떻게 골라야 할까요? 저는 직원과 제가 각각 두 가지 정도를 추천합니다. 그후 협의해서 한 가지를 정합니다. 목표를 설정하는 거죠. 목표를 세웠으니 계획을 세울 차례입니다. 계획은 어떻게 세워야 할까요? 예를 들어 지식을 쌓고 싶은 사람이 있다면, 팀에서 기초 지식이 가장 튼튼한 사람이 누군지 생각해보라고 합니다. 그리고 그 사람한테 가서 비법과 공부 방법을 알아오게 합니다. '버그 없는 프로그램 만들기'가 목표라면 어떻게 버그 없이 코딩을 잘하는지 팀 내의 고수에게 가서 배우고 성장하게 하는 겁니다. 서로 잘하는 게 다르니, 도와주면서 함께 성장하게 하는 겁니다. 그럼 모두가 성장하는 '성장형 조직'을 만들 수 있습니다.

성과도 중요하지만 성장도 중요합니다. 성과와 성장이 연결되지 않으면, 현재의 성과는 지속될 수 없습니다. 지금 성장해야 미래의 성과도 보장이 됩니다. 자연스럽게 둘을 연결해야 합니다.

행복 만들기

직원은 행복해야 합니다. 직장에서 가장 큰 행복은 일이 잘될 때입니다. 당연합니다. 집에서 행복한 것과 회사에서 행복한 것은 다릅니다. 직원은 회사에서 의미 있는 일을 했을 때, 그때 가장 행복하고 만족감을 느낍니다. 그런데 혹시 직원이 업무 성과에서 아무런 행복을 느끼지 못한다면, 위험합니다. 월급받을 때만 행복하다면, (나쁘지는 않지만) 위험할 수 있습니다. 회사에서 뭔가를 만들었다, 출시했다, 자신이 기여를 했다, 이런 생각을 하는 것이 자존감입니다. 뭔가를 해냈을 때, 업무 자존감이 높아질 때 직원은 행복을 느낍니다.

블리자드에서 일입니다. 말썽쟁이 직원이 있었는데, 회사에서 맨날 사고를 쳤습니다. 그때마다 저는 뒤처리하면서 구시렁구시렁댔는데, 그래도 관리자로서 잘해주려고 노력했습니다. 출근하면서 아침마다 주문을 걸었습니다. 그 친구 이름을 밥이라고 해봅시다. 운전을 하면서 이렇게 말합니다. '밥도 일을 잘하고 싶어 한다' 주문을 걸죠. 그렇습니다. 그 누구도 일을 억지로 망가뜨리려고 하진 않습니다. 회사가 망하기를 바라는 직원은 없을 테니까요. 그리고 본인도 항상 일을 잘하고 싶어 합니다. 다만 일을 이상하게 해서 문제인 겁니다. 개발을 하라고 했더니, 그건 안 하고 엉뚱한 일을 하거나 옆으로 새거나 그러는 거죠. 누구든 일을 잘하고 싶어 하고 칭찬받고 싶어 합니다. 두 번째 주문은 이겁니다. '밥은 일을 잘하고 싶어 하고 일을 잘한 걸로 칭찬을 받고 싶어 한다.' 여기서 칭찬은 행복과 만족을 의미합니다. '밥은 일을 잘하고, 일을 잘해서 만족하길 원한다.' 이 두 가지를 아침마다 되새깁니다. 그런데 아침마다 어김없이 사고를 칩니다. 그럼 다시 한번 생각하는 거죠. '밥도 잘하려고 했을 거다. 어쩌다 사고를 친 거다'라고 말입니다. 실수가 너무 잦아서 문제지 잘하려고 했던 건 맞으니까요. 그래서 잘할 수 있도록 도와주고 거기서 만족감을 느끼게 해주려고 애썼습니다. 엄청난 고행이었지만, 저는 이때 관리자로서 많이 성장했습니다.

사내에서 직원의 행복이란, 월급을 많이 받거나 좋은 집으로 이사 가는 그런 게 아닙니다. 일과 관련된 행복이어야 합니다. 직원이 좋아하는 일, 하고 싶은 일 이야기를 해야 합니다. 일을 하는 이유는 세 가지입니다. 첫째, 일 자체가 즐거워야 합니다. 일에서 오는 행복이 있어야 합니다. 두 번째는 일을 하면서 성장해야 합니다. 공부로도 성장할 수 있지만, 일을 하면서 하는 성장이 최고입니다. 앞서 이야기한 개발자의 30년 커리어 중 처음 10년은 집이 아니라 일하면서 성장하는 최고의 시기입니다. 그러므로 회사 일 자체가 재밌어야 합니다. 셋째, 내 비전과 목표가 현재 일과 연결되어야 합니다. 사람마다 이루고 싶은 바가 있습니다. 예를 들어 '직장 생활 30년을 꼭 채우겠다', '최고의 게임을 만들겠다.' 거창할 필요는 없습니다. '그냥 월급쟁이로 편히 살다가 노년에 푹 쉬겠다'도 괜찮습니다. 어쨌든 자기가 생각한 꿈이 있고, 꿈을 이루는 데 현재 일이 연결되어 있으면 됩니다. 그렇지 않으면 지금 하는 일이 힘들어집니다. '회사에서 월급을 많이 주니까 잘리지 않을 정도로 받은 돈 값을 한다.' 뭐 이런 것도 연결이라고 볼 수 있습니다. 세계 최고의 게임을 만드는 게 목표인데 현재 게임을 개발한다면 강한 연결이라고 볼 수 있죠.

'하고 싶은 일 찾기'가 말처럼 쉽지 않습니다. 직장 초기에는 더 그렇습니다. 거창하지 않아도 된다고 말씀드렸습니다. 그럼에도 먼 미래가 아닌

10년 후, 5년 후에 하고 싶은 일, 당장 내년에 하고 싶은 일을 정해두는 게 좋습니다. 그래야 과정에서 오는 시련을 이겨낼 힘이 생깁니다. 마라톤은 42.195km를 뜁니다. 끝이 있기 때문에 마라토너가 목표를 가지고 뛸 수 있는 겁니다. "일단 뛰어, 계속 뛰어, 왜 뛰냐고? 알아서 뭐해? 그냥 뛰어, 숨차게 뛰어"라고 하면 마라토너라고 해서 뛸 기운이 나겠습니까? 직장 일도 마찬가지입니다. 목표가 있으면 지금 하는 고된 일을 견뎌 낼 수 있습니다. 그 과정에서 재미를 느끼고 성장까지 한다면 더할 나위 없죠. 일이 즐겁고, 일을 하면서 성장하고, 내 비전과 목표까지 연결된다면 최고의 직장일 겁니다.

직장 생활을 30년 했지만, 이 세 가지를 다 갖춘 직장은 없습니다. 사실상 꿈의 직장입니다. 제가 회사를 만들어도 그런 회사를 만들 수 있을 것 같지 않습니다. 대신 세 가지가 번갈아 존재할 수는 있습니다. 올해는 행복감을 많이 느꼈고, 내년에는 성장을 하고, 내후년에는 미래에 하고 싶은 일을 하는 데 도움이 되고 이런 식으로 말이죠. 세 가지가 하나도 없을 수도 있습니다. 그럴 때는 고민이 필요합니다. 어떻게든 만들든지, 직장을 바꾸든지 해야 합니다. 먼저 회사나 최소한 관리자라도 움직여봐야 합니다. 그래도 안 되면 이직도 방법인 거죠. 회사는 직원이 행복·성장·꿈을 생각할 수 있게 해줘야 합니다. 그러다 직원이 나가버리면 어떻게 하냐고 걱정할 수 있지만, 아무 생각 없이 일만 하는 것보다는 낫습니다. 큰 회사는 1년에 한 번 전체 직원에게 설문을 진행합니다. 30개 정도 질문을 만들어서 직장 생활이 행복한지, 성장하는지, 일을 잘하는지 등을 묻습니다. 이런 설문조사를 진행해 전체 직원의 행복, 성장, 만족도를 측정할 수 있습니다. 좋은 방법이니, 작은 회사에서도 시도해보세요.

함께 성장하기

성장은 5년을 기점으로 삼습니다. 질문은 총 3가지입니다. 첫 번째는 "5년 후에도 회사가 있을까?"입니다. 5년 뒤에 망할 것 같다고 생각한다면 직원은 적당한 기회를 잡아 회사를 떠날 겁니다. 이어서 "5년 후에도 이 회사를 다니고 있을까?"를 질문합니다. 잘 모르겠다면 역시 위험합니다. 회사가 5년 후에도 건재하고, 직원이 5년 뒤에도 회사를 다니고 싶어야지 현재에 의미가 있는 겁니다. 도망갈 사람과 열심히 일하면 안 되니까요. 그러니 두 번째 질문까지는 당연히 "Yes"가 나와야 합니다. 마지막 질문이 가장 중요합니다. "5년 후에 이 회사에서 무엇을 하고 있을 것인가?" 산업은 빨리 변합니다. 특히 소프트웨어 기술은 5년만 지나도 천지개벽하죠. 그래서 지금 하는 일과 비슷한 일을 하더라도 5년 후에는 전혀 다른 기술을 써야 할 수 있습니다. 현재는 야구를 하는데 5년 뒤에는 농구를 하게 되는 정도의 변화가 생길 수도 있습니다. 5년 후에도 이 회사를 다니며 다른 일을 하고 싶다면, 미래의 기술을 지금부터 익혀야 합니다. 그래서 성장이 필요합니다.

말씀드렸듯이 직원이 성장해서 다른 회사에 가게 되더라도, 아깝지만 어쩔 수 없습니다. 반면 성장하지 못하는 직원은 회사에 짐이 될 겁니다. 면담은 직원 자신이 그림을 그리고 개인과 회사 모두의 성장을 도울 수 있는 시간이 되어야 합니다.

스타트업들은 당장 먹고살기 힘든데 그런 게 뭐가 중요하냐고 생각할 수 있습니다. 그래도 회사는 직원의 성장에 신경을 써야 합니다. 스타트업 CTO나 개발 팀장을 만나서 채용에 관해 대화해보면 "채용이 힘들어서 인성만 보고 뽑는다"고 이야기합니다. 개발은 입사만 하면 가르쳐줄 수도 있다고 하면서요. "직원들을 어떻게 계속 다니게 하냐, 어떻게 유지하냐" 고 물어보면, "성장할 수 있게 도와준다"는 대답을 의외로 많이 합니다. 큰 회사에 가면 한 사람의 역량이 조직에 미치는 영향이 상대적으로 적습니다. 그런데 작은 회사는 할 일이 많은데 사람은 적습니다. 여러 가지 일을 모두 잘하는 직원이 필요하므로 직원이 성장해야 회사도 성장합니다. 그래서 직원이 성장할 수 있는 기회를 많이 주는 겁니다. 성장 속도는 큰 회사에서보다 작은 회사에서 더 빠를 수 있습니다. 그래서 이런 걸 무기로 열정적인 지원자를 뽑아 열심히 가르쳐서 빠른 성장을 돕는 방식으로 채용하는 겁니다. 좋은 사람을 뽑고, 좋은 교육을 해서, 빨리 성장시키고, 일을 잘하게 해서, 자신의 성장 속도에 만족감을 느끼고 회사에 계속 남아 있게 하는 게 스타트업이 인재를 유지하는 전략입니다. 이 전략이 효과를 발휘하려면 '개인 성장 계획'을 직원과 회사가 같이 만들어야 합니다. 1년, 3년, 5년 후의 목표를 정하고, 하고 싶은 프로젝트는 무엇인지, 하고 싶은 개발은 무엇인지, 갖고 싶은 능력은 무엇인지를 함께 작성해보는 겁니다.

블리자드에서 저도 개인 성장 계획Individual Development Plan을 작성했습니다. 1년 후에 '〈월드 오브 워크래프트〉를 게임 리소스 10GB 전부가 아니라 처음 100MB만 받고도 게임을 실행해서 플레이할 수 있게 만들고 싶다. 3년 후에 스팀처럼 블리자드 자체 통합 게임 플랫폼을 만들고 싶다. 5년 후에 Free-to-Play 모바일 게임을 만들고 싶다.' 한참이 지나서 돌아보니 실제로 5년 동안 블리자드에서 그 일을 모두 했더라고요. 소름이 돋았습니다.

하고 싶은 일을 계획해놓으면 계획대로 살게 됩니다. 결국 세상은 계획을 가진 사람의 계획대로 움직입니다. 무계획한 사람은 끌려다닙니다. 회사에는 계획을 가지고 이끌어나가는 사람과, 계획 없이 끌려다니는 사람이 있습니다. 어떤 사람이 되든 상관은 없습니다. 하지만 가능하면 자신의 미래를 스스로 주도해 계획을 세우고 만들어가야 합니다. 1년, 3년, 5년 후에 하고 싶은 일을 하려면, 갖춰야 할 역량과 필요한 리소스를 정리해서 사내에서 성장할 수 있어야 합니다. 훌륭한 서버 개발자가 되고 싶다면, 지금 하는 일도 중요하지만 훌륭한 서버 개발자로 성장하는 아이템들을 조금씩 채워야 합니다. 그래서 일을 하면서도 같이 성장할 수 있도록 관리자와 협의하고 회사와 함께 성장해야 합니다. 스타트업일수록 사람이 적으니 회사가 나서서 지원해야 합니다. 직원이 퇴사하면 큰일 나니까요.

다시 이야기하지만 관리자는 직원의 성장에 지대한 관심을 가져야 합니다. 그렇지 않으면 직원은 성장하기 어렵습니다. 직원 입장에서 어떻게 관리자가 성장에 관심을 갖게 만들 수 있을까요? 직접 요구하는 겁니다. 관리자가 바쁘더라도, 일주일에 조금씩은 시간을 내게 해야 합니다. 그리고 나중에 관리자가 된다면, 팀원에게 원하는 바를 듣고 도와주는 성장형 조직을 만들어야 합니다. 스타트업이라면 특히 성장형 조직이 되어야 버틸 수 있는 힘이 생긴다는 걸 잊지 마세요.

성장은 역량, 잠재력, 현재 성과를 함께 살펴봐야 합니다. 성과는 역량보다 아래에 있습니다. 역량을 넘어서는 일을 하면 실패하기 때문입니다. 누군가가 하는 일마다 잘된다면, 그건 자신의 역량보다 낮은 일을 하기 때문입니다. 그런데 역량과 비슷하거나 그보다 좀 어려운 일을 수행하면 크고 작은 실패를 하면서 성장하게 됩니다. 근육은 한계를 넘어서야 파열

되고, 파열된 근육은 회복되면서 강해집니다. 역량도 근육과 같아서 비슷하거나 조금 높은 수준의 일을 해야 역량이 높아집니다. 쉬운 일은 아무리 많이 해도 역량이 늘지 않습니다.

'잠재력은 엄청 높은데, 왜 역량이 자라지 않는 걸까?'라는 고민이 생긴다면 그건 쉬운 일만 해서 그렇습니다. 어려운 일을 해서 실패를 경험하고 깨달음을 얻어 역량을 올려야 잠재 능력을 실현할 수 있습니다. 다만 감당할 수 없는 큰 실패를 하지 않도록 유의해야 합니다. 아주 큰 실패뿐 아니라 막바지 실패도 위험합니다. 실패는 초기에 하는 게 좋습니다. 프로젝트 초기에는 다양한 기술을 다양한 방법으로 시도해보며 실패를 경험하더라도 성장할 수 있습니다. 하지만 막바지 실패는 자칫 큰 실패로 이어질 수 있으니 주의합시다.

여유가 충분하다면 같은 개발을 두 팀이 진행하는 방법이 있습니다. 이렇게 하면 더 다양한 시도를 할 수 있습니다. 한 팀에서 실패하더라도 다른 팀이 개발한 걸 쓸 수 있으므로 안정적입니다. 사람은 성공뿐만 아니라 실패를 통해서도 배웁니다. 그래서 관리자는 실패에서 교훈을 얻을 수 있게, 성장할 수 있게 도움을 줘야 합니다. 어떤 일이 안 됐을 때 왜 안 됐는지 분석하고, 다시 하면 어떻게 하면 되는지 고민하면 됩니다. 이런 과정을 거친 실패를 '준비된 실패'라고 말합니다.

면접관으로서 "지난 1년 동안 했던 일 중 가장 큰 실패는 무엇이었나요? 그리고 그 실패의 원인은 무엇이었나요? 다시 한다면 어떻게 하시겠습니까?"라는 질문을 자주 합니다. 그리고 비슷한 일이 또 있는지, 그때는 어떻게 문제를 해결했는지 물어봅니다. 실패 경험과 실패를 통해 배운 것, 어떻게 성장했는지를 질문하는 겁니다. 대답에서 어떻게 실패에 대처

하는지를 파악할 수 있습니다. 실패를 무서워하지 않는 사람, 실패한 뒤 배워서 성장하는 사람이 계속 성장할 수 있습니다. 일을 할수록 크게 성장하는 성향인 거죠. 회사는 반드시 안전망을 만들어서 직원이 작은 실패를 하면서 성장하게 도와야 합니다. 그런데 현실은 실패에 인색한 우리입니다. 실패를 겁내는 우리입니다. 실패에 화를 내고 엄벌하는 분위기의 회사에서는 직원이 성장할 수 없다는 걸 기억해주세요. 그러니 실패에 대한 생각을 지금 당장 바꿉시다.

아버지께 배운 교훈 하나를 더 이야기하겠습니다. 대학을 졸업할 당시 두 회사에서 면접을 봤습니다. 한 곳은 한글과컴퓨터, 연봉이 무려 1200만 원이었습니다(당시에는 큰돈). 그래서 마음이 훅 기울었습니다. 학창 시절부터 건설사에서 소프트웨어를 만드는 아르바이트를 했습니다. 졸업 후 한글과컴퓨터에 간다고 건설사에 말했더니 연봉을 3000만 원이나 주겠다는 겁니다. 건설사는 대기업이지만 개발자가 없어서 저 혼자서 일을 다 해야 했고, 한글과컴퓨터는 직원이 10명 정도인 작은 소프트웨어 스타트업이었습니다. 당시 한글과컴퓨터에는 하늘 같은 선배들, 개발을 너무 잘하는 고수가 많았습니다. 제가 무릎 꿇고 배워야 되는 거죠. 연봉은 적지만 배울 수 있는 회사, 연봉이 많지만 배우기 힘든 회사, 이렇게 극명하게 갈리는 두 곳을 두고 고민했습니다. 아버지께 이야기를 했더니, '한 번 쉬운 일을 선택하면 평생 쉬운 일을 선택한다'고 말씀하셨습니다. 맞습니다. 어려운 일을 선택하면 이후에 선택의 폭이 넓어집니다. 그런데 한 번 쉬운 일을 선택하면, 어려운 일로 돌아갈 수 없습니다. 어려운 일을 선택했다가 힘들면, 쉬운 일로 바꿀 수 있는데, 쉬운 일로 먼저 가면 진입벽이 너무 높아보여서 어려운 일에 도전할 마음조차 생기지 않습니다. 고심 끝에 한글과컴퓨터 행을 택했습니다. 덕분에 이후로는 인생을 빡세게 살아왔습니다. 도전을 많이 할 수 있는 직장, 성장할 수 있는 직장을 골랐습니다. 블리자드에서 넥슨으로, 다시 삼성전자를 거쳐 스타트업으로 이직을 할 때마다 큰 도전을 경험했습니다. 돌이켜보면 이런 선택이 저를 발전시킨 것 같습니다.

회사마다 다른 것을 배웠습니다. 도전을 하지 않았다면, 많이 배우지 못했을 겁니다. 30년 커리어패스를 꿈꾼다면 하고 싶은 게 무엇인지, 지금 배운 게 뭔지, 자신이 매일매일 조금 어려운 선택을 하는지 점검해보면 좋겠습니다. 12장에 각 회사에서 무얼 배웠는지 정리해놓았습니다.

아낌없이 하는 교육

회사는 교육에 지원을 아끼면 안 됩니다. 할 수 있는 수준에서 최대한 지원해서 직원이 성장해 일을 잘할 수 있게 해야 합니다. 최소한 책은 사줘야 합니다. 일주일에 한 번 정도 사내 교육도 필요합니다. 외부 교육도 활용해야 합니다.

블리자드에는 '인터널 모빌리티' 제도가 있습니다. 사내 채용 제도입니다. 블리자드 본사 직원이 3000명 정도 되는데 사내 채용이 외부에서 뽑는 수보다 많습니다. 사내 공지를 하면, 엄청나게 지원자가 몰려듭니다. 내부에서 경쟁해 합격하면 옮깁니다. 이렇게 사내 채용을 하면 다른 팀은 인력을 잃는 거지만 어차피 한 명은 채용했어야 하니까 회사로 본다면 상황이 크게 달라지는 건 아닙니다. 큰 규모의 회사라면 이처럼 사내에서 이동하면서 도전할 기회를 줘야 합니다. 한 조직에 오래 같은 일을 하면 매너리즘에 빠지기 쉽습니다. 또는 최신 기술을 사용하고 싶은데 현재 팀에 적용할 여지가 없을 수도 있습니다. 검증된 개발자가 급히 필요할 수도 있죠. 사내 채용은 이럴 때 효과적인 해결책입니다. 결과적으로 사내 채용은 회사에 도전하는 기회가 많다는 메시지를 전달해줍니다.

작은 회사는 여러 가지 일을 할 수 있다는 장점을, 큰 회사는 공식적인 사내 채용의 장점을 적극 활용해보세요. 그러면 성장을 이끌어낼 수 있습니다. 규모가 크다면 교육 전담 부서를 따로 두지만, 전담부서가 없다고 손 놓을 수는 없는 게 교육입니다. 100만 원짜리 교육을 듣고 그 천배, 만배 버는 제품을 만들지 않습니까? 교육은 약간의 투자로 큰 성과를 낼 수 있는 효과적인 방법입니다. 사내에서 다양한 교육 기회를 직접 만들거나, 외부 교육에 적극 참여하기 바랍니다.

· 교육 지원 대상 예 ·

- 도서 구입비
- 강의 수강료
- 개발자 콘퍼런스 참가비
- 내부 세미나, 내부 개발자 모임 지원
- 대학/대학원 학비 지원
- 사이드 프로젝트 지원
- 사내 멘토링 프로그램 지원
- 회사 전체 개발자 콘퍼런스 개최
- 개발자 기술 토론 점심 모임 지원
- 개인 개발 프로그램 운영(1/3/5년 후 목표를 설정하고 성장할 수 있도록 지원)

◆◆◆

이끄는 팀마다 일종의 팀훈으로 '행복, 학습, 목표' 세 가지를 제시합니다. 첫째, 직장에서 행복해야 합니다. 어떻게든 행복할 방법을 찾아야 합니다. 둘째, 매일 회사에서 배워야 합니다. 배우지 않으면 성장할 수 없습니다. 뒤쳐집니다. 마지막으로 명확한 목표를 정해야 합니다. 팀 목표와 개인 목표가 있어야 합니다. 독서, 책 쓰기, 강의 만들기, 토이 프로젝트 진행하기 같은 개인 목표를 설정할 수 있겠죠. 개인이 목표를 가지도록 해주는 직장이 좋은 직장입니다. 그래야 학습하며 성장하고 행복할 수 있습니다. 개인 목표에 직장에서 성과를 내겠다는 목표는 넣지 않아야 합니다. 성과는 앞서 말한 세 가지를 수행하면 조직이 잘 돌아가게 되고, 그 결과물로 잘 나오는 겁니다.

자신의 팀에 이 세 가지를 키우려고 노력해보세요. 과연 행복한지, 뭔가를 배우고 있는지, 모두가 목표를 가지고 있는지 확인하세요. 관리자가 확인할 수 있도록 요청하세요. 관리자라면 직접 해보세요.

프로세스
바로 세우기

저는 개발을 크게 네 가지로 나눠서 생각합니다. 첫 번째는 무엇/제품^{what/}product입니다. 제품이 꼭 물리적인 외형을 갖출 필요는 없습니다. 앱이나 웹사이트 같은 서비스도 제품입니다. 두 번째는 어떻게/기술^{how/technology}입니다. 세 번째는 누구/사람^{who/people}입니다. 누가 만드는지도 중요합니다. 마지막 네 번째로는 이들을 연결하는 프로세스^{process}입니다.

제품을 만드는 과정, 즉 출시 주기, 테스트 주기 등이 프로세스에 해당하고, 어떤 기술과 아키텍처를 사용할 것인지도 프로세스에 해당합니다. 사람을 얼마나 자주 채용하고 교육할 것인지도 마찬가지입니다. 프로세스는 제품, 사람, 기술을 다 아우르고 관리합니다.

정말 좋은 제품을 개발하는지, 좋은 기술을 쓰고 있는지, 좋은 사람과 일하는지, 괜찮은 프로세스가 있는지 항상 생각해야 합니다. 프로세스가 제대로 동작하려면 소프트 스킬과 리더십이 녹아 있어야 합니다. 제품,

나아가서 서비스나 회사의 경쟁력도 여기서 발현됩니다. 제품 기획이 아주 좋다, 기술적으로 우월하다, 개발진이 튼튼하다, 개발 속도가 정말 빨라서 시장 진입이 빠르다 등 경쟁력은 이 넷 중 하나를 말하는 겁니다.

네 가지 모두를 갖추면 좋겠지만 쉽지 않은 일입니다. 그럼에도 하나라도 갖춰야 합니다. 넷 다 그저 그렇다면 위험합니다. 하나를 강력하게 만들어 발판으로 삼으며 다른 셋을 발전시켜 나아가야 합니다. 이제부터 프로세스를 바로 세우는 방법을 살펴봅시다.

프로세스

이미 프로세스를 여러 차례 언급했습니다. 한마디로 말하자면 프로세스는 모든 것의 바탕입니다. 제품 프로세스, 기술 프로세스, 사람(조직) 프로세스, 즉 모든 영역에 프로세스가 필요합니다. 그래서 개발을 하려면 우선 프로세스를 '정립'해야 합니다.

• 개발의 4요소 •

제품

프로세스

기술　　　　　　사람

한 번 정립한 프로세스는 불변의 것이 아닙니다. 지속적으로 '개선'해야 합니다. 제품, 기술, 사람(조직)을 연결한 내부가 프로세스입니다. 프로세스가 모든 것에 연결되어 있고 관장한다는 의미입니다.

제품을 위한 프로세스는 프로덕트 관리와 프로젝트 관리의 영역입니다. 프로덕트 관리는 제품을 지속적으로 정의하는 행위이고, 프로젝트 관리는 제품을 만들어가는 과정을 운영하는 행위입니다. 제품을 기획하고 개발하고 출시하고 사용자 반응을 지켜보는 모든 과정을 관리해야 합니다. 전 과정에 스크럼이나 칸반 같은 애자일 개발 방법론을 활용해야 합니다.

기술을 위한 프로세스는 개발자의 영역입니다. 소스 코드를 어디에 어떻게 관리할지, 브랜치나 머지 정책을 어떻게 할지, TDD 방식을 도입할지, 단위 테스트에 어떤 규칙을 적용할지, CI/CD를 어떻게 구축할지, 기술 부채를 어떻게 처리할지 등 기술에 관련된 모든 걸 정해야 합니다. 기술 프로세스를 정해놓지 않으면 주먹구구로 할 수밖에 없고, 매번 다른 결과가 납니다. 실수도 예방할 수 없죠. 그러니 처음에 효과적으로 설정해야 지속적으로 좋은 결과물을 안정적으로 만들 수 있습니다. 소통, 소스 관리, 이슈 관리에 유용한 도구를 적재적소에 활용하면 도움이 되겠죠.

사람(조직)을 위한 프로세스는 사실상 인사 시스템입니다. 채용, 직급, 평가, 교육, 보상, 복지입니다. 직원이 안정적으로 일에 몰두할 수 있게 하는 바탕이라고 보면 됩니다. 제도와 규칙도 프로세스의 일부입니다. 인사팀의 핵심 임무는 이런 인사 프로세스를 잘 만들고 적용하고 또 계속 발전시키는 겁니다. 무엇보다 공정한 업적 평가가 중요합니다. 위에서 아래로의 평가뿐만 아니라 상하좌우로 평가하기도 하죠. 넷플릭스는 360도 평가로 유명합니다. 360도 평가를 하려면 360도 원활한 소통이 가능한 조직 문화가 있어야 합니다. 평상시에 수직 구조로 소통하다가 평가만 360도로 하려 들면 제대로 평가가 이루어질 리없죠. 실리콘밸리에서는 잘 먹히는 제도라고 해서 우리나라 회사에도 먹힐지는 미지수입니다. 평가에 정답은 없습니다. 구성원의 성향, 지역성, 조직 문화 등을 고려해서 신중하게 적용해야 합니다.

프로세스를 위한 프로세스도 필요합니다. 중구난방으로 진행하던 일을 잘 정리해서 프로세스로 만들면 당분간은 잘 돌아갑니다. 하지만 영원한 건 없죠. 개발팀에서 새로운 기술을 이용하거나 새로운 개발자를 채용하면서 기존 프로세스로는 대응할 수 없는 경우가 생길 수도 있습니다. 예를 들어 클라우드를 쓰지 않던 회사가 클라우드를 도입하면 비용 문제나 보안 문제 등 수많은 기존 프로세스를 개선해야 합니다.

저는 스타트업을 컨설팅할 때 제품, 기술, 사람 그 안의 프로세스를 들여다봅니다. 그러고 나서 프로세스를 개선해서 더 나은 제품과 기술과 사람이 있는 회사가 되게 도와줍니다. 고기를 주는 것이 아니고 고기를 낚는 법을 알려주는 것이죠. 예를 들어 먼저 제품에 대해서 이야기를 나눕니다. 제품 자체보다는 현재 제품이 기획된 프로세스 이야기를 합니다. 시장 조사를 어떻게 했는지, 어떤 과정을 통해서 현재 제품으로 결정했는데, 개발 일정은 어떻게 되는지, 시장에 출시하고 나서 반응은 어떻게 수집할 것인지 등 제품을 둘러싼 모든 환경, 즉 프로세스를 점검하는 거죠. 대부분은 '제품에 아쉬운 점이 많다. 인력이 부족하다'로 귀결됩니다. 그러면 자연스럽게 사람 곧 조직에 대한 프로세스 이야기로 넘어가게 됩니다. 그다음은 기술 프로세스입니다.

최종적으로 모든 프로세스가 잘 정리되어 있는지, 구성원이 명확하게 이해하고 쉽게 프로세스대로 일하는지, 프로세스 운영 시스템이 잘 설정되어 있는지, 그리고 주기적으로 프로세스를 리뷰하고 개선하려는지를 봅니다.

시스템

프로세스를 잘 정리했다면 시스템을 이용해서 구현해야 합니다. 제대로 된 시스템을 사용하면 자연스럽게 프로세스를 따르게 됩니다. 따라서 프로세스는 시스템에 녹아들어야 합니다.

예를 들면 점심 비용 영수증 처리 프로세스가 제대로 정리되지 않으면 제각각 처리해 엉망이 되겠지요. 비용 처리 시스템이 있어서 달에 한 번 영수증을 쭈욱 업로드하는 것만으로 끝이라면 프로세스가 시스템에 녹아든 겁니다. 마찬가지로 "코드 리뷰를 합시다"라는 말보다는 체크인하면 자동으로 다른 개발자가 살펴보고 승인해서 머지되게 시스템을 만들어야 합니다. "면접 결과를 잘 기록해주세요"보다는 채용 시스템 안에 질문지를 마련해, 면접을 진행하면서 답변을 채용 시스템에 바로 기록하게 해야 프로세스가 시스템에 녹아든 겁니다.

처음부터 모든 시스템을 도입하기는 어렵습니다. 비용 문제일 수도 있고, 프로세스를 개선하는 중이면 특정 시스템을 아직 선택하지 않은 상황일 수도 있습니다. 그렇다면 어떤 시스템을 도입해야 할까요? 힌트는 업계에 있습니다.

글로벌 IT 회사에서 애용하는 시스템들을 살펴봅시다. 참고로 목표는 시스템 도입이 아니라 프로세스 정리입니다. 프로세스에 적절한 시스템을 도입하기 바랍니다. 다시 말씀드리지만 모든 프로세스를 가능하면 시스템에 녹여내야 합니다. 문서와 인력으로 진행하는 프로세스는 언제 어긋날지 모릅니다. 시스템화하지 않은 프로세스는 위험할 수 있으니, 내부에서 간단하게라도 꼭 시스템을 만들어서 프로세스가 안정하게 동작할 수 있도록 노력해야 합니다.

• 글로벌 IT 업체에서 사용하는 시스템 예시 •

분야	제품	분야	제품
이메일	지메일	지속적 통합, 지속적 제공	젠킨스
일정 관리	구글 캘린더	데이터 분석	루커(Looker), 태블로(Tableau)
문서	구글 닥스	자동화	오토잇 (AutoIt)
파일 관리	구글 드라이브	비용 처리	콘컬 (Concur)
메시징	슬랙	세일즈	세일즈포스닷컴 (Salesforce)
화상 회의	줌	전자계약	도큐사인 (DocuSign)
소스 코드 관리	깃, 깃허브	채용	그린하우스 (Greenhouse)

역량 성숙도 모델

프로세스를 이해하는 데 역량 성숙도 모델Capability Maturity Model, CMM이 도움이 될 겁니다. 회사 역량을 평가하는 글로벌 기준은 5단계입니다.

• 역량 성숙도 모델 •

❶ 초기 단계 : 사내에서 모두가 같은 용어를 사용함
❷ 반복 가능 단계 : 사내 프로젝트들이 모두 프로세스대로 움직임
❸ 정의된 단계 : 회사 전체에 프로세스가 통일됨
❹ 관리 단계 : 사내 모든 것을 측정하고 분석할 수 있음
❺ 최적화 단계 : 지속적으로 회사 내부를 개선하고 변화함

1단계는 '사내에서 같은 용어를 쓰는가?'입니다. 사내에서 각각 다른 용어를 쓴다면 소통에 문제가 생깁니다. 생각보다 많은 회사가 사내에서 다른 용어를 사용합니다. 예를 들어 '개발이 끝났다'를 어떤 팀에서는 출시 직전이라는 의미로 쓰고, 어떤 팀에서는 테스트 직전이라고 쓸 수도 있거든요. 사내에서 용어가 통일되어야 원만한 소통이 가능합니다. 2단계는 '사내에 일반적인 프로세스가 정립되어 있는가?'입니다. 같은 일을 할 때 같은 프로세스를 쓰는 겁니다. 성공한 프로세스를 공유하면 실패 확률을 줄일 수 있습니다. 사내에 프로세스가 잘 정립되어 있는 회사는 성과를 많이 낼 수 있습니다. 3단계는 회사 전체가 똑같은 프로세스를 유지하는 겁니다. 한 부서의 프로세스와 다른 부서의 프로세스가 비슷하고, 한 부서의 문화와 도구가 다른 부서의 것과 유사한 겁니다. 그러면 회

사 전체가 시너지를 낼 수 있습니다.

블리자드는 〈디아블로 3〉 개발로 너무 바쁠 때 〈스타크래프트〉 개발자의 도움을 받았습니다. 개발자들이 다른 팀에 파견되어 일을 도와주고 다시 돌아가서 원래 본인의 일을 하는 거죠. 이게 가능한 이유는 사내 프로세스가 동일하기 때문입니다. 소스 코드 작성 규칙과 도구, 테스트 방식, 기능 설계 방식이 전반적으로 비슷하기 때문에, 다른 조직의 업무에 투입되어도 빠르게 일할 수 있습니다. 그래서 사내 이동인 인터널 모빌리티 제도가 활발했던 겁니다.

회사가 커질수록 프로세스를 통일시키는 일이 중요합니다. 엄청난 강점이니까요. 그런데 현실 세계에서는 팀마다 각자의 프로세스를 사용하는 경우가 흔하죠. 누구도 프로세스 통일에 신경을 쓰지 못할 정도로 바쁘기 때문일 겁니다. 회사가 작을 때부터 프로세스를 통일해야 커서도 유지됩니다. 그러므로 작은 회사에서도 프로세스 통일에 신경을 써야 합니다. 3단계만 되어도 굉장히 좋은 회사입니다. 이런 회사를 만드는 게 쉽지 않습니다.

4단계 회사는 모든 것을 측정할 수 있습니다. 5단계는 지속적으로 최적화하는 회사입니다. 끊임없는 측정과 개선을 하고 지속적인 변화까지 이끌어냅니다. 계속 시장에 맞추어 변화하는 회사가 되는 겁니다. 5단계에 해당하는 회사로 코카콜라나 3M 같은 곳이 있습니다. 코카콜라는 단순히 음료만 파는 회사가 아닙니다. 먹는 것과 관련된 수많은 일을 하는 회사고요. 3M은 계속해서 변신하는 회사입니다. 사람들의 생활에 도움이 된다면 어떤 물건이라도 만들겠다는 신념으로 끊임없이 변화를 만들죠. 그래서 오늘날 제품이 5만 가지나 됩니다. 모두가 애용하는 포스트잇은 출시된 지 50년이 다 되어갑니다. 오늘날에도 3M은 포스트잇에 변화를 주어 새로운 시장을 개척해나가고 있습니다. 다양한 변화의 이면에는 '10, 15, 30 원칙'에 있습니다. 최근 1년에 개발된 신제품 매출이 전체 매출의 10%일 것, 직원 업무 시간의 15%를 아이디어 창출에 쓸 것, 연간 총매출의 30%는 4년 이내에 출시된 신제품에서 달성할 것. 이 중에서 '15% 원칙'은 '혁신적인 아이디어는 어디서든 얻을 수 있다'는 신념을 가진 맥나이트 3M CEO가 만들었습니다. 1949년에 만든 이 원칙은 아직까지 존속되며 3M의 혁신을 이끌고 있습니다. 100년 이상을 시장을 선도해나가는 데는 다 이유가 있는 거죠.

5단계까지 달성한 회사는 100년 이상 지속됩니다. 대부분 회사는 변화를 거부하기 때문에 오래 살아남지 못합니다. 영어에서는 조직을 'organization'이라고 부릅니다. 그런데 이 단어는 생체 조직을 의미하기도 합니다. 결국 회사도 살아 있는 생명체 같아서, 성장을 하다가 최고점을 찍고 쇠퇴합니다. 그리고 노화되어 죽습니다. 다만 회사의 생애주기 진행 속도는 회사마다 천차만별입니다. 오랫동안 성장하고 천천히 쇠퇴하는 기업이 있는 반면, 굉장히 빨리 성장하고 빨리 쇠퇴하는 기업도 있습니다. 아주 잘 나가는 회사가 갑자기 사라지기도 하고, 어떤 회사는 100년이 넘도록 변신하고 개선하면서 생명을 연장합니다.

생명을 길게 가져가려면 프로세스가 제대로 잡혀 있어야 합니다. 프로세스가 결국 회사의 DNA입니다. 정립한 프로세스를 지속적으로 개선해야 합니다. 다음 그림은 《PC GAMER》라는 미국 게임 잡지가 만든 것인데요. 블리자드 출신 사람들이 만든 회사를 정리한 겁니다. 그간 블리자드에 수천 명이 입사하고 퇴했습니다. 블리자드를 나와서 이렇게 많은 회사를 만들었습니다. 그런데도 블리자드가 계속 명맥을 유지하는 이유는 결국 프로세스 때문입니다. 사람이 떠나도 성숙된 역량의 프로세스는 남아 있기 때문에 블리자드가 계속 살아남을 수 있는 겁니다.

• 블리자드 퇴사자가 만든 게임 회사 지도 •

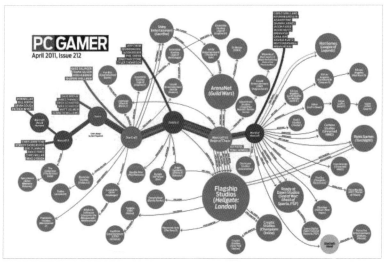

팀 프로세스

회사를 크게 키우고, 조직을 더 잘 만들고, 문제없이 돌아가게 만들고 싶다면 채용, 교육 시스템/프로세스를 마련해야 합니다. 그래야 문화로 정착되고 오래 생존할 수 있습니다.

프로세스 관점에서 팀을 살펴보면, 팀 성과는 개인 성과와 다릅니다. 세 가지 기준으로 팀 성과를 평가합니다. 생산성, 소통, 프로세스입니다.

개인 성과보다 조금 더 높은 차원에서 평가합니다. 계속 뭔가를 출시하는지, 팀 내에서 소통은 잘 되는지, 모든 사람이 잘 연결되고 있는지, 팀 프로세스가 잘 정립되어 있어서 모든 사람이 집중해서 일하는지, 낭비가 발생하고 있지는 않은지, 문제들이 잘 해결되고 우선순위가 잘 정해져 있는지 등입니다. 저는 프로세스를 가장 집중해서 평가합니다. 물론 생산성과 소통도 중요하지만 프로세스가 근간이기 때문입니다. 주간 보고서를 어떻게 작성하는지, 출시를 어떻게 하는지, 고객의 피드백을 어떻게 받아보는지 등을 구체적으로 물어 팀의 성과를 측정합니다.

프로세스는 개인에게도 중요하지만 조직에는 더 중요합니다. 개인의 프로세스를 쉽게 말하면 '습관'입니다. 습관이 사람의 일상을 제어합니다. 일찍 일어나고 일찍 자는 것도 습관의 일종입니다. 개인을 변화시키려면 습관을 바꿔야 하듯이 팀을 변화시키려면 프로세스를 개선해야 합니다.

그래서 팀 형성과 진화 과정(팀 다이내믹스)도 프로세스 측면에서 보아야 합니다.* 결론적으로 팀 리드, 즉 관리자가 무엇을 하는지 살펴봐야 합니다. 프로젝트 리드는 제품을 출시해야 하고, 테크니컬 리드는 올바른 방향, 올바른 기술로 제품을 만들게 해야 합니다. 피플 매니저는 일을 잘해서 성장해서 행복감을 느끼게 해야 합니다. 프로세스를 정립해서 일을 더 잘할 수 있게 돕고, 그 결과 팀이 얼마나 성과를 내는지와 진화 과정도 살펴봐야 합니다.

---

* 포밍 → 스토밍 → 노밍 → 퍼포밍 과정. 2부에서 '매니지먼드 역할' 글 참조

◆◆◆

일을 하다 보면 망가지는 조직이 적지 않습니다. 망가졌다는 정의가 상황마다 다르긴 합니다만, 제품의 방향이 엉망이라든지, 기술 부채가 너무 많다든지, 구성원들이 불행하다든지, 프로세스가 없거나 지켜지지 않는다면 망가졌다는 표현이 적절한 상황일 겁니다. 해결책은 얼마든지 있습니다. 스티브 잡스는 카리스마로 조직을 이끌었고, 잭 웰치는 시스템과 프로세스를 만들어서 개선했습니다. 저마다 문제를 정리하고 해결 방식을 만듭니다. 제품, 기술, 사람, 프로세스 중 뭐하나 제대로 된 게 없는 엉망진창인 상태인가요? 그렇다면 프로세스를 먼저 정립하기 바랍니다. 하지만 넷 중에서 하나라도 잘되고 있다면 조금씩 개선하면 됩니다. 기술에 방향이 없다면 방향을 세우고, 사람들이 불행하다면 행복하게 만들 방법을 세우면 됩니다. 모든 게 완벽한 회사면 좋겠지만 어느 조직에든 문제는 있습니다. 핵심은 하나씩 꾸준히 프로세스에 집중해서 개선해야 더 좋아질 수 있다는 겁니다.

모든 조직에는 문제가 있습니다. 문제를 해결하려면 프로세스가 제대로 세워져 있어야 합니다. 망가진 조직을 그대로 이끌어 어떻게든 제품을 출시하겠다는 생각은 망상입니다. 조직을 개선하는 일, 프로세스를 바로 세우는 일이 먼저입니다. 부러진 도낏자루로 날도 없이 나무를 빨리 친다고 나무가 베어집니까? 도끼날을 먼저 갈고 새 자루에 끼워 나무를 베는 편이 더 빠르지 않겠습니까? 자신의 조직에 알맞은 프로세스를 고안하고 꾸준히 개선한다면 높은 역량의 성숙도를 달성하는 조직으로 성장할 수 있을 겁니다.

PART 3

비즈니스
역량

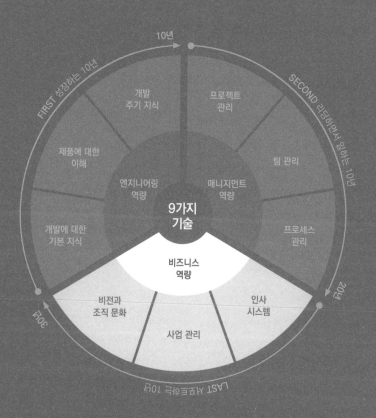

9가지
기술

FIRST 성장하는 10년

개발
주기 지식

프로젝트
관리

제품에 대한
이해

엔지니어링
역량

매니지먼트
역량

팀 관리

SECOND 관장하면서 일하는 10년

10년

20년

개발에 대한
기본 지식

프로세스
관리

비즈니스
역량

30년

비전과
조직 문화

사업 관리

인사
시스템

LAST 셔셔트하는 10년

서포트하는 10년

30년 커리어패스의 마지막 10년에 필요한 비즈니스 역량은 총 3가지입니다.

- 인사 시스템
- 비즈니스 관리
- 비전, 목표, 조직 문화

인사 시스템

인사 시스템은 6가지로 나뉩니다. 바로 채용, 직급, 평가, 교육, 보상, 복지입니다. 먼저 채용 제도와 직급을 정의해야 합니다. 예를 들어 아마존은 소프트웨어 엔지니어 등급을 1~8까지 나눕니다. 블리자드는 어시스턴트, 어소시언트, 소프트웨어, 시니어, 리드 등으로 직급을 나눕니다. 직급이 있다면 직급별 역할도 있어야 합니다. 인사 평가가 제대로 동작하려면 퍼포먼스 리뷰 방식이 잘 정리되어 있어야 합니다. 회사가 성장하길 원한다면 직원을 성장시켜야 하므로 교육도 필요합니다. 마지막으로 보상과 복지를 제공해야 합니다. 급여 시스템은 어떻게 되어 있고, 보너스는 어떻게 주는지가 여기에 해당하죠. 회사를 계속 발전시키고 싶다면 회사를 매력적으로 만들어, 지속해서 인재를 채용하고, 교육을 제공해 직원을 성장시키고, 팀에 직원이 딱 밀착되는 인사 시스템을 만들어야 합니다.

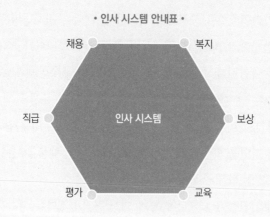

• 인사 시스템 안내표 •

비즈니스 관리

비즈니스 관리 영역에는 이런 격언이 있습니다. 'Lead People, Manage Business.' 일을 잘할 수 있도록 사람들을 '리드'하고, 비즈니스를 철저하게 '관리'하라는 이야깁니다. 사업을 철저하게 '관리'하지 않으면 망합니다. 돈이 얼마나 벌리고 얼마나 쓰이는지 파악해 사업을 더욱 철저하게

'관리'해야 합니다. 단순히 개발만 하고 만다면 상관없지만, 더 높은 직급을 원한다면 비즈니스 전체 그림을 봐야 합니다. 매출은 어디서 나오는지, 매출을 어떻게 내는지, 비즈니스가 사회에 어떻게 기여하는지 등을 알아야 합니다. 최근에는 환경적인지, 사회에 도움이 되는지, 회사의 지배 구조는 좋은지에 대한 ESG*에 관심이 높아지고 있습니다. 결국 비즈니스는 일 자체, 사회와의 관계, 매출 등을 모두 봐야 합니다.

조금 깊이 들어가면 회사의 역량, 전략, 작전, 재정, 마케팅을 파악하고 있어야 합니다. 20년 개발만 한 개발자가 잘하는 분야가 아닙니다. 그러므로 30년 커리어패스를 꿈꾼다면 기회가 될 때마다 경제경영 공부(투자)를 해둬야 합니다. MBA 같은 곳에서 이런 공부를 합니다. MBA를 밟으라는 이야기는 아닙니다. 어떤 사람은 MBA를 극찬하지만 세계 3대 투자자인 짐 로저스는 낭비의 극치라며 혐오합니다. MBA 효용성 논쟁과는 상관없이 개발자라도 비즈니스 책을 읽어보거나 다른 직무의 사람과 대화를 하며 지식의 영역을 확장해야 합니다. 회사의 재정, 매출, 채용 계획 등을 파악할 정도의 능력은 갖춰야 합니다.

나중에 개발 실장이 되거나 CTO가 돼서 공부하겠다는 생각을 하지 마시고, 프로액티브하게 비즈니스 공부를 하시기를 바랍니다.

체인지 매니지먼트

밸런스드 스코어카드Balanced Scorecard는 회사를 4가지 관점에서 점검합니

---

* 환경(Environmental), 사회(Social), 지배구조(Governance)를 아우르는 개념

다. 바로 ❶ 재정 안정성, ❷ 고객의 제품 만족도, ❸ 내부 프로세스, ❹ 교육과 성장입니다. 굉장히 간단하지만 효과적인 평가 방법입니다. 회사가 5년 후에도 살아남을지, 나는 그때도 다니고 있을지를 정하는 데 도움이 되는 누구나 가능한 점검 방법입니다.

첫 번째 재정 안정성은 매출과 지출 규모를 파악하면 알 수 있죠. 두 번째 고객의 제품 만족도를 얻을 수 있는 곳은 많습니다. 온라인 쇼핑몰 후기만 봐도 바로 파악할 수 있습니다. 고객을 만족시키려면 어떻게 해야 할까요? 고객을 생각하며 제품을 개발해야 합니다. 외부 고객만 고객이 아닙니다. 회사 내부에 있는 모든 직원이 고객입니다. 직원 모두가 제품을 쓰고 좋아해야만이 성공할 수 있습니다. 세 번째 내부 프로세스는 조직원이면 바로 압니다. 일이 체계적으로 돌아가는지 주먹구구로 돌아가는지 말이죠. 주먹구구식으로 일이 진행된다면 오늘 성공을 내일 반복할 수 없습니다. 마지막 교육과 성장은 그간 많이 이야기했죠? "교육을 제공해 직원을 성장시켜야 회사도 성장한다! 회사가 성장하지 않으면 시장과 함께 성장할 수 없다."

4가지 중 하나라도 제대로 동작하지 않는다면 회사의 미래가 위태로울 수 있습니다. 미래가 있는 회사라면 돈을 잘 벌고, 고객을 만족시키고, 프로세스가 정립되어 있고, 교육해 직원과 회사를 성장시켜야 합니다. 여러분이 30년 커리어패스의 마지막 10년에 해당한다면 직접 미래가 있는 회사를 책임감 있게 만들어가야 합니다.

제가 가장 관심 있게 보는 것은 '변화'입니다. '체인지 매니지먼트'라고도 부르는데요, 결론은 두 가지입니다. **첫째, 회사는 변화하지 않으면 망한다. 둘째, 하지만 변화는 어렵기 때문에 매우 조심스럽게 관리해야 된다.** 무엇인가를 성사시키려고 철저하게 챙긴다는 의미로 매니지먼트, 즉 관리를 이해합시다. 체인지 매니지먼트라는 단어가 있다는 것 자체가, 회사에 변화를 주기는 어렵지만 변화는 중요하므로 꼭 해야 한다는 의미입니다. 조직은 지속적으로 변화해야 살아남습니다. 살아남으려면 어떻게 변화를 만들고 어떻게 받아들이게 할지를 연구하며 변화를 이끌어야 합니다. 변화는 비즈니스 매니지먼트라는 큰 그림 안에 들어 있습니다. 여러분이 속한 조직이 꾸준히 변화하는지, 변화를 어떻게 관리하는지, 앞으로 시장에서 필요한 만큼의 변화를 하는지, 여러분은 거기서 어떤 역할을 하는지 생각해보면 좋습니다.

블리자드도 〈월드 오브 워크래프트〉의 성공으로 잘 나가고 있었습니다만, 많은 변화가 필요했습니다. 특히나 인원이 빠르게 늘어나면서 회사의 중심을 잡는 데 많은 노력이 들었습니다. 제품 측면에서도 시대의 흐름에 따라서 배틀넷 데스크톱 앱이라는 플랫폼을 만들었고, 한국에서 시작해서 전 세계로 퍼진 과금제도인 Free to Play*를 적용해 모바일 게임 〈하스스톤〉을 출시했습니다(이전까지 블리자드는 패키지 판매 방식 게임만 있음). 이 두 가지 프로젝트에서 모두 일을 하면서 제품, 기술, 조직, 프로세스 등의 다양한 변화를 경험했습니다. 변화는 결국 한 군데에서 시작하지만 모든 분야에 퍼져나간다는 사실을 직접 확인할 수 있었습니다. 그리고 변화가 무뎌질 때 조직에 어려움이 온다는 사실도 체험해볼 수 있었습니다. 생물학에서 조직은 살아있는 세포들로 구성됩니다. 살아있다는 뜻은 성장하고 변화하고 늙는다는 겁니다. 결국 회사도 성장하고 변화하

---

* 게임 플레이를 무료로 제공하면서 게임 내 유료 아이템을 판매해 수익을 얻는 방식

고 늙습니다. 성장을 멈추면, 즉 변화를 멈추면 죽음이 기다린다는 뜻입니다.

다음은 제가 초기 스타트업에 투자할 때 쓰는 항목입니다.

• 초기 스타트업 투자성 평가 항목 •

❶ 사업성
❷ 혁신성
❸ 개발 역량
❹ 글로벌 확장성

첫 번째는 사업성입니다. 진짜로 사업성이 있느냐, 이미 시장이 존재하는지, 만드는 제품이 시장과 잘 맞는지 살핍니다. 두 번째는 혁신성입니다. 다른 회사와 다른 뭔가 특별한 혁신적인 점이 있는지 봅니다. 특허, 기획, 기술, 속도 등을 봅니다. 진입장벽이 너무 낮은 시장은 좋지 못합니다. 시장성이 있더라도 다른 회사가 넘지 못할 진입장벽이 있어야 합니다. 그 장벽이 혁신성입니다. 세 번째는 개발 역량입니다. 개발자들에게 실제로 능력이 있고, 프로세스가 잘 만들어져 있는지 봅니다. 마지막 네 번째는 글로벌 확장성입니다. 세계 무대로 확장해도 통할 비즈니스인지를 보는 겁니다.

다시 말씀드리지만 초기 스타트업을 평가하는 항목입니다. 아직은 자리잡지 못한 시기이므로 현재 돈을 얼마나 잘 버냐는 중요하지 않습니다. 온전히 성장성에 집중한 항목입니다. 스타트업 종사자라면 스스로의 회사를 객관적으로 평가하는 데 활용해보기 바랍니다.

비전, 목표, 조직 문화

문화에서는 비전, 목표가 선봉의 기치입니다. 예를 들어 목표에는 회사 목표, 팀 목표, 개인 목표가 있습니다. 이게 다 별개이면 안 됩니다. 회사 목표가 '좋은 제품 만들자'인데, 팀은 '좋은 기술을 만들자', 직원은 '돈을 많이 벌자'이면 목표가 어긋나기 때문에 회사 목표를 달성할 수 없습니다. 각 목표는 어떻게든 연결되어야 합니다. 예를 들어 회사 목표가 '좋은 게임을 만들자'이면 팀은 '좋은 기술을 만들어서 좋은 게임을 만들자', 개인은 '좋은 기술로 좋은 게임을 만들어서 부자가 되자' 이렇게 연결할 수 있습니다. 회사가 가는 방향, 팀이 가는 방향, 개인이 가는 방향, 비전, 목표가 연결되어야 합니다.

블리자드 비전은 'Dedicated to creating the most epic entertainment experiences...ever.'입니다. '최고로 재밌는 게임 경험을 제공하는 데 최선을 다한다' 정도로 의역할 수 있습니다. 블리자드는 이 목표를 크게 새겨서 회사 캠퍼스 가운데에 거대한 오크상과 함께 세워놓았습니다. 그만큼 좋은 게임을 만드는 데 목숨을 거는 겁니다. 비전이 정립되어 있으니 회사가 하나로 뭉쳐 비전 안에서 문화가 탄생합니다. 그래서 외부의 비난을 감수하더라도 뛰어나고 재미있는 게임이 아니면 신작 발표를 주저 없이 연기하거나 완전히 폐기합니다. 〈스타크래프트 : 고스트〉나 〈워크래프트 어드벤처〉는 출시 예정일까지 잡았지만 출시 대신 개발 중단을 선언했죠. 비전 없이 오직 돈을 벌겠다는 일념이었다면 불가능했을 결정입니다.

• 블리자드 비전이 새겨진 오크 동상 •

출처 : Activision Blizzard

비전이 큰 목표라면 그 아래 세세한 가이드나 사상을 핵심 가치^{core value}라고 부릅니다. 회사의 모든 사람이 가장 높게 생각하는 가치를 말합니다. 블리자드는 8가지 핵심 가치를 두고 판단 기준으로 삼습니다.

• 블리자드 핵심 가치 •

❶ 재미있는 게임이 우선이다

❷ 품질에 최선을 다하라

❸ 고객에게 동료에게 서로를 존중하고 공정을 기하라

❹ 마음 깊은 곳의 덕심을 꺼내서 즐겨라

❺ 모든 고객과 동료의 목소리를 경청하라

❻ 글로벌 마인드로 일하라

❼ 책임감을 가지고 프로젝트와 팀과 업계를 리드하라

❽ 배우고 성장하라

블라자드는 핵심 가치에 적합하지 않은 일은 하지 않습니다. 이처럼 핵심 가치를 정하고 지키면 조직 문화가 만들어집니다. 일은 핵심 가치를 기준으로 삼아서 진행하면 잘됩니다. 예를 들어 '게임이 좀 덜 만들어졌는데, 그냥 출시할까?'라는 생각이 들었을 때, '그럼 안 돼, 우리는 품질이 최선인데'라는 판단이 가능해집니다. '이 기술이 재밌는 것 같으니까 써 볼까? 그러면 게임이 재미 없어지는데. 재미가 더 중요하잖아?' 이런 생각이 가능합니다. 성장하는 게 핵심 가치이므로 아무리 바빠도 배우고 내부 기술 세미나를 꾸준히 진행하게 됩니다.

문화는 미리 세워진 가치와 정책에 의해 결정되기 때문에, 먼저 비전과 가치가 결정이 되어야 그 뒤에 문화가 따라갑니다. 회사의 문화를 결정하는 데 비전과 가치가 굉장히 중요합니다. 블리자드의 비전과 핵심 가치는 한 달 동안 직원들이 열심히 토론해서 정한 겁니다. 회사 초창기에 만든 것인데, 제가 봐도 정말 멋졌습니다. 이 가치를 바탕으로 블리자드는 계속 성장할 수 있었습니다.

조직 문화는 사람들이 생각하고 행동하고 일하는 방식입니다. '찻길에서는 신호등을 따른다' 이런 게 문화입니다. 문화는 제품, 기술, 프로세스 바깥 영역에서 돌아갑니다. 사람들이 생각하고, 행동하고, 해야 하는 일을 자연스럽게 결정해주는 큰 개념입니다. 제품, 기술, 프로세스가 결과에 가깝다면 조직 문화는 모두를 아우르는 운영체제에 가깝습니다. 운영체제에 따라서 프로세스가 나오고 프로세스에 따라서 모든 일이 결정됩니다. 그래서 조직 문화는 중요하고 회사에 많은 영향을 끼칩니다. 그리고 조직 문화는 비전과 핵심 가치를 조절해 만들고 수정할 수 있습니다.

◆◆◆

이제부터 마지막 10년에 필요한 기술을 알아보겠습니다. 앞서 20년 동안 쌓은 제품, 기술, 관리 역량을 기반으로 더 큰 그림을 그리는 시기가 된 겁니다. 컴퓨터에 운영체제가 있듯이 조직에는 조직 문화가 있습니다. 인사 시스템에서 제일 중요한 채용하기, 돈 되는 사업을 만들기, 조직 비전을 받쳐줄 조직 문화 만들기를 깊게 다뤄보겠습니다.

08

잘 뽑고
잘 들어가기

2017년 기준 구글 직원 수는 약 8만 명, 마이크로소프트 직원 수는 약 12만 명이었습니다. 당시 직원 평균 근속 연수는 구글과 마이크로소프트 모두 대략 2년 정도입니다. 네이버와 카카오는 평균 근속 연수가 대략 5년 반 정도입니다. 회사는 5년 반 동안 전체 직원 수만큼을 채용해야 하는 거죠.

한 연구 결과에 따르면 잘못된 사람을 채용하면 그 사람 연봉의 2.5배에 해당하는 금액만큼 손해가 발생한다고 합니다. 그래서 오늘날 채용 제도는 좋은 사람을 뽑는 데 집중하기보다는 잘못된 사람을 뽑지 않는 데 더 집중합니다. 회사는 결국 구성원의 역량만큼 성장합니다. 인재는 회사 역량을 보태지만, 그렇지 못한 사람은 오히려 역량을 깎아먹기도 합니다. 심지어는 작게는 팀, 크게는 사업이나 회사 전체를 망치기도 합니다. 그래서 채용의 제 1원칙으로 '잘못된 사람을 뽑지 않는다'를 제안합니다.

1원칙을 만족하는 인재를 뽑을 때 세 가지 기준을 고려하면 됩니다. 첫 번째는 우리의 '목표', 두 번째는 목표를 달성하는 우리의 '원칙', 세 번째는 사람을 채용하는 '프로세스'입니다.

목표는 피고용자의 능력과 인성 검증에 초점이 맞추어 있습니다. 원칙은 채용 기준을 정해줍니다. 프로세스는 채용의 품질을 보장하는 보호 도구입니다. 채용은 양방향 평가의 결과물입니다. 회사 입장에서는 목표에 부합하는 능력과 인성을 갖춘 사람이 회사의 방향에 맞게 일하는 게 궁극적인 채용의 이유입니다. 피고용자는 내가 입사해서 기여할 부분이 있는지, 충분히 내 커리어패스 관리에 도움이 되는 일인지, 기여한 만큼 충분한 보상을 받는지 등을 평가하게 됩니다. 서로의 이유가 교차하며 합일을 이루는 시점에 채용이 비로소 이루어집니다. 삼각대에는 발(축)이 3개입니다. 하나라도 짧거나 부실하면 결국 삼각대가 쓰러져버릴 겁니다. 채용을 할 때 목표와 원칙뿐 아니라 채용 프로세스도 무시할 수 없습니다.

채용 목표 바로 세우기

회사의 채용 목표를 단순하게 '좋은 사람 채용'으로만 정의할 수는 없습니다. 더 디테일하게 우리가 원하는 인재상을 정의하고 채용을 진행해야 합니다. 채용 목표는 '현재 조직 문화와 잘 맞는가', '업무를 진행할 전반적인 능력이 있는가'로 시작해야 합니다. 이 둘은 필수 요구사항입니다. 개발 능력은 업무의 일부입니다. 다른 사람들과의 소통 능력, 필요한 내용을 정리해서 문서로 만드는 능력, 업무 우선순위를 구분해서 하나씩 처리하는 업무 관리 능력 등 여러 능력을 겸비해야 개발 능력도 빛을 발합니다. 추가로 '회사에서 성장할 수 있는지'도 고려해야 합니다. 왜냐하면 모든 회사는 100년, 200년 가는 기업을 꿈꿉니다. 긴 시간 회사가 살아남으려면 끊임없이 시대에 맞춰 변화하고 성장해야 하는데, 회사의 성장은 구성원의 성장에 기인하기 때문입니다.

개발자를 채용할 때는 기술적인 요구사항을 추가해야 합니다. '폭넓은 개발 지식을 갖추고 있는가?', '특정 기술에 전문성이 있는가?'를 봅니다. 채용하자마자 업무에 바로 투입할 사람을 뽑는다면 특히 전문성에 비중을 두어 평가해야 합니다.

다양한 채용 목표가 있겠지만, 그중에서도 가장 중점을 둘 사안이 무엇인지를 정해둬야 합니다. 모두가 협업하는 조직 문화를 지키고 싶다면 '협업'이 평가의 일순위가 되어야 합니다. 기술적으로 힘든 과제를 꼭 해결해야만 한다면 기술력이 뛰어난 인재 채용이 일순위입니다. 이렇게 정확한 채용 목표를 세우면 원하는 것과 놓칠 수 있는 것을 미리 정의해둘 수 있습니다. 물론 채용과 관련된 사람 모두가 채용 목표에 동의해야 합니다(팀원을 뽑는데 팀장도 모르게 채용된 사람이 어느 날 출근하면 안 되겠죠).

전문성을 어떻게 평가할 수 있을까요? 주먹구구식으로 평가하면 안 됩니다. 채용 프로세스와 세부 평가 항목을 마련해 실행해야 합니다. 요즘에는 단번에 합격/불합격을 외치는 그런 영화 같은 일은 벌어지지 않습니다. 1차 전화 면접, 2차 코딩 테스트, 3차 실무자 면접처럼 다단계로 진행됩니다. 이 모든 과정에서 회사(면접관)는 채용 목표에 걸맞은 요건을 갖췄는지 확인하는 질문을 하고 답변을 경청해 평가해야 합니다.

저는 일하며 채용에 상당히 많은 시간을 할애했습니다. 블리자드, 넥슨, 삼성전자 모두 업계를 선도하는 큰 기업이라 채용에 많은 공을 들입니다. 물론 다른 점도 많았지만 채용 목표와 원칙과 프로세스에 많은 공을 들인다는 공통점이 있습니다. 블리자드 채용 프로세스는 상당히 인상적이었습니다. '잘못된 사람을 뽑지 않는다'는 채용의 제1원칙이 잘 반영되었기 때문입니다.

채용 목표를 만족하는 원칙 세우기

채용 과정에서 면접관은 지원자에게 질문합니다. 면접관은 쓸모 있는 답변을 들을 수 있는 질문을 해야 합니다. 예를 들어 "이전 회사에서 업무는 무난했나요?"라고 묻는다면, 지원자는 당연히 "무난했습니다"라고 대답할 수밖에 없습니다. 이런 질문이 아니라, "그 회사에서 이런 업무를 하셨을 때, 어떤 식으로 진행하셨나요?"와 같이 구체적으로 질문해야 합니다. 어떤 팀에 속해서 일했는지보다, 이력서를 바탕으로 팀에서 어떤 일을 했는지, 그리고 그 일을 할 때 어떤 기술로 어떻게 했는지를 최대한 자세하게 설명할 수 있게 가이드해야 합니다. 또한 미래가 아니라 과거에 대해 질문해야 합니다. 이게 굉장히 중요합니다. 그리고 지원자가 혼자서 한 일(팀에서 한 일이 아니라)을 물어야 하고, 돌려 묻지 말고 직접적으로 물어야 합니다. 또한 지원자와 사랑에 빠지면 안 됩니다. '사랑에 빠진다'는 말은 지원자를 너무 마음에 들어 하면 안 된다는 뜻입니다.

쓸모 있는 답변을 받아야 된다는 것은 면접관이 자신이 알고 싶은 것이 정확하게 무엇인지 알고 질문해야 한다는 의미입니다. 그러려면 면접 시간도 잘 써야 합니다. 면접에 정확하게 몇 시간을 쓸 것인지, 이력서 리뷰, 포트폴리오 리뷰에 어느 정도 시간을 쓸 것인지 정하고 정해진 시간 내에서 충분히 좋은 질문과 답변을 뽑을 수 있도록 준비해야 합니다.

또한 지원자에게도 질문할 기회를 줘야 합니다. 면접 시간을 면접관이 다 쓰는 게 아니라, 면접관이 쓸 시간과 지원자가 쓸 시간을 구분하고, 질문과 대답 속도 등을 고려하여 구성해야 합니다.

지금까지 면접관 입장에서 설명했습니다. 조금만 뒤집어보면 지원자 입장에서도 쉽게 적용할 수 있습니다. 여러분이 취업을 원한다면 "어떤 팀에서 일했고, 그 팀에서 맡은 일은 무엇이었으며, 어떤 기술을 사용했습니다. 무엇을 배웠고 어떤 제품을 만들었습니다. 제가 기여한 점은 다음과 같습니다"라고 구체적으로 답변하면 됩니다. 면접관이 두리뭉실한 질문을 하더라도 최대한 구체적으로 답변을 하는 게 중요합니다.

잘못된 질문 예를 하나 들겠습니다. "입사하면 열심히 일할 건가요?" 대답은 뻔합니다. 백이면 백 모두 "열심히 하겠습니다"라고 대답합니다. 아무 의미가 없는 질문입니다. 면접관은 과거에 대한 질문을 해야 합니다. "전에 이러저러한 상황에서 어떻게 하셨습니까?"라고 물어야 합니다. 미래는 예측과 판단이 불가능하지만 과거는 거짓말을 하지 않습니다. 그럼에도 면접관이 "입사하면 열심히 일할 겁니까?"라고 묻는다면 "제가 이런 비슷한 일을 과거에 이런 방식으로 잘 처리한 경험이 있으니, 이곳에서도 잘할 수 있습니다"라고 말해주세요. 팀이나 회사 이야기 말고 작은 일이라도 자신이 했던 일을 이야기하는 게 중요합니다. 정확하고 직설적으로 말하면 애매모호한 질문을 던진 면접관에게 확신을 심어주게 됩니다.

물론 미래도 생각해야 합니다. 하지만 미래는 '비전'에 관한 것이어야 합니다. 지원자가 회사에 입사하도록 유도할 목적으로 회사 비전을 설명할 수도 있습니다. 하지만 지원자를 평가할 때는 과거를 기준으로 평가해야 합니다. 과거를 평가할 때 주의할 점이 있습니다. 좋은 회사를 다녔던 사람(좋은 이력을 가진 사람)이 좋은 사람일 거라고 쉽게 자기 최면을 거는 겁니다. 좋은 회사를 다닌 사람이지만 좋은 사람일 수도 있고 아닐 수도 있습니다. '구글에 다녔다', '페이스북에 다녔다'라고 하면 별생각 없이 채용합니다. '좋은 회사에서 일했으니까 당연히 잘하겠지'라고 착각하는 겁니다. 이전에 어느 회사를 다녔느냐는 중요하지 않습니다. 그 회사에서 무슨 일을 했고, 어떤 성공과 어떤 실패를 경험했는지가 중요합니다. 특히, 지원자의 이력에 굉장히 크게 성공한 프로젝트가 있고, 그 프로젝트에 포함된 사람이 엄청나게 많았다면, 더욱 자세하게 물어봐야 합니다. 아주 크게 성공한 프로젝트에 아주 많은 사람이 참여했다면, 사실 그 사람은 아무것도 하지 않았을 가능성도 있습니다. 한 사람의 과거 경력을 회사를 기준으로 봐서는 안 됩니다. 또한 좋은 회사들을 짧게 다녔다면, 위험할 가능성이 있습니다.

반대로 지원자의 입장에서 볼 때 "제가 무슨 팀에서 이런 일을 했는데, 크게 성공했습니다"라고 조금 이야기하는 것만 듣고 면접관이 고개를 끄덕끄덕한다면, 그 회사는 면접을 제대로 못 보고 있다고 판단해야 합니다. 그렇다면 여러분이 그 회사에 입사했을 때, 그 면접관이 대충 뽑은 사람들과 일하게 될 겁니다. 이 역시 위험합니다. 지원자도 면접관이 하는 질문을 잘 듣고 회사를 평가해야 합니다. 면접관이 지원자를 정확하게 평가하고 지원자의 가치를 정확히 알고 뽑는 회사에 들어간다면, 자신과 비슷한 사람들이 모여 있을 가능성이 높습니다. 그래서 면접관도 면접을 하지만 지원자도 면접관을 보면서 그 회사를 평가하고 이해해야 합니다.

제가 미국에서 면접을 진행했을 때는 지원자에게 항상 제 소개를 먼저 했습니다. "저는 이런 사람이고, 이런 일을 합니다. 오늘 이런 것들을 좀 물어보겠습니다." 그리고 나서 질문을 하고, 지원자에게 질문 기회를 주었습니다. 그러면 서로 대화가 더 원활하게 진행됩니다. 지원자가 입사하면 같이 일하게 될 것이고, 입사하지 않더라도, 회사에 나쁜 인상을 줄 필요는 없습니다. 지원자가 합격하고도 오지 않을 수도 있습니다. 실제로 몇 해가 지나서야 입사해 재회하는 경우도 있고요. 그래서 저는 먼 미래를 보고 좋은 관계를 맺으려고 노력합니다.

그런데 국내 대기업에서 면접은 달랐습니다. 지원자가 들어오면 곧바로 지원자에게 자기소개를 듣습니다. "안녕하십니까, 누구누구입니다." 면접관은 가만히 앉아서 자기소개도 안 하고 질문만 합니다. 해외에서 적지 않은 면접을 진행했던 저로서는 면접관이 먼저 자기소개를 하는 편이 (앞서 언급한 이유로) 좋다는 생각에 국내에서도 항상 제 소개로 면접을 시작했습니다. 혹시 이 글을 읽는 면접관이 있다면 저처럼 먼저 자신을 소개해보셔도 좋겠네요. 좋은 인재를 얻어내고야 말겠다는 일념에서요.

질문 하나만 더 살펴보겠습니다. "직장 동료들과 업무를 부드럽게 잘하셨나요?"라는 질문은 어떤가요? 누구나 "네"라고 대답할 질문입니다. 이런 질문은 좋지 않습니다. "직장 동료들하고 충돌이 있던 적이 있나요? 그렇다면 어떤 충돌이었고, 그 충돌을 어떻게 해결했나요?"라고 물어봐야 구체적인 답변을 이끌어낼 수 있습니다. 그럼에도 면접관한테서 엉성한 질문을 듣게 된다면 어떻게 해야 할까요? "저는 성격이 좋아서 모두와 잘 지냅니다"보다는 "대부분의 경우 잘 지냈습니다. 그런데 제가 지금까지 몇몇 회사를 다녔는데, 이런저런 문제가 있었고, 그때 이렇게 잘 풀어냈습니다"와 같이 대답하면 됩니다. 예스/노 대답을 얻게 될 질문은 직접적인 질문이 아닙니다. 그런 대답 역시 직접적인 대답이 아닙니다. 구체적인 내용을 이끌어야 직접적인 질문입니다. 어떤 지식을 안다면, 해당 지식으로 무엇을 만들었는지, 구체적으로 면접관이 알아들을 수 있어야 직접적인 대답입니다. 다시 한번 강조하지만 간접적인 이야기가 아닌 직접적인 이야기를 해야 합니다.

제일 중요한 이야기를 하겠습니다. 면접관은 지원자와 사랑에 빠지면 안 됩니다. 사람들은 저마다 코드가 있습니다. 그래서 자신과 성향이 비슷한 사람을 만나면 굉장히 빨리 친해집니다. 여러분도 누군가와는 굉장히 빨리 친해진 적이 있겠죠. 면접에서도 마찬가지입니다. 지원자가 그냥 마음에 들 수 있습니다. 반대로 면접관이 그냥 마음에 들 수 있습니다. 성향이 맞기 때문이죠. 이때가 위험한 겁니다. 코드가 맞고 성향이 맞으면 그냥 마음에 들기 때문에, 마치 사랑에 빠진 것처럼 '이 친구 괜찮네'하고 판단하게 되는 겁니다. 매우 위험합니다.

제가 예전에 일했던 회사에서 있던 일입니다. 어떤 지원자와 면접을 봤는데, 괜찮은 사람인지 판단이 잘 안 섰습니다. 그래서 제가 신뢰하는 개발 팀장을 한 명 보내서 최종 면접을 한 번 더 보게 했습니다. 우리 프로젝트에 기여할 인재인지 확인하라는 특명(?)을 가슴에 간직한 채 진행하는 가벼운 면접이었습니다. 프로세스상 공식 면접은 이미 끝났으니, 가볍게 커피 한 잔 마시면서 이야기를 해보는 형식을 취한 거죠. 공식 면접이지만 공식 면접이 아닌 것처럼요. 결과는 어떻게 되었을까요? "망했어요."

개발 팀장이 면접에서 돌아와 "망했다"고 합니다. "왜요?"라고 물으니, 그 사람과 말이 너무 잘 통해서 신나게 떠들다 와서 객관적인 판단을 할 수 없다는 겁니다. 그러면서 "이 친구가 참 마음에 들어요"라는 겁니다. 이야기하다 사랑에 빠진 경우인데요, 뽑지 말았어야 했는데, 덜컥 채용해버렸습니다. 사람이 당장 필요하기도 했고, 면접 과정도 너무 길었고, 사랑에 빠진 걸 인지하지 못했으니까요. 아니나 다를까 문제가 터집니다. 그때마다 개발 팀장을 구박했는데, 지금 돌아보면 사랑에 빠진 팀장을 인식하지 못한 제 탓이네요. 채용된 친구 성격이 너무 좋았습니다. 말도 잘하고 조금만 이야기해보면 너무 좋은 사람으로 보였습니다. 그런데 전문성이 부족했습니다. 전문성을 판단할 목적의 면접이었는데 커피 마시고 친해져버려서 판단이 흐려진 거죠. 지금은 그럴 일이 없지만 라떼 이야기를 하자면, 세기말에 협동심과 인성을 테스트한다며 노래방 면접, 농구 면접, 등산 면접 같은 면접이 유행했습니다. 단언컨대 그런 면접으로는 전문성도 인성도 판단할 수 없습니다. 특히나 사랑에 빠지기 쉬운 방식이므로 금기입니다. 지원자가 너무 마음에 들 때는 왜 그 사람이 마음에 드는지 잘 생각해봐야 합니다. 그 사람의 능력이 좋은 것인지, 사랑에 빠져서인지 말이죠.

블리자드에서는 면접을 마친 면접관이 모여서 점수로 투표를 합니다. 투표 후 최고점과 최저점을 뺍니다. 최고점을 주는 사람은 그냥 코드가 본인과 맞아서 높은 점수를 줄 수 있고, 최저점을 주는 사람은 반대로 그냥 마음에 들지 않아서 낮은 점수를 줄 수도 있으니까요. 예를 들어 어떤 지원자가 말을 너무 천천히 하면 성격이 급한 사람은 답답함을 느껴서 점수를 낮게 줄 수도 있기 때문입니다.

지원자 입장에서 자신과 성향이 같은 면접관을 만나 서로 말이 잘 통하더라도 거기서 만족하고 그치면 안 됩니다. 전문 지식과 이력에 집중해 면접에 임해야 합니다. 면접 분위기가 즐겁고 화기애애했는지는 당락의 기준이 아닙니다. 화기애애한 분위기 자체는 좋습니다. 서로 편안한 분위기에서 말이 오가도록 저도 노력합니다. 좋은 분위기가 면접을 잘 진행했다는 판단 기준은 아니라는 겁니다.

생물 같은 채용 프로세스 운용하기

프로세스는 도로 체계 같습니다. 운전자와 보행자가 사고 없이 안전하고 쾌적하게 이용할 수 있어야 좋은 도로입니다. 좋은 프로세스라면 문제가 발생하지 않아야 하며 적합하고 효율적이어야 합니다. 처음 일하는 사람이 와도 그대로 따라 하면 되도록 프로세스를 세워야 합니다. 한 번도 가보지 않은 도시에 가서도 운전을 할 수 있는 이유는 도로라는 프로세스가 잘 마련되어 있기 때문입니다. 잘 설정된 프로세스는 실수를 예방합니다. 앞서 블리자드 채용 사례에서는 사랑해서, 혹은 미워해서 저지를 수 있는 실수를 방지하고자 가장 높은 점수와 가장 낮은 점수를 제외하고 지원자를 평가했습니다. 이처럼 프로세스를 잘 만들고 나면 잘 따라야 합니다. 최고와 최저 점수를 제외하기로 해놓고 실행하지 않으면 아무런 의미가 없습니다. 한 번 잘 만든 프로세스를 반복 사용하는 것이 중요합니다. 그런데 세상은 빠르게 변합니다. 변화에 맞게 프로세스도 변해야 합니다. 5년 전에 채용할 때와 현재 채용할 때의 상황은 회사 사정과 세상 사정 모두가 판이하게 다를 겁니다. 5년 전의 채용 프로세스를 고집하면 과거에 잘 짠 프로세스가 현재의 발목을 잡게 될 수도 있습니다.

영국 버킹엄 궁전과 관련된 유명한 일화가 있습니다. 궁전 한 구석을 병사 두 명이 항상 지키고 있더랍니다. 관광객이 왜 지키냐고 물어봤더니, 그냥 그렇게 해왔다고 대답합니다. 호기심 넘치는 관광객이 이유를 찾아냈습니다. 300년 전에 병사들이 지키던 곳에 장미 한 송이가 피었답니다. 여왕이 장미를 보고 마음에 들어서 '장미가 부러지지 않게 보호해라'라고 명령을 내렸습니다. 지금은 장미가 흔적도 없이 사라졌지만 여전히 군인은 그곳에 서 있습니다. 프로세스를 업데이트하지 않으면 이런 상황이 발생합니다. 과거의 프로세스를 계속 사용하면 안 됩니다. 새로운 기술, 새로운 서비스, 새로운 문화에 맞춰 프로세스도 바꿔나가야 합니다.

다음 그림은 블리자드의 한 팀에서 사용한 채용 프로세스입니다. 단계별로 사람을 어떻게 떨어뜨리고 어떻게 합격시킬지, 우리가 보고자 하는 것은 무엇이며, 실제로 무엇을 평가할지를 문서로 정리했습니다. 심지어 이력서 단계에서 최소 20%를 떨어뜨리고, 전화 면접에서는 30%를 떨어뜨리는 등 수치까지도 세웠습니다. 왜냐하면 전화 면접을 했을 때 전부 합격하거나 전부 탈락하는 일이 발생한다면 뭔가 이상한 겁니다. 지원자뿐만 아니라 회사에도 이득이 되는 상황이 아니지요. 블리자드에서는 과거 6개월 동안의 채용 데이터를 기록해두고, 평균적인 탈락 수치 등을 근거로 프로세스를 만들고 진행했습니다. 이처럼 최대한 데이터에 근거해 판단하는 노력이 필요합니다.

• 채용 프로세스 •

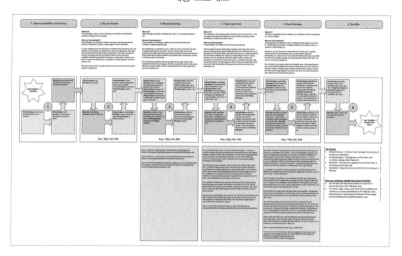

이력서 검토

블리자드는 이력서 검토 시스템을 만들어놓고 두세 팀장이 합격 혹은 불합격을 눌러 판단합니다. 하루 혹은 이틀 안에 지원자당 세 번 정도 평가받게 하는 겁니다. 대개 조직은 현실적인 문제로 한 명이 이력서를 검토합니다. 개인 취향으로 조직된 조직은 다양성이 부족합니다. 이력서는 여러 명이 봐야 하고, 가능하면 시스템을 구축해 쉽게 교차 검토가 가능하도록 만들어야 합니다.

전화 면접

전화 면접은 얼굴을 보지 않으려는 의도도 있습니다. 얼굴을 보는 순간 선입견이 생길 수 있기 때문입니다. 물론 목소리를 듣고도 선입견이 생길 수 있지만, 얼굴을 볼 때보다는 덜합니다. 사람마다 성향이 있어서, 선호하는 얼굴 스타일이 있고 선호하지 않는 스타일이 있습니다. 선입견이 반영되는 것을 피하고 싶다면 줌 같은 화상 통화보다는 전화 면접을 활용합시다. 전화 면접은 보통 두 명이 진행하되, 질문은 한 사람이 합니다. 다른 한 명은 들으면서 관찰합니다. 두 명이 진행해야 만일의 사태에 대비할 수도 있고, 추후에 다른 한 명이 유사한 방식으로 다른 사람을 인터뷰할 수 있습니다. 대개 면접관이 50분 질문을 한 뒤 지원자에게 10분 정도 질문 기회를 줍니다.

전화 면접에서는 '스크립트'가 중요합니다. 블리자드는 반드시 스크립트를 만들어 전화 면접을 진행합니다. 프로세스는 데이터를 근거로 해야 합니다. 지원자 10명에게 모두 다른 질문을 한다면 어떻게 데이터를 수치로 비교할 수 있을까요? 비교 가능한 데이터를 만들려면 같은 질문을 사용해야 합니다. 그래서 전화 면접에는 스크립트가 필수입니다.

그렇다고 해서 8가지 질문만 만들어 모두에게 8가지 질문을 반복하면 안 됩니다. '블리자드는 인터뷰에서 똑같은 질문만 해'라고 소문이 돌고, 질문지가 돌면 아무 변별력도 발휘할 수 없지 않습니까? 블리자드는 충분한 질문 풀pool을 만들어놓고, 8문항 정도를 상황에 따라 물어봅니다. 질문 풀은 매년 업데이트하는 게 좋습니다. 물론 스크립트에 없는 질문을 해도 됩니다. 하지만 스크립트가 있어야 비교가 용이합니다. 면접관이 질문을 하고 답변을 기록해 데이터베이화해놓으면, 다른 관리자가 평가할 때도 활용할 수 있어 유용합니다.

메일 인 테스트

요즘은 웹사이트에서 코딩 테스트를 진행합니다만, 제가 블리자드에 있을 때만 해도 이메일로 과제를 줬습니다. 집에서 혼자 하는 과제를 내 주고 프로그래밍해서 보내게 했습니다. 오픈북 시험과 비슷합니다. 지원자가 마음대로 코딩해볼 수 있게 시간을 충분히 제공합니다. 이렇게 테스트하면 지원자의 최대 역량을 엿볼 수 있습니다. 물론 다른 사람의 코드를 훔쳐서 제출하는 부작용도 있습니다. 그럼에도 '메일 인 테스트mail-in test'는 유효합니다. 어차피 이후 면접에서 프로그래밍한 내용을 물어보게 됩니다. 본인이 만들지 않은 프로그램이라면 바로 들통날 겁니다.

코딩 테스트를 웹사이트에서 진행하면 답답한 면이 있습니다. 지원자 자신이 원래 쓰던 도구가 아니므로 부족한 점이 많죠. 웹사이트에서 진행하는 테스트는 마지막에 지원자의 점수를 출력합니다. 이처럼 단순히 점수로 판단하면 과정은 외면됩니다. 예를 들어 50점 이상을 합격시킨다고 합시다. 75점과 35점 받은 두 사람이 있습니다. 점수가 두 사람의 실제 실력을 대변할 수 있을까요?

블리자드에서는 조금 아날로그 스타일로, 코드에 집중해 옛날 방식으로 코딩 테스트를 진행했습니다. '텍스트로 게임을 만들어라', '코드 500줄짜리 간단한 게임을 만들라' 같은 과제를 주었습니다. 힌트도 많이 주고 기간도 일주일 정도로 주니, 지원자 대부분이 과제를 제출합니다. 그러면 면접관은 제품의 안정성, 코드가 읽기 편하게 잘 짜여 있는지, 버그 없이 잘 작동하는지, 해당 프로그래밍 언어를 잘 활용했는지, 구조를 잘 짰는지, 미래에 다른 기능을 추가할 수 있는지 등을 고려하며 소스 코드를 살펴봅니다. 소스 코드 리뷰도 팀장 세 명 정도가 진행합니다. 각자 자신의 의견을 말한 뒤, 평가를 합쳐서 합격 혹은 불합격을 결정합니다. 저는 이런 방식이 일반적인 코딩 테스트보다 지원자를 훨씬 깊이 파악할 수 있다고 생각합니다. 그런데 문제는 시간이 무척 많이 든다는 겁니다. 지원자와 평가자 모두의 시간을 흡수합니다.

　회사마다 철학이 있겠지만, 저는 관리자라면 업무에서 1/3을 채용에 써야 한다고 생각합니다. 좋은 사람을 뽑는 게 제일 중요하니까요. 다른 1/3은 조직 관리에 씁니다. 사람들이 일을 잘할 수 있게 돕는 거죠. 마지막 1/3을 자신의 일에 쓰면 됩니다. 관리자라면 코딩 테스트 웹사이트 대신 직접 코드를 확인하는 아날로그 방식으로 자신에게 맡겨진 채용 의무를 져야 한다고 생각합니다. 이런 상황을 반대로 해석해볼까요? 코딩 테스트로 유명한 A 사이트가 있습니다. 여러분이 지원자이고, 입사하고 싶은 회사가 A 사이트를 사용한다고 합시다. 그러면 당연히 A 사이트에서 열심히 코딩 테스트를 준비해, 특유의 달달 외우는 능력을 발휘해 테스트를 통과하고 말게 아닙니까? 테스트를 통과하는 것과 현업을 잘하는 것은 별개입니다(그렇다고 지원자께 '코딩 테스트 준비를 하지 마세요'라고 말하는 건 아닙니다).

인 퍼슨 테스트

데이 제로day zero 인터뷰라고도 부릅니다. 인 퍼슨 테스트in-person test는 블리자드에서 진행한 굉장히 독특한 문화입니다. 입사를 했다고 가정하고 지원자 3명을 불러서 게임을 만들게 하는 겁니다. 그리고 게임을 개발하는 과정을 지켜봅니다. 3명이서 어떻게 진행하는지, 싸우는지, 협업은 하는지 보는 겁니다. 지원자들이 실제로 사무실에 앉아서 코딩을 하고 있으면, 미러링된 화면이 벽에 붙어 있는 큰 TV에 보입니다. 그리고 팀장 다섯명이 앉아서 지켜봅니다. 프로그래밍을 얼마나 잘하는지, 얼마나 빠르게 프로젝트를 익히는지, 협업 능력이 있는지, 리더/팔로어 성향이 있는지, 아키텍처를 누가 제시하는지 등을 확인할 수 있습니다. 살 떨리죠. 그래서 개발 팀장들끼리 "야, 이거 우리가 했으면 입사 못했을 거야"라고 이야기하곤 했습니다. 너무 힘드니까요.

메일 인 테스트가 지원자의 최고 실력을 보는 테스트라면, 이 테스트는 최악의 상황에서 어떻게 행동하는지를 보는 테스트라고 할 수 있습니다. 아직 아무것도 모르는 상태에서 이상한 게임을 만들라고 했을 때를 시뮬레이션한 겁니다. 예를 들어 두 명이 계속 싸울 때 한 명은 나머지 사람을 설득하거나, 계속 코딩만 할 수도 있죠. 참고로 이 테스트에 참가한 3명 모두를 채용할 수도 있습니다.

실무 회의를 진행해 테스트 과제에 대해 최대한 많은 것을 미리 정해둡니다. 테스트 예제를 하나 보여드리겠습니다.

"Write a networked real-time multiplayer cooperative simple graphic-based game."

보통은 지원자 3명을 모아 테스트를 하는데, 지원자가 부족할 때는 직원 중 한 명이나 두 명을 넣어서 진행합니다. 직원도 테스트에 참여하면, 지원자처럼 행동합니다. 하루 정도 휴가라고 생각하고 되게 재밌게 열심히 하더라고요. 돌아가면서 시키는데 의외로 참여하는 걸 좋아했습니다. 맨날 일만 하다가 지원자들과 재밌게 게임을 만들면 되니까요. 테스트는 하루 종일 진행됩니다. 아침에 해야 할 일을 설명하고 점심을 제공하고, 저녁까지 게임을 만들어서 데모를 합니다. 매우 힘듭니다. 그래도 생각보다 많은 팀이 게임을 완성하고, 데모도 했습니다. 저는 이 테스트에서 아주 뛰어난 성과를 보인 사람들이 10년 정도 후에 회사에서 아주 큰 일을 해내는 걸 두 눈으로 봤습니다.

이런 테스트는 지원자뿐만 아니라 면접관에게도 굉장히 힘듭니다. 하지만 이 관문을 거쳐 채용된 지원자들은 역시나 현업에 잘 적응합니다. 그래서 포기할 수 없을 정도로 달달한 꿀입니다만, 결국에는 너무 힘들어서 온라인 코딩 테스트로 전환하고 면접으로 채용하게 됐습니다.

이런 테스트에서 면접관은 지원자가 성공할 수 있게 도와야지 실패하도록 방치하거나 유도해서는 안 됩니다. 중간에 장벽을 마주하면 면접관들이 힌트를 주거나 돕는 거죠. 또한 지원자가 압박감을 느끼지 않도록 조심해야 합니다. 압박 면접을 하는 회사는 입사해서도 압박합니다. 실제로 테슬라에서 일하는 제 친구는 또 다른 개발자 꿈의 직장에 동시에 합격했습니다. 테슬라를 선택한 이유를 물어봤더니 다른 회사는 면접 때 너무 압박했다는 겁니다. 면접관 한두 명이 회사 전체를 대변하지는 못합니다. 다만 압박 면접으로 인재를 놓치는 일이 발생하면 안 됩니다.

다소 생소한 검증 과정을 언급하기도 했습니다. 여러분이 우리나라 기업뿐만 아니라 해외 기업에 취업을 하고 싶다면, 다양한 테스트 방식을 알아두는 게 좋습니다.

동료를 맞이하는 자세

'사람들을 유혹하라attract, 사람들을 계발해라develop, 사람들을 연결시켜라engage.' 블리자드 채용팀의 철학입니다. 블리자드가 매력적이어야 좋은 사람을 얻는다는 이야깁니다. 회사를 좋게 포장하라는 게 아니라, 매력적인 각종 제도와 철학으로 회사를 무장한다는 말입니다. 회사는 좋은 사람을 유혹할 수 있어야 하고, 좋은 사람을 데려와서 능력을 계발시킬 수 있어야 하고, 마지막으로 실제 일할 팀과 딱 들어맞게 합쳐져서 일할 수 있게 해야 합니다. 블리자드는 이런 철학에 딱 들어맞는 사례라고 생각합니다.

예를 들어 블리자드는 입사 즉시 일을 시키지는 않습니다. 회사마다 일하는 방식이 다르고, 이전에 썼던 기술과 다를 수 있기 때문에 온보딩on-boarding 제도를 운용합니다. 회사에 적응할 수 있게 정보를 주고, 회사에 맞게 자신을 계발할 수 있게 돕는 제도입니다. 한두 달을 보내고 나서야 원하는 현업에 투입됩니다. 신규 입사자가 온보딩 기간을 허송세월로 보내지 않으려면 '회사 홍보 → 채용 → 온보딩'까지 쭉 연결된 프로세스를 세워야 합니다. 회사가 알려져야 채용도 잘 됩니다(스타트업 관계자는 공감

할 겁니다). 그리고 온보딩까지 인사 시스템에 녹여넣어야 합니다.

앞서 언급한 '크리티컬 싱킹'을 적용해봅시다. 우리 회사가 매력적인지, 회사가 직원들의 능력을 계발하는지, 인력이 필요한 팀에서 사람을 받아들일 수 있는지를 검토해봅시다. 지원자 입장에서도 비슷하게 생각해볼 수 있습니다. 자신이 매력적인 지원자인지, 입사해서 성장하는 모습을 보여줄 수 있는지, 회사의 프로젝트에 정말 관심이 있고 열심히 할 수 있는지 검토해야 합니다.

우리나라에서는 OJT On-the-Job Training라는 이름으로 신규 직원을 맞이합니다. 명칭이야 어찌 되었든 입사를 하면 회사와 팀에 대해 설명하고, 가능하면 여러 역할을 체험할 수 있게 해야 합니다. 예를 들어 클라이언트 개발, 서버 개발, 도구 개발을 일주일씩 경험하게 하는 거죠. 입사 후 3개월이 지나면 회사를 다 알게 되고 익숙해집니다. 초기 3개월은 빠르게 성장하는 기간입니다. 많은 사람을 만나고, 많은 이야기를 하고, 많은 일을 해봐야, 회사를 많이 알고 언젠가 큰 그림도 그릴 수 있습니다. 여러 팀과 점심을 먹고, 각 팀의 리더들과 미팅하면 직원의 시야가 넓어집니다.

만약 여러분이 스타트업에 입사했는데, 이런 온보딩 프로그램이 없다면 너무 실망하지 마시고, 여러분이 다음 사람을 위해 만들면 됩니다.

지원자에게 드리는 제언

블리자드 채용 과정은 서류전형 → 전화 면접 → 과제/온라인 코딩 테스트 → 풀데이 테스트 순서로 진행됩니다. 회사마다 순서는 달라도 구성은 크게 다르지 않을 겁니다. 요즘은 이력서 → 코딩 테스트 → 인터뷰 순서가 보편적입니다. 지원자라면 이력서를 잘 써야 합니다. 코딩 테스트 준비도 잘해야 합니다. 마지막 인터뷰까지 도달했다면 거의 다 된 겁니다. 구체적으로 일 자체에 초점을 맞춰서 대답하는 걸 잊지 마세요.

취업난은 이제 안타까운 현실이 되었습니다. 그런데 회사에서 채용 자체를 안 하는 게 아닙니다. 소프트웨어 회사에서 구인난을 노래하지 않습니까? 뭐니뭐니 해도 결국에는 개발 능력이 당락을 좌우합니다. 그러므로 채용되기에 충분할 정도로 실력을 닦아야 합니다. 실력을 닦는 방법은 공부하고 반복하고 경험하기가 답입니다.

데이터베이스 일을 꼭 해보고 싶어 하는 지인이 있었습니다. 마침 데이터베이스 채용 공고를 보게 되었습니다. 그런데 데이터베이스 일을 하고 싶다는 생각만 했지, 공부나 준비를 전혀 하지 않았습니다. 얕은 지식을 무기 삼아 지원해볼까 상담해왔습니다. '가서 열심히 하면 되지 않을까'라는 생각으로요. 제가 뭐라고 했을까요? 지원해서 합격한 뒤 고생하며 실력 없지만 열심히 한다고 칭찬받는 상황과 1년 동안 공부한 뒤 실력을 갖춰서 또 다른 기회를 잡아 제대로 실력을 발휘하는 상황 중 무엇이 나은지를 고민해보라 했습니다. 자리는 언제든지 날 수 있습니다. 지금 한번 각인된 실력을 재고시키기는 어렵습니다. 그 친구는 결국 공부를 선택했습니다. 이후에 사내에서 데이터베이스를 다루는 포지션으로 옮겨 맹활약합니다.

개발자는 어떤 자리, 어떤 회사를 목표로 해서는 안 됩니다. '어떤 사람이 돼야겠다', '무엇을 해야겠다'를 목표로 삼아야 합니다. 어떤 회사에 지원하는 이유는 그곳에 하고 싶은 일이 있어서여야 하지, 꼭 특정 회사 특정 포지션을 고집해서는 안 됩니다. 글로벌 컨설팅사 맥킨지가 2020년

조사한 결과에 따르면 기업의 평균수명은 1935년에는 90년, 1970년에는 30년, 2015년에는 15년까지 줄었다고 합니다. 대단해 보이는 기업의 평균 수명이 인간의 평균 수명보다 짧습니다. 나보다 수명이 짧을 수 있는 기업의 포지션이 뭐가 대담합니까? 내 역량에 집중하면 기업의 흥망과 상관없이 내가 원하는 일을 할 수 있게 되는 겁니다.

참고로 이력서는 지원하는 회사에 맞게 최적화해야 합니다. 그 회사에 왜 가고 싶은지, 회사는 왜 여러분을 뽑아야 하는지, 자신이 거기서 무엇을 하고 싶은지를 이력서에 꼭 써서 제출해주세요. 그동안 해온 일과 지원하는 회사를 매칭시켜야 합니다. 예를 들어 게임 회사, 금융 회사, 공사에 지원한다고 해봅시다. 당연히 같은 이력서로는 안 되겠죠? 이력서는 읽는 사람이 보고 싶어 할 내용으로 최적화해 채워주세요.

코딩 테스트는 기초 지식과 연결됩니다. 알고리즘 문제 난이도가 높아지는 추세라 직장에서 열심히 일하는 것만 가지고는 코딩 테스트를 통과하기가 쉽지 않습니다. 시니어라도 코딩 테스트는 따로 준비를 하는 게 좋습니다. 이런 과정이 무의미하다고 생각할 필요는 없습니다. 상호평가이기는 하지만 결국 캐스팅보트를 쥐고 있는 곳은 회사입니다. 입사하고자 하는 회사에서 코딩 테스트 제도를 운영한다면 코딩 테스트에 응해야 입사할 수 있는 겁니다.

인터뷰는 기술적인 인터뷰와 문화적인 인터뷰로 나눌 수 있습니다. 기술적인 질문을 많이 하거나 혹은 다른 직군의 면접관이 들어와 일반적인 질문을 할 수도 있습니다. 이 두 가지 상황을 생각하시고 각각 달리 준비하기 바랍니다. 다행히 이력서 쓰기, 코딩 테스트, 인터뷰 관련 좋은 책과 온라인 강의가 적지 않습니다. 정제된 간접 경험은 여러모로 이롭습니다.

적극 활용하기 바랍니다.

역량이 없는 상태에서 취업 성공은 위험합니다. 실패하더라도 역량을 키우는 실패가 낫습니다. 역량이 있으면 다시 시도할 수 있으니까요. 역량이 없이 이룬 성공은 우연입니다. 우연은 반복되지 않습니다. 게다가 입사 후에는 실력을 보여야 살아남습니다. 결국에는 개발 역량으로 이야기가 귀결되는군요. '동작하게 만들고, 제대로 만들고, 그다음에 빠르게 작동하게 만들라'는 격언을 앞서 5장에서 언급한 바가 있습니다. '대충(?) 만들고, 정리해서 깨끗하게 만들고 최적화하라'는 말입니다. 한 프로그램을 여러 번 다시 만들어보세요. 그러면 더 잘 만드는 방법을 고민하게 되어 개발 역량이 자라나게 됩니다.

제 채용 기준을 살짝 공개합니다. 첫 번째는 똑똑한 사람입니다. 기술이 계속 변하니까 얼마나 빠른 학습 능력을 가졌는지를 봅니다. 면접 질문 중에 제가 가장 좋아하는 질문은 이겁니다. "최근 6개월 내에 마지막으로 공부한 것은 무엇인가요? 왜 그걸 공부했고 어떤 방식으로 공부했나요?" 두 번째는 부지런한 사람입니다. 부지런한 사람과는 협업이 가능합니다. 마지막은 착한 사람입니다. 이기적인 사람보다는 남을 배려하는 사람을 우선합니다. 치열한 경쟁에서 엄격한 검증을 거쳐 채용된 개발자가 모인 조직이라면 기술이 부족해서 망하는 일은 드뭅니다. 기술은 어떻게든 해결할 수 있습니다. 오히려 부지런함이나 인성의 문제로 협업이 깨져서 프로젝트와 조직과 회사를 망칩니다. 그래서 저는 (현실적으로 짧은 시간 안에 파악하기는 힘들지만) 인성을 꼭 확인하려 노력합니다.

얼마 전부터 스타트업 투자 심사도 하게 되었습니다. 심사를 할 때 회사의 개발 역량도 점검해야 합니다. 사업성만큼이나 개발 역량도 중요하거든요. 개발 역량을 판단하는 질문이 뭐겠습니까? 박사 학위 가진 분이 몇 명인지 물을까요? 아닙니다. "채용할 때 무엇을 가장 중요하게 생각하십니까?"라고 물어봅니다. 대부분 소프트 스킬과 관련된 질문을 합니다. 종합해보면 ❶ 협업 능력, ❷ 기술 능력, ❸ 학습 능력, ❹ 지원 동기를 묻는 질문으로 나눌 수 있습니다.

지원 동기를 묻는 질문에는 답변을 아주 잘해야 합니다. 직전 직장과 비슷한 회사에 지원한다면 이직 이유가 사람 때문이라고 보게 됩니다. 하는 일과 사용하는 기술이 비슷하다면 자연스럽게 그리 생각하게 되는 거죠. 면접관 생각이 여기까지 미치게 되면 지원자와 지원자를 이직하게 만든 사람 중에 누가 문제일까를 고민하게 됩니다. 이전 직장에서 충돌이 있었다는 이야기를 하면 면접관은 불안하게 생각합니다. 만약 이런 이유로 이직을 준비한다면, 회사를 옮기는 것보다 현재 직장 내에서 문제를 어떻게 해결할지 고민해보시는 게 좋습니다. 회사를 옮겼는데도 비슷한 문제가 또 발생할 수 있기 때문입니다. 이직 사유의 모범 답안은 이미 정해져 있습니다. 이직할 회사의 서비스나 기술에 흥미를 보이는 겁니다.

소프트웨어 개발자로 성공하는 3요소는 재능, 노력, 기회입니다. 소프트웨어 개발자로 성공하려면 재능이 있어야 합니다. 자신에게 재능이 있는지 잘 모르겠다면 주변 사람들에게 물어보세요. 그럼 알려줄 겁니다. 소프트웨어 업계 내에도 할 일이 많으니까 재능이 없다면 프로그래밍 외의 일을 찾으면 됩니다. 수학 재능, 프로그래밍 재능, 프로젝트 관리 재능이 있는지 점검해보세요. 재능이 있더라도 어마어마한 노력이 필요합니다. 지속적으로 노력하면 언젠가 기회가 찾아옵니다. 기회가 오면 잡아주세요. 재능도 없고, 노력도 안 하는데 기회가 온다면, 그건 기회가 아니고 저주입니다. 팔 힘이 없으면 기회라는 끈을 놓치고 천 길 낭떠러지로 떨어지게 됩니다. '난 재능도 있고 열심히 하는데 왜 기회가 안 오나' 생각이 든다면 아직 때가 아닌 겁니다. 기회는 결국에는 옵니다. 사실 기회는 반드시 오고, 생각보다 자주 옵니다. 안 오면 기회를 만드세요. (외부적인 요소에 집중하기보다는) 자기 자신에게 집중하고 가고자 하는 길을 구체적으로 그려보고 필요한 역량을 채워나가세요. 기회라는 이름의 감은 누워서 벌린 입 안에 저절로 쏘옥 떨어지는 법이 없으니까요.

지금까지 면접관과 지원자 입장에서의 채용을 알아보았습니다. 그런데 우리는 왜 일을 하는 걸까요? 한글과컴퓨터에서 일하던 사회 초년 시절에는 돈을 벌기 위해서 일을 하거나, 옳은 일이라서 하거나, 좋아하는 사람들과의 관계 때문에 일을 했습니다. 그런데 30년 커리어패스를 밟고 보니 다른 이유가 더 좋겠습니다. ❶ 일이 재밌어서 ❷ 일에서 성장을 할 수 있어서 ❸ 인생의 목표와 현재의 일이 연결되어서. 지금 하는 일에 이 세 가지를 모두 만족한다면 정말 최고입니다. 하나만 만족해도 괜찮은 겁니다. 다만 하나도 없다면 하나라도 만들어보려고 노력하세요. 아니면 이직이나 전업을 해야 하겠죠. 참고로 저는 몰로코로 옮기면서 새롭고 흥미로운 기술을 배웠습니다. 강연으로 업계를 돕고 싶은데 그런 바람이 통한 건지 최근 강연이 많습니다. 강연은 저 혼자만의 힘으로 가능한 일은 아니고 몰로코에서 제 역할과 관련이 있습니다. 하고 싶은 일이 회사 업무와 연관되어 있으니 일하는 재미가 납니다. 이렇게 책을 쓰는 일까지 포함해 현재의 모든 활동이 10년 후 하고 싶은 일과 연결되고 있습니다. 저는 현재 몰로코에서 세 가지 모두를 만족하려고 최선을 다합니다.

사람들이 직장을 왜 옮길까요? 일이 잘 안 풀려서, 행복하지 않아서, 인정을 받지 못해서, 월급이 적어서, 조직 문화가 좋지 않아서, 성장하지 못해서 등입니다. 그렇다면 회사가 좋은 사람을 채용하기 힘든 이유는 무얼까요? 회사 일이 잘 안 돌아가서, 배울 게 없어서, 구성원이 행복해하지 않아서, 성장할 기회를 주지 않아서. 업계는 좁아서 내부 일을 외부 사람도 다 압니다. 좋은 직장은 좋은 대로, 나쁜 직장은 나쁜 대로 소문이 빠르게 납니다. 좋은 직원을 채용하고 싶다면 좋은 문화를 갖추고, 급여를 많이 주고, 성장할 기회를 많이 주면 됩니다. 회사의 비전 달성뿐만 아니라 개인의 비전 달성에도 관심을 가지고 도와주는 곳이어야 좋은 사람을 채용할 수 있습니다.

이직을 한다면 어떤 회사에 가야 할까요? 정답은 이미 위에서 말씀드렸습니다. 함축하면 지금 회사보다 훨씬 더 좋은 곳입니다. 그러려면 여러분도 많이 바뀌어야 합니다. 이직은 극적인 변화를 줄 수 있는 기회입니다. '나는 이제부터 다른 사람이야.' 쉽게는 지각하던 습관을 고치는 겁니다. 성급히 그리고 항상 반대하는 사람이었다면, 이직하고 나서는 경청하고 나서 의견을 말하는 사람이 되어보는 겁니다. 새 직장 동료는 아직 여러분을 잘 모르니, (더 좋은 모습을 갖춘) 새로운 사람이 되어 살아갈 수도 있는 겁니다.

09

돈 되는 사업
만들기

일반적인 스타트업들의 흐름을 한 번 살펴보겠습니다. 좋은 아이디어를 기반으로 소수가 의기투합해서 시작합니다. 초기 투자를 받고 최대한 빠른 시일 내에 최소기능제품을 만듭니다. 이제 본격적으로 투자를 받고 사람을 모집합니다. 이때 정말 좋은 사람을 채용해야 합니다. 직원 100명일 때도 직원이 10,000명일 때를 생각하며 최고의 인재만을 채용하세요. 그 사람들이 결국 조직을 키워서 10,000명의 미래 조직으로 성장할 수 있습니다. 특히나 스타트업은 사람이 적기 때문에 한 사람 한 사람이 더욱 중요합니다.

새로 들어온 똑똑한 사람들이 기존 아이디어에 100% 동의를 하지 않을 수도 있습니다. 무작정 동의보다는 더 나은 길을 찾는 게 더 중요합니다. "똑똑한 사람들을 고용해서 그들에게 무엇을 할지 알려주는 것은 이치에 맞지 않는다. 우리는 똑똑한 사람들을 고용해서 그들이 우리가 무엇을 해야 되는지 알려줄 수 있도록 해야 한다."* 스티브 잡스의 말입니다. 이렇듯 스타트업은 새로 채용한 사람들의 이야기를 들어야 합니다. 기존 아이디어와 새 아이디어가 합쳐져서 자연스럽게 제품이 진화됩니다. 이후 제품을 시장에 빠르게 출시하고 반응을 보면서 계속 업데이트하는 지속적인 피봇팅(시장에 맞추어 제품을 변화시키는 것)을 해야 합니다.

비즈니스 성장 전략

제품이 시장에서 인정받기 시작하면 회사는 자신에게 알맞은 전략으로 다음 단계를 접근해야 합니다. 크게 매출, 시장 점유율, 기술력을 전략의 근본으로 삼을 수 있습니다.

첫 번째로, 매출을 잘 내고 있다면 지속적인 기술 개발과 제품에 대한 투자로 이익률과 매출을 같이 높이면서 시장을 선도해나가는 전략을 펼 수 있습니다. 더 큰 성장을 위해서 상장을 하거나 다른 큰 회사와 M&A하는 것도 방법이죠.

1993년 당시 한글과컴퓨터는 좋은 개발팀이 만든 정말 좋은 제품을 가지고 있었습니다. 하지만 당시에는 소프트웨어 불법복제가 너무 심했습니다. 등록된 고객은 50만 명이 넘는데 실제 판매된 수량은 5만 카피도 안 되었습니다. 메이드 인 용산 PC를 구매하면 한글과컴퓨터 아래아한글이 설치되어 있었습니다. 소프트웨어는 PC 하드웨어를 사면 공짜로 주는 부산물 정도 취급을 받았습니다. 소비자는 업체에서 줬으니 불법복제된 제

---

* "It doesn't make sense to hire smart people and tell them what to do; we hire smart people so they can tell us what to do."

품일 거라는 생각도 못하고 고객등록해 사용한 겁니다. 시장 점유율은 절대적이나 매출이 없고 기술력이 높은 상태였습니다. 한글과컴퓨터는 불법복제를 막는 기술에 투자하기보다는 더 좋은 제품을 만드는 데 집중했습니다. 그래서 옛한글 지원*이나 수식 편집기, 맞춤법, 빠른 찾기 지원 등 강력한 기능을 제공할 수 있었습니다. 하지만 불법복제에 대응할 확실한 마케팅의 부재로 매출 성장을 이뤄내지 못했고, 1998년에는 경쟁사인 마이크로소프트에 의해서 아래아한글 개발이 중단될 위기에 처했습니다. 한글지키기운동본부의 반대와 후원으로 아래아한글 개발 중단은 막아냈지만 매출은 그대로였습니다. 2000년을 기점으로 몇 차례 대주주가 바뀌고, 그 사이 워드프로세서 전쟁에서 마이크로소프트 워드는 승리를 거머쥐었습니다. 워드의 승리 이면에는 강력한 마케팅 전략이 있습니다. 예를 들어 교사와 학생들에게 무료로 오피스 사용권을 주는 정책**은, MS 워드에 빠져들게 하는 마법과 같았습니다. 사람은 손에 익숙해진 도구를 함부로 바꾸려 들지 않기 때문입니다. '인생 첫 워드프레스는 MS 워드, 곧 평생 MS 워드' 전략이 제대로 먹힌 거죠. 기술의 우월성도 중요하지만 시장에서 최고의 기술만이 대표 상품이 되는 건 아닙니다. 잘 만들었다면 잘 팔아야 합니다.

두 번째는 아직 매출은 없더라도 시장을 확실히 장악해, 즉 시장 점유율을 늘려 매출을 노리는 전략입니다. 매출은 많이 나오지만 이익률이 작거나 마이너스인 상황에서도 비슷한 전략을 택할 수 있습니다. 결국 시장을 장악하면 다양한 수익화 모델을 만들어 실행할 수 있게 됩니다. 요즘

---

* 당시 기준 키보드를 두들겨 옛한글을 거의 완벽하게 입력할 수 있는 사실상 유일무이한 프로그램
** Office 365 Education

은 당장 수익이 나지 않더라도 시장 선도 기업이라고 하면 많은 투자를 받아서 어느 정도 기간까지는 매출 부담 없이 개발에만 전념할 수 있는 환경입니다.

카카오톡은 시장을 장악해 매출을 낸 우수사례입니다. 무료 서비스로 사용자를 모아 국민 메신저 지위에 올랐죠. 카카오 입장에서는 사용자가 늘면 기쁘면서도 걱정이 태산이었을 겁니다. 서버비에 개발비에, 한두 푼이 들어가는 게 아닐 테니까요. 카카오는 신의 한 수를 둡니다. 메신저 사용은 무료이면서 유료 이모티콘이나 선물하기 등 새로운 서비스를 제공해 수익을 창출하는 전략을 생각해낸 거죠. 지금은 이런 방법을 누구나 당연하다고 생각하지만 20년 전에는 달랐습니다.

1999년 설립된 프리챌은 오픈 직후 단숨에 가입자 1천만 명을 달성하고 커뮤니티도 1백만 개나 만들어졌습니다. 다음Daum 카페가 주도한 시장에서 프리챌이 1위가 되었습니다. 폭발적인 성장 덕분에(?) 관리 비용이 천문학적으로 늘었습니다. 이를 타개하고자 프리챌은 커뮤니티 유료화 정책을 선언했습니다. 운영자만 월정액 3,300원을 내고 최대 5개 커뮤니티까지 운영하는 자애로운 과금 정책이었으나, 당시 '커뮤니티는 당연히 무료'라는 인식이 강해 사용자가 강력 반발했죠. 그 결과 사용자 이탈과 커뮤니티 폐쇄로 이어졌죠. 확보한 사용자와 시장 점유율에 영향을 미치지 않으면서 수익을 창출하는 방안이 아니었던 겁니다. 역사에 가정은 무의미하지만 커뮤니티 무료 정책을 그대로 두고 커뮤니티 구성원끼리 선물을 주고받는 새로운 서비스를 제공했다면, 아마 프리챌의 운명이 달라지지 않았을까 합니다.

세 번째는 시장 점유율도 낮고 매출도 안 나오지만 기술/제품 선도 기업이 되는 전략입니다. 지속적으로 투자해서 기술/제품 선도 기업이 되면 결국 시장 점유율이 높아지고 매출도 급성장하게 됩니다. 특히나 고도의 기술이나 좋은 제품은 오랜 기간 투자해야 하므로 빠르게 성과를 내기 어렵습니다. 따라서 한 번 선도 기업이 되면 오랜 기간 시장에서 리더십을 발휘할 수 있습니다.

블리자드는 1991년 2월 UCLA 출신 3인이 모여 창업한 게임 개발사입니다. 1993년까지 히트작이 없어서 자금이 부족했습니다. 다만 좋은 게임을 만든다는 평가 덕분에 데이비슨 & 어소시에이츠Davidson & Associates 자회사로 편입될 수 있었죠. 그 당시까지는 시장 점유율도 낮고 매출도 없고 기술력만 있는 회사였던 거죠. 자회사 편입 후 1994년에 첫 히트작인 〈워크래프트〉를 출시합니다. 이후 〈스타크래프트〉, 〈디아블로〉 시리즈와 MMORPG 〈월드 오브 워크래프트〉가 연이어 대박이 나면서 세계적인 게임사로 우뚝 서게 되죠. 창립 시점부터 블리자드는 매출보다는 제품에 훨씬 신경을 많이 쓰는 회사입니다. '좋은 제품이 많은 매출을 만들어낸다'라는 교과서에 나올 만한 문구를 현실로 만드는 곳입니다. 게이머가 무엇을 원할까를 끊임없이 고민하고 '우리도 게이머이므로 우리가 재밌게 즐길 게임을 만들자'라는 생각으로 일합니다.

게다가 블리자드의 행보는 높은 기술을 발휘해 게임을 만드는 데에서 멈추지 않았습니다. 1996년 〈디아블로〉를 판매하면서 온라인 대전 환경인 배틀넷Battle.net을 선보입니다. 개인정보 수집 없이 ID와 패스워드만 입력해 계정을 만들 수 있던 배틀넷이 〈스타크래프트〉에도 적용되면서 저변이 폭발적으로 넓어졌습니다. 배틀넷은 〈스타크래프트〉 황제를 낳는가 하면, e스포츠라는 꽃을 피우는 기반이 되었습니다. 게임이라는 기술과 배틀넷이라는 혁신적 마케팅 플랫폼이 시너지를 낸 겁니다. 연이어 히트를 친 후에는 아쉽게도 PC 온라인 게임, PC 게임 표준 플랫폼 경쟁, 모바일 게임 부분 유료화 정책 등 변화를 선도하지는 못했습니다. 그렇지만 배틀넷을 게이밍 플랫폼으로 업그레이드해 지속 관리하고, 모바일 게임이자 부분 유료화 게임을 출시하는 등 변화를 지속하고 있습니다. 출시 직후 예상치를 뛰어넘는 동접자 수로 서버가 일주일 이상 마비되는 사태를 겪기는 했지만 〈디아블로 2 : 레저렉션〉 역시 레트로라는 변화에 편승한 사례로 들 수 있습니다.

참고로 〈하스스톤〉은 외부 게임 엔진(유니티)을 이용한 첫 작품입니다. 그 덕에 모든 걸 내부에서 만들던 기존 게임 대비 빠르게 개발해 출시할 수 있었습니다. 기술력은 중요합니다. 그럼에도 오늘날처럼 품질과 속도 둘 다 중요한 환경에서는 타사의 제품도 도움이 된다면 사용할 줄 알아야 합니다. 모든 변화를 선도하는 기업은 없습니다. 조금은 느리더라도 변화를 계속 만들고 변화에 유동적으로 방향을 맞춰야 탁월한 기술력이 빛을 발해 돈 되는 사업을 지속적으로 영위할 수 있습니다.

수익화 유형 4가지

수익화, 즉 매출을 내고 이익을 내는 일은 쉽지 않습니다. 하지만 시장 점유율을 높이는 일은 더 힘듭니다. 사용자를 먼저 모으고 그 이후에 다양한 수익화 시도를 해보는 것이 바람직합니다. 시장 점유율을 높이려고 다른 회사와 M&A를 하는 경우도 많이 있습니다. 높아진 시장 점유율 기반으로 수익화를 추진하기도 합니다. 기존에 좋은 매출을 내고 있지만 기술이 아쉬운 회사들이 새로 시작한 기술 스타트업을 M&A하는 것은 이제는 매우 자연스러운 현상입니다. 수익화를 크게 제품, 플랫폼, 데이터(광고), 기술(SaaS) 유형로 구분할 수 있습니다.

첫 번째 '제품'은 판매(서비스)해서 매출을 내는 방식입니다. 수학 문제 풀이를 제공해주는 콴다*가 좋은 예입니다. 미국에서 일했던 스타트업 핸드스토리는 몇 개월간 시장 조사를 철저하게 진행해 모바일 시대가 온다고 예측했습니다. '팜OS와 포켓PC 운영체제용 모바일 오프라인 정보 브라우저 개발'이라는 명확한 미션을 설정해 개발에 들어갔습니다. 당시 포켓PC에는 인터넷 연결 기능이 있었습니다만, 기기 확장팩이 필요했고 비쌌기 때문에 대중적이지 않았습니다. 그래서 PC에서 각종 인터넷의 정보를 긁어다가 오프라인으로 볼 수 있게 해주는 획기적인 제품을 개발한 겁니다. 사전 준비를 철저히 한 만큼 원활히 개발이 진행되어 완성도 높은 제품을 만들 수 있었습니다. 시장에서의 사용자 반응도 좋았고, 처음부터 유료 제품으로 판매해서 매출도 잘 나왔습니다. 인터넷 정보를 손쉽게 오프라인에서 확인할 수 있게 해준 점이 성공 요소였습니다. 이후에 더 큰 성장을 위해서 M&A까지 모든 것이 잘 진행되었습니다. 처음부터 끝까지 좋은 제품을 만들려고 노력했고 좋은 결과가 있었죠.

두 번째 '플랫폼'은 다른 회사나 개인들이 매출을 내게 하면서 수수료를 받는 방식입니다. 구글 플레이나 배달의민족이 좋은 예입니다. 플랫폼은 시장 장악력이 있어야 더 힘을 발휘합니다. 넥슨은 미국에서는 넥슨 런처라는 게임 플랫폼을 운영합니다. 넥슨 런처는 수많은 넥슨 게임을

---

* 문제를 촬영해 앱에 올리면 AI 기술을 사용해 3초 안에 풀이 과정과 답을 보여주는 서비스

PC로 출시하고 운영하는 플랫폼입니다. 계정, 배포, 결제, 소셜 기능 등을 제공하죠. 1등 게임 플랫폼인 밸브사의 스팀도 마찬가지겠지만 플랫폼 기능이 아무리 좋아도 플랫폼의 힘만으로 매출을 내기는 힘듭니다. 게임 설치와 과금을 유도할 수는 있지만 결국에는 게임이 매출을 내는 겁니다. 예를 들어 배달의민족에 가입한 식당이 없다면 매출을 낼 수 없겠죠? 그렇다면 식당이 배달의민족에 가입하는 이유는 뭘까요? 배달의민족이라는 편리한 주문결제 서비스, TV 광고까지 하는 플랫폼에 올라타면 고객 유치 기회를 더 늘릴 수 있어 그런 겁니다. 게임도 마찬가지입니다. 뿔뿔이 독야청청하는 방법도 있지만 게임 플랫폼 안에 들어가면, 노출 기회가 증대되어 수익으로 이어집니다. 따라서 플랫폼으로 돈을 벌려면 365일 항상 제대로 서비스를 제공하는 게 중요합니다.

넥슨 런처는 제가 넥슨에 입사해 미국 현지 개발자들과 개발하고 운영했습니다. 무엇보다 안정적인 운영이 중요했기 때문에 안정적인 기술로 확장 가능한 시스템을 잘 만드는 데 주안점을 두었습니다. 그렇다고 안정적인 운영이 전부는 아닙니다. 사용자를 유치하고, 합리적으로 수익을 배분해야 합니다. 플랫폼하면 애플 앱스토어를 빼놓고 말하기가 어려울 겁니다. 자사 앱스토어를 개발자에게 개방해 전 세계적인 앱 개발 붐을 일궈낸 '플랫폼 of 플랫폼'입니다. 30% 수수료, 독점 등의 이유로 최근 에픽게임즈와 소송전을 벌이고 있습니다. 소송전이 고달프기는 하지만 그만큼 크게 성공했다는 방증입니다.

세 번째 '광고 사업'은 데이터 수익화data monetization 방식입니다. 구글도 페이스북도 고객에게 무료로 서비스를 제공하며 수집한 고객 행동 데이터로 광고 플랫폼 사업을 해서 매출을 냅니다. 축적한 데이터를 뛰어난 머신러닝 기술로 분석해 개인별 맞춤 광고를 제공하기 때문에 가능한 겁니다. 수익화 관점에서 광고 사업에 항상 관심을 두는 것이 좋습니다(데이터 분석을 하려면 개인정보 보호도 신경을 써야 합니다).

마지막으로 기술을 SaaS* 형태로 제공하는 방식입니다. 앞서 언급한 세 가지 모두가 개인 고객을 대상으로 하는 B2C^business to customer 방식이라면 SaaS 기술 판매는 기업 고객을 대상으로 하는 B2B^business to business 방식입니다. 다른 회사가 우리 회사의 기술을 이용해서 사업을 잘 할 수 있게 도와주는 방식이죠. 아주 어려운 사업이지만 진입 장벽이 높은 만큼 일단 시장에 안착하면 많은 수익을 보장받을 수 있습니다.

세 번째와 네 번째 사례로 지금 제가 일하는 몰로코를 살펴보겠습니다. 몰로코는 머신러닝을 이용한 광고집행서비스 DSP^demand side platform를 제공합니다. 이 서비스의 핵심은 고객사의 데이터를 이용해서 고객사가 원하는 사용자들을 찾게 도와주는 겁니다. 사용자와 회사(고객사)를 연결해주는 역할이라고 보면 됩니다. 몰로코는 광고집행서비스를 더욱 발전시켜 B2B SaaS 서비스로 만들었습니다. 머신러닝 기술을 이용한 리테일 미디어 SaaS 플랫폼입니다. 이 시스템을 이용하면 판매자(기업)는 손쉽게 사용자들에게 맞춤형 광고를 할 수 있습니다. 이런 SaaS 시스템을 설계할 때는 판매자의 수익 증대에 중점을 두어야 합니다. 그리고 사용법이 쉬워야 합니다. 기술이 아무리 좋아도 사용할 줄 모르면 판매자의 수익 증대를 이끌어내지 못하기 때문입니다. 따라서 교육도 제공해야 합니다. 고객사의 역량이 올라가면 고객의 매출이 증대되어 몰로코의 매출 증대로 이

---

* Software as a Service. 소프트웨어를 서비스처럼 제공하는 방식. '사스'라고 읽습니다.

어지게 됩니다.

　참고로 아마존은 앞서 거론한 네 가지 수익화 사업을 다 하는 회사입니다. 전자상거래 플랫폼을 제공하고 직접 제품을 판매하면서 모은 데이터를 활용해서 광고 사업을 합니다. 또한 이렇게 사업을 하며 만든 인프라인 AWS 기술을 다른 회사에 제공해 돈을 벌죠. 그 결과 아마존은 2019년 나스닥에서 시총 1위를 달성하고 창업자 제프 베조스는 세계 최고의 부자가 되었죠. 아마존의 사례처럼 수익화는 넷 중 한 방식을 선택하는 게 아니라 유기적으로 연계되어 시너지를 낼 때 큰 힘을 발휘합니다.

돈 되는 사업의 핵심은 사람

　기업이 급속하게 성장할 때는 채용 속도도 빠르지만 퇴사 속도도 만만치 않습니다. 애써 뽑은 인재가 조직을 떠나면 손해입니다. 따라서 직원이 회사에서 성장하며 오래 일할 수 있게 조직 문화와 개발 프로세스에 신경을 써야 합니다. 그 와중에 매출도 챙겨야 하며 또한 적절한 시기에 투자를 받아서 계속 앞으로 전진해야 합니다. 사업이라는 것이 정말 쉬운 일이 아닙니다. 좋은 사람들과 될 때까지 하는 것이 사업입니다. 그러기에 어려운 시기를 같이 견딜 수 있는 동료가 중요합니다.

　모든 사람이 모든 일을 다 잘하면 좋겠지만 현실은 그렇지 않습니다. 프로젝트 초기에 셋업을 잘하는 사람이 있는가 하면, 프로젝트 중간에 개발을 잘하는 사람, 마지막에 마무리 투수처럼 제품을 잘 마무리해서 출시하는 능력이 출중한 사람이 있습니다. 각각을 시작하는 사람, 수행하는 사람, 마치는 사람이라고 부릅니다.

스타트업에서도 사람의 역량에 맞게 일을 제공하고 관리해야 합니다. 예를 들어 초기에 개발을 총괄하던 사람이 성장해서 중간 개발과 마지막 출시까지 완료하는 대신에, 적절한 시기에 역량과 경험이 풍부한 사람을 채용해 마무리를 맡기는 거죠. 이렇게 하면 기존 개발 총괄은 실무 혹은 비전 관리에 집중할 수 있게 됩니다. 비즈니스 관리는 사람 관리가 핵심입니다. 시장을 정확하게 파악하고 제품을 정확하게 정의하고 개발을 빠르게 진행할 수 있도록 사람들을 적재적소에 배치해야 합니다. '회사'라는 단어는 모여서 일하는 곳이라는 뜻입니다. 영어로 Company는 같이 일을 하는 곳이라는 뜻이고요. 혼자서 할 수 없는 일들을 모여서 같이 하는 것이 회사고 사업입니다.

팀 빌딩

팀 빌딩은 기업 규모에 상관없이 비즈니스를 성공으로 이끄는 중요한 경쟁 요소입니다. 아이템이 좋고 팀 구성원이 좋으면, 그것만으로 투자를 제안받기도 하니까요. 팀장이면 누구나 역량 있는 팀원이 팀에 소속되길 바라지만 늘 바람대로 되는 건 아닙니다. 블리자드에 있을 때 팀을 새로 만든 적이 있습니다. 상사가 직원 중에서 문제가 많은 사람들을 제 팀에 배정해주는 겁니다. 그래서 저는 상사에게 따졌습니다. 그랬더니 "우리 중에 제일 능력이 좋은 사람이 누구지?"라고 묻는 겁니다. 당당하게 저라고 말했더니, 그럼 네가 아니면 누가 저 사람을 맡겠냐고 하는 겁니다. 그렇게 약간 속아서 떠맡게 됐습니다.

그 팀에서 정말 많이 배웠습니다. 모든 것을 잘하는 직원은 훌륭한 관리자가 필요 없습니다. 반대로 문제가 많은 직원에게는 훌륭한 관리자가 필요합니다. 여러분이 훌륭한 관리자가 되고 싶다면, 문제 있는 직원을 만나세요. 문제 있는 직원이 많으면 훌륭한 관리자가 될 수 있습니다. 반대로 훌륭한 직원이 되고 싶다면, 문제 있는 관리자와 일해야 성장합니다. 다른 사람의 약점은 자신의 강점을 키울 기회입니다. 그러니 상사나 동료에게 부족한 점이 많다고 불평만 하지 말고 서로 보완하며 채워나갈 생각을 합시다. 여러분이 나중에 관리자가 되어서도, '왜 나는 훌륭한 관리자가 되지 못한 것인가? 왜 나에게는 훌륭한 팀원이 없는가?'라는 생각이 들면 '균형'을 떠올리세요. 훌륭한 직원이 많으면 훌륭한 관리자가 될 필요가 없습니다. 그럴 때는 본인 일을 열심히 하면 됩니다. 반대로 직원들에게 아쉬운 점이 많다면 자신의 능력을 더 많이 발휘하는 겁니다.

참고로 여러분이 팀원이라면 자신의 상사가 어떤 성향인지 살펴보세요. 상사가 자신을 사람으로서 잘 챙겨줬으면 좋겠는데 기술만 챙기고 있다면, 기술만 챙기지 말고 제품과 사람도 챙겨달라고 요구해야 합니다. 팀장에게 '저는 이런 부분에서 더 도움이 필요합니다'라고 당당하게 이야기하면 됩니다. 그러면 상사도 자신이 할 수 있는지, 할 수 없는지 생각해볼 겁니다. 서로 잘하는 것과 못하는 것을 알고, 보완했으면 좋겠는 것을 이야기하고, 자신이 원하는 바를 명확히 이야기해야 합니다. 완벽한 팀원은 없고 완벽한 상사도 없습니다. 서로 맞춰가야 합니다. 그렇게 서로 맞춰가야 성공으로 한걸음 더 다가갈 수 있습니다.

♦♦♦

사업에는 정답이 없습니다. 결국 좋은 제품을 만들고 기술에 투자하고 시장을 파악하고 미래를 준비하는 모든 것을 다 하면 성공 가능성이 높아지고, 그렇지 않으면 낮아집니다. 버크셔 해서웨이 워런 버핏 회장은 "투자의 1원칙은 잃지 않는 것이다. 투자의 2원칙은 제 1원칙을 절대 잊지 않는 것이다"라고 말했습니다. 우리도 사업을 같은 맥락으로 보면 어떨까요? '1원칙은 실패하지 않는다. 2원칙은 절대 실패하지 않는다.' 그렇다면 개발자는 무얼 해야 할까요? 기술적인 면에서, 제품적인 면에서 실패할 가능성을 파악하고 제거해야 합니다. 성공은 시장이 결정하겠지만 실패는 우리가 의도치 않게 만들어낼 수 있으니까요.

비전을 공유하는
조직 문화 만들기

스타트업이란 무엇일까요? 세 가지로 정의할 수 있습니다. 첫 번째는 '속도'입니다. 속도가 느리다면 '스타트업'이라는 말 자체가 어울리지 않죠. 두 번째는 'J 커브'입니다. 즉 성장 형태가 J 커브를 그립니다. 엄청난 속도로 성장할 수 있는 기업을 스타트업이라고 합니다. J 커브로 성장한다는 것 자체는 회사가 디지털로 운영된다는 의미입니다. 전 세계에서 가장 맛있는 식당이더라도 매출에는 한계가 있습니다. 가서 먹을 수 있는 사람 수에는 한계가 있으니까요. 하지만 세계에서 가장 재밌는 영화는 디지털로 볼 수 있으니, 원한다면 모두가 볼 수 있죠. 디지털 시대에서 대박이 나면 J 커브를 그리며 성장할 수 있습니다. 그래서 성공적인 스타트업은 J 커브형으로 성장합니다. 세 번째는 '데이터 주도적data-driven'입니다. 스타트업은 숫자를 측정하고, 숫자에 따라서 결론을 내리면서 움직입니다. 그러다 보니 J 커브 성장도 가능한 겁니다.

속도	J 커브	데이터 주도적

속도, J 커브, 데이터 주도적 이 세 가지는 스타트업 조건인 동시에 스타트업 문화입니다. 대기업에 계신 분이 이 글을 읽으시면 '내가 왜 스타트업의 문화를 공부해야 할까?' 생각이 들 겁니다. 개발자라면 '조직 문화가 뭐가 중요해?' 의문을 품을 수도 있습니다. 앞서 말씀드렸듯이 조직 문화는 회사의 운영체제에 가깝습니다. 회사의 하드웨어가 사람들이라면, 사람을 움직이게 하는 운영체제가 조직 문화입니다. 조직 문화는 경쟁력에 큰 영향을 미칩니다. 경쟁력을 비교하는 최고의 관점은 조직 문화입니다. 경쟁사 대비 우리 회사 조직 문화가 나쁘다면 경쟁에서 이기기 힘듭니다.

비즈니스와 조직 문화

다음 그림은 기업의 사업을 하드웨어 비즈니스, 소프트웨어 비즈니스, 서비스 비즈니스, 데이터 비즈니스로 나누어본 겁니다.

• 비즈니스 유형•

비즈니스에 따라 일하는 방식도 다릅니다. 세계 최고의 메모리 반도체를 만드는 회사라고 해서, 나머지 세 비즈니스를 전부 잘하는 건 아닙니다. 하드웨어를 만드는 조직 문화와 데이터를 중심으로 하는 조직 문화는 달라야 하기 때문입니다. 하드웨어를 만들 때는 프라이버시 보호에 최선을 다해야 합니다. 하지만 데이터 비즈니스에서는 어떻게 해야 합니까? 법이 허용한 범위에서 개인 데이터를 최대한 활용해야 합니다.

회사의 전략, 기획, 개발, 품질, 목적, 운영, 법무, 보안, 재정, 인사 등 모든 것이 회사의 비즈니스 목적에 최적화돼야 합니다. 하드웨어 비즈니스를 하는 회사라면 하드웨어 중심으로 최적화돼야 하는 거죠. 하드웨어 비즈니스를 한다면 경쟁사로 화웨이를 꼽을 수 있습니다. 데이터 비즈니스라면 상대는 구글이 될 겁니다. 비즈니스에 따라 경쟁사가 바뀌고 경쟁사와 조직 문화를 비교해, 비교 우위를 갖도록 지속적으로 최적화해야 합니다.

조직 문화의 결과물이 경쟁력입니다. 조직 문화는 과정입니다. 문화는 과정의 모든 것을 결정합니다. 어떤 일을 해야 하는지, 하지 말아야 하는지, 어떤 일이 중요한지, 중요하지 않은지를 결정합니다. 모든 일에 대응 방법을 매번 새로 만들지 않고도 조직 문화가 잘 셋업되어 있으면 기존 방식으로 원활히 해결할 수 있습니다. 위계질서 관점에서 수평적 조직 문화와 수직적 조직 문화로 나눌 수 있습니다. 수평적인 조직 문화에서는 어떤 문제가 생겼을 때, 누군가의 지시를 기다리지 않고 먼저 뛰어들어서 문제를 해결합니다. 주눅 들지 않고 소통과 행동이 편하게 이루어집니다. 반면 수직적 조직 문화는 지시에 의해서만 조직이 움직입니다. 자발적인 행동을 기대하기 어렵습니다. 반면 일사불란하게 움직일 수 있습니다. 규모나 비즈니스 영역에 따라 더 적합한 문화가 있을 뿐 둘 중 하나가 더 우월한 것은 아닙니다. 수평이든 수직이든 조직에 문화가 형성되면 문화에 따라서 행동합니다.

어떤 문화가 좋고 어떤 문화가 나쁘다고 구분하기도 합니다. 그런데 나쁜 조직 문화가 있을까요? 나쁜 문화는요? 예를 들어 아프리카 원주민은 나쁜 문화를 가지고 있고 미국 사람은 좋은 문화를 가지고 있을까요? 아닙니다. 문화상대주의라고 하는데요, 좋은 문화와 나쁜 문화, 좋은 조직 문화와 나쁜 조직 문화로 나눠서 취급하면 안 됩니다(물론 조직 문화에는 정말 나쁜 문화가 있을 수도 있습니다). 문화는 결국 환경에 따라서 발전합니다.

삼성전자에 '형님 리더십'이 있다고 이야기했습니다. 소위 나이를 따지는 문화가 우리나라 사회 전반에 깔려 있습니다. 그래서 형님 리더십이 필요한 겁니다. 형님 리더십이라고 하니까 거부감부터 드는 분이 적지 않을 겁니다. 절대적으로 나쁜 조직 문화는 아닙니다. 좋은 시선으로 보자면 윗사람이 힘든 직장 생활을 견뎌내라고 아랫사람을 챙기는 문화입니다. 미국에는 형님 리더십이나 형님이 없습니다. 계약 관계로 만들어진 수평적인 문화에서 수치로 평가합니다. 평가에 사견이 낄 여지가 상대적으로 적어 긍정적인 면이 있습니다. 그렇다고 단점이 없는 건 아닙니다. 모든 문화에는 동전의 양면이 공존합니다. 제대로 발현되면 긍정적인 효과가 증폭되고, 그렇지 못하면 부정적인 효과만 증폭될 뿐입니다.

우리 조직에 필요한 문화를 만들고, 목표에 따라서 문화를 지속적으로 개선하는 게 중요합니다. 다른 회사 문화가 좋다고 무조건 가져와서 쓰면 안 됩니다. 예쁜 옷도 몸에 맞아야 하는 법입니다. 중요한 것은 현재 상황을 정확히 파악하고 개선하는 겁니다. 경쟁 회사가 만든 제품도 써보고 분석도 해야 하지만 그런 제품을 만들 수 있던 과정인 회사의 조직 문화도 확인하고, 우리 문화를 개선해야 합니다. 반복해서 말하지만 조직 문화는 결국 운영체제이니까요.

스타트업의 조직 문화

조직 문화가 무엇인지 알아봤으니 이제 주제를 좁혀서 스타트업 조직 문화의 다섯 가지 기본을 이야기해보겠습니다. 스타트업이 세상을 바꾸는 시대입니다. 대기업에 계신 분도 스타트업 조직 문화를 엿보는 기회가 되었으면 좋겠습니다.

첫 번째는 얼라인먼트^{alignment}입니다. 모두가 같은 생각으로 통일되는 겁니다. 예를 들어 리더가 산에 올라 가는데, 직원들이 산에 올라가는지도 모르고 그냥 뒤에서 따라간다고 합시다. 어이없는 상황이지만 현실에서는 태반이 이렇습니다. 안 됩니다. 모두가 어디로 가는지 명확히 알고 가야 합니다. 목표가 무엇인지 우리가 그래서 무얼 해야 하는지 알려줘야 성과를 이끌 수 있습니다. '설악산 대청봉에 올라가봅시다'라고 알려주고, 모두가 '네 알겠습니다' 응답해야 등산을 시작할 수 있는 겁니다.

애자일 분야에서 유명한 만화를 소개합니다. 돼지와 닭이 등장합니다. 둘이서 식당을 열어보자고 합니다. 돼지는 "나는 햄을 줄게", 닭은 "계란을 줄게"라고 합니다. 그랬더니 돼지가 화를 냅니다. 왜냐하면 햄은 돼지가 자기 살을 떼어내서 만든 겁니다. 그런데 계란은 그렇지 않죠. 이 만화를 해석하자면 돼지는 식당 사업에 직접 뛰어들어서 큰 역할을 하려는 거고, 닭은 한발 뒤에서 개입하려는 겁니다. 애자일에서는 돼지처럼 일에 전념하는 것을 헌신commitment, 참여involvement라고 부릅니다.

• 애자일 사파리 : 돼지와 닭의 창업 이야기 1 •

앞서 얼라인먼트를 이야기한 것은 결국 모두가 헌신을 해야 하기 때문입니다. 스타트업 일원은 목표를 이해하고, 목표를 달성하는 데 헌신해야합니다. 헌신하지 않을 거라면 뒤로 물러나야 합니다. 기민한 조직이 되려면 모두가 비전을 정확하게 얼라인먼트해야만 합니다.

이 만화의 두 번째 이야기를 봅시다. 이제 돼지가 자신은 립, 즉 갈비를 내겠다고 합니다. 그랬더니 닭은 날개를 낸다고 말합니다. 그래서 둘이 '윙스 앤 립스'라는 식당을 만들게 됩니다. 즉 둘 다 헌신하는 겁니다. 예를 들어 '회의에서 발언하지 않을 사람은 들어오지 마세요'라고 미리 언지하는 행동은 참여자가 헌신을 결심하고 모두와 얼라인먼트하게 만드는 효과가 있는 겁니다.

• 애자일 사파리 : 돼지와 닭의 창업 이야기 2 •

두 번째는 다양성입니다. 다시 등산 이야기로 돌아갑시다. 모두가 산에 올라가는 것은 좋습니다. 하지만 사람들이 한 줄로 올라가면 엄청나게 비효율적이겠죠. 산을 둘러싸고 동시에 다 같이 올라가면, 어떤 사람은 빨리 올라가고 어떤 사람은 천천히 올라갑니다. 산을 오르는 동안에 각자의 개성과 다양성을 존중해야 합니다. 시간이 갈수록 다양한 사람들이 모여서 일하는 조직을 이룰 수밖에 없기 때문에 모두의 목소리가 들리는 조직 문화를 만들어야 합니다. 그러려면 다양성을 존중하고, 누구든 할 말을 할 수 있어야 합니다.

질문을 하나 드리겠습니다. 쇠사슬 강도는 쇠사슬의 가장 강한 부분이 결정할까요? 아니면 가장 약한 부분이 결정할까요? 당연히 가장 약한 부분이 결정합니다. 다양성도 이 관점에서 봐야 합니다. 예를 들어 회의 시간에 한 사람이 엉뚱하게 이해해서 엉뚱한 방향으로 이야기를 한다고 가정해봅시다. 그럼 감사해야 합니다. '그렇게 하면 안 되고, 이렇게 해야 돼'라고 사전에 수정해줄 수 있으니까요. 반대로 아무 말도 않고 엉뚱하게 구현해버리면 문제가 생깁니다. 쇠사슬 강도는 가장 약한 부분에서 결정되므로 약한 부분을 빨리 발견하는 게 중요합니다. 약한 곳을 빨리 발견하려면 모두가 마음 놓고 자기 생각을 말할 수 있어야 합니다. 다양성이 있는 조직 문화에서는 모두가 기여하고 싶어 하므로 자신의 생각을 이야기합니다. 그런 환경에서는 문제와 약점이 조기에 발견되어 개선할 기회가 주어집니다. 일을 아주 잘하는 사람한테 집중하는 것도 중요하지만 아직은 부족한 사람에게 신경을 써야 조직의 안정성이 도모되고, 다양성과 생산성도 확보됩니다.

세 번째, 한계를 설정하면 안 됩니다. 특히나 스타트업이라면 할 수 있는 건 다 하는 겁니다. 그렇게 미래를 향해 진취해 나아가야 합니다. 하지만 많은 큰 기업은 '지금까지 하던 방식이 있으니까'라는 한계를 미리 정해둡니다. '우리 회사는 이런 회사야, 우린 여기까지만 할 거야'라고요. 하지만 스타트업은 그렇지 않습니다. 굉장히 진취적으로 많은 걸 해야 합니다.

마이크로소프트의 가장 큰 적은 무엇이었을까요? 리눅스요? 아닙니다. 지금은 마이크로소프트가 클라우드 퍼스트 전략과 오픈 소스 적극 수용으로 다시 주목받는 IT 회사가 되었는데요, 한때 마이크로소프트의 가장 큰 적은 변화하지 않는 마이크로소프트 자신이었습니다. 마이크로소프트가 오피스와 윈도우로 돈을 많이 벌었기 때문에, 스스로 윈도우 회사, 오피스 회사로 한계를 지어서 기술을 선도하지 못해 암흑기를 만났습니다. 아무리 한때를 풍미한 기업이라도 변화하지 못하면 위기에 처합니다. 변화는 2014년 사티아 나델라가 마이크로소프트 3대 CEO로 취임하면서 시작됩니다.

• Microsoft ♡ Linux •

2014년 애저 클라우드에 새로 추가된 서비스를 소개하는 나델라 회장 뒤에 놀라운 문구가 보입니다. "Microsoft ♡ Linux" 마이크로소프트는 리눅스를 사랑한다니! 충격적인 선언입니다. 마이크로소프트와 오픈 소스 진형의 오랜 냉전을 아시는 분이라면 너무 놀라서 믿을 수 없을 지경이었을 겁니다. 저도 그런 사람이었습니다. 선언은 곧바로 실천으로 옮겨졌습니다. 오픈 소스에 엄청나게 기여하고, 회사를 180도 탈바꿈해서 SaaS 회사로 변신하고, 윈도우 업그레이드를 무료로 제공했습니다. 스스로 한계를 던져버렸기 때문에 가능한 일이었습니다.

일을 어제처럼 하면 어제만큼의 성과만 나옵니다. 더 나은 성과를 만들려면 한계를 뛰어넘는 게 아니라 한계를 치워버려야 합니다. '우리는 이런 사람이야', '우리 제품은 이런 거야', '나는 이런 사람이야'라고 한계를 정하는 순간 쳇바퀴를 돌게 됩니다. 한계를 없애야 합니다. 그래야 회사는 전혀 다른 회사가 될 수 있고, 여러분도 전혀 다른 사람이 될 수 있습니다. 특히나 스타트업이라면 한계 자체가 애초에 없는 조직 문화이어야 합니다.

당연히 '애자일'도 중요합니다. 애자일은 곧 속도입니다. 물론 애자일과 속도 사이에 약간의 차이는 있습니다. 속도는 그냥 빨리 가는 거고 애자일은 '기민하게' 가는 겁니다. 속도가 빠르면서도, 계속 상황을 체크하면서 올바른 방향으로 가는 겁니다.

넷마블에서는 리더에게 세 가지를 요구합니다. 첫 번째는 전략적 사고입니다. 즉, 미래에 무슨 일이 벌어질지 모르면 리더가 아니라는 겁니다. 두 번째는 디테일입니다. 모든 일을 자세히 살펴볼 수 있어야 됩니다. 그래야 어디서 구멍이 났는지 알 수 있습니다. 세 번째가 속도입니다. 아주 빠르게 움직여야 합니다. 재밌는 것은 이 셋 중에 제일 중요한 게 뭐냐고 물어보면, 넷마블은 속도를 고릅니다. 전략적 사고는 다른 사람이 할 수도 있고, 디테일도 다른 사람이 봐줄 수 있지만 리더가 느리면 모두가 느려진다는 겁니다. 넷마블은 속도를 강조하는 리더십 문화를 가지고 달려왔고 크게 성장했습니다. 2000년 자본금 1억 원으로 시작한 스타트업이 2019년 연매출 2조 원을 올리는 거대 게임사가 되었습니다.

이처럼 스타트업에는 속도가 중요합니다. 일을 어떻게 더 작게 쪼갤지, 작게 쪼갠 일을 어떻게 빨리 돌릴지 애자일 관점에서 조직을 관리해야 합니다.

마지막은 스케일입니다. 앞서 J 커브 이야기를 했습니다. 스타트업 규모가 영원히 작은 게 아닙니다. J 커브의 사정권에 들면 주체할 수 없을 정도로 급격한 양적 성장을 경험하게 됩니다. J 커브를 맞이한 스타트업은 시가 1조 원 기업, 즉 유니콘 기업이 됩니다. 블리자드는 제가 입사할 당시인 2004년까지만 해도 백여 명이 일하는 작은 회사였지만 〈월드 오브 워크래프트〉의 대성공으로 출시 2년 후에는 천 명이 넘게 일하는 조 단위 매출을 내는 게임 회사가 되었습니다. 현재 일하는 몰로코라는 애드테크 회사는 2019년에는 100명에서 2년 후에는 200명으로 성장했습니다. 이 기간 매출도 두 배 이상 성장하면서 시가총액이 1조 원이 넘는 유니콘이 되었습니다. 2021년에는 '구글 클라우드 고객상Google Cloud Customer Award'을 수상했습니다.

이런 성장의 배경에는 한계를 짓지 않았고, 기술과 비즈니스와 다른 회사를 연결해서 큰 그림을 그린 데 있습니다. 스타트업이 다른 스타트업을 인수하는 것은 한계를 뛰어넘고 큰 그림을 실천한 겁니다. 지금은 스타트업이 아니지만 우리나라 대표 IT 기업인 카카오는 지난 5년간 47개사, 네이버는 30개사를 M&A 했습니다. 스타트업으로는 야놀자가 호텔 타임커머스 플랫폼 '호텔나우' 등 7개사를 M&A했습니다. 배달의민족으로 유명한 우아한형제들도 국내 M&A 시장에서는 큰손으로 통합니다. 이처럼 스타트업은 성장하면서, 또 M&A를 통해 급격한 규모 팽창을 경험하게 됩니다. 그때마다 새로운 조직 문화가 탄생합니다.

우리나라가 긍정적인 발전을 이루는 과정에서 스타트업이 중요한 기여를 할 거라고 생각합니다. 유니콘을 넘어서는 스타트업이 되고 싶은가요? 그렇다면 모두가 얼라인먼트하면서도 다양성을 존중하되 한계를 정하지 않고 속도를 늦추지 않고 달려나가면서 스케일을 키울 수 있는 조직 문화를 만드는 데 노력을 기울이기 바랍니다.

조직 문화에 변화주기

조직 문화를 적용하려면 '체인지 매니지먼트'가 필요합니다. 말은 쉽지만 수직적인 문화로 일하던 회사가 어느 날 갑자기 수평적 문화로 변모할수는 없습니다. "오늘부터 모두가 얼라인먼트하게 다양성도 확보하겠습니다"고 선포했다고 합시다. 변화를 좋아하는 사람은 없습니다. 그런 사람들에게 "이제부터 회사는 180도 변화하겠으니 당신도 그리하세요"라고 말한다면 이미 반은 실패한 겁니다. 변화라는 말에 사람은 마음을 닫아버립니다. 그래서 변화가 어렵습니다. 그럼에도 아인슈타인의 말처럼 같은 방식으로는 다른 결과를 낼 수 없다면, 결국 변화가 필요합니다. 그럼 어떻게 조직 문화에 변화를 주어야 할까요?

첫 번째는 "변화를 하겠다"는 말을 하지 않아야 합니다. 변화는 천천히 조금씩 안 보이게 시도하는 게 중요합니다. 왜 그럴까요? 우리가 지식과 지혜를 종종 함께 이야기하는데, 지식과 지혜는 다릅니다. 예를 들어 누구나 운동이 건강에 좋다는 지식을 압니다. 지혜로운 사람이라면 운동을 합니다. 뭔가를 아는 것과 그걸 실천하는 것은 전혀 다른 이야기입니다. 그래서 사람들이 '변화를 해야지'라고 생각을 하지만 변화를 말하는 순간 움츠러듭니다. 오랜 시간 체득된 습관을 바꾸어야 하기 때문입니다.

습관은 개인에게 해당하는 프로세스입니다. 프로세스로 기업이 운영되듯, 습관은 사람이 살아가는 방식입니다. 변화를 만들려면 습관을 바꿔야 합니다. 습관을 바꿀 때는 작은 것부터 시작해야 합니다. 큰 것을 바꾸려 들면 역효과만 납니다. 작은 습관부터 건드려서 아예 없애야 새로운 습관을 들일 수 있습니다. 예를 들어 아침에 일찍 일어나는 습관을 갖고 싶다면, 저녁에 늦게 자는 습관을 버려야 합니다. 이렇게 연결이 되는 겁니다. 조직에 변화를 주고 싶다면 작은 변화를 조금씩 만들고, 하나를 넣으면 하나를 뺍시다. '조직의 습관이 프로세스고 개인의 습관도 프로세스다'라는 관점에서 자신과 조직을 함께 살펴보면 여러 인사이트를 얻을 수 있습니다.

변화를 만들려면 조직 문화를 정책policy → 시스템system → 문화culture 순서대로 살펴봐야 합니다. 회사의 핵심 가치도 정책이 될 수 있습니다. 회사가 어떤 정책을 정했으면, 정책에 따라 시스템이 나옵니다. 시스템이 고착되면 조직 문화가 됩니다. 예를 들어 회사 정책이 '하루 8시간 근무'라면 회사는 출퇴근 기록 시스템을 갖출 것이고 사람들은 8시간을 일할 겁니다. 회사 정책이 '무료 콜라 제공'이라면 회사 냉장고에 항상 콜라가 비치되어 있을 것이고, 직원은 무료 콜라를 즐길 겁니다. 그러다 너무 마셔서 건강을 해치는 사람이 나올 수도 있죠.

직원이 콜라를 너무 마셔서 건강을 해치는 일이 발생하지 않아야겠다고 생각한다면 무료로 콜라를 무한정 마시는 문화를 없애야 합니다. 문화를 바꾸고 싶다면 정책부터 바꿉시다. '콜라를 제공하지 않습니다. 대신 몸에 좋은 옥수수수염차를 제공합니다.' 이제 바뀐 정책에 따라 냉장고 안에 옥수수수염차를 무제한 넣어둡니다. 옥수수수염차를 맘껏 마시는 문화로 바뀌더라도 건강을 해치는 문제는 발생하지 않을 겁니다.

정책을 우선 바꿔야 한다고 해서 "그냥 이렇게 해야 해! 우리는 오늘부터 얼라인먼트할 거야, 다양성을 추구할 거야!" 이렇게 새로 바뀐 정책만 주장해서는 안 됩니다. 회사의 정책이나 핵심 가치를 건드려야, 그에 맞춰서 시스템이 바뀌고, 시스템에 맞춰서 사람의 생각이 바뀝니다. 조직이 애자일하게 움직인다는 것은 즉 실무자들한테 권한을 더 주는 겁니다. 실무자 의견을 많이 들어야 합니다. 그래야 빨리 움직일 수 있습니다. 한 사람만 결정 권한을 가지고 있으면 속도가 나올 수 없습니다. 모두가 결정해야 속도가 빨라집니다. 실무자에게 많은 권한을 주고 실무자의 목소리를 듣는 애자일한 조직을 만들고, 또 애자일이 가능하게 하려면 리더들을 교육해서 변화시켜야 합니다. 정책/시스템/문화를 바꾸고, 실무자에게 권한을 주고, 리더 교육을 진행할 때 비로소 변화가 생기고, 이 변화가 조직 문화를 바꿔나가게 됩니다.

개인을 변화시키는 요인

개개인이 모여 조직과 회사가 됩니다. 그러므로 회사가 변하려면 구성원인 개인이 변해야 합니다. 변화를 싫어하는 사람의 습성을 뛰어넘어 어떻게 변화시킬 수 있을까요? 일본의 경제학자 오마에 겐이치는 《난문쾌답》에서 "인간을 바꾸는 방법은 세 가지뿐이다"라고 말했습니다.

"첫 번째는 시간을 달리 쓰는 것, 두 번째는 사는 곳을 바꾸는 것, 세 번째는 새로운 사람을 사귀는 것. 이렇게 세 가지 방법이 아니면 인간은 바뀌지 않는다. 새로운 결심을 하는 건 가장 무의미한 행위다."

첫 번째 시간을 달리 쓰는 방법은 11장 '시간 관리의 비법'에서 다루므로 여기서는 생략합니다. 두 번째 사는 곳 즉 환경을 바꾸는 방법으로는 이사가 있죠. 세 번째가 가장 쉽습니다. 새로운 사람을 만나는 겁니다. 평생 전혀 만나보지 않았던 부류의 새로운 사람을 한 달에 한 명씩 만나보세요. 그 사람들을 만나고 대화하면 생각이 트입니다. 그럼 살던 방식이 바뀔 수 있습니다. 어떻게 새로운 사람을 만나냐고요? 지금은 오프라인 모임이 어렵지만 과거에는 크고 작은 개발자 밋업과 콘퍼런스 같은 오프라인 행사가 매달 열렸죠. 트레바리 같은 독서 클럽도 새로운 사람을 만나기 좋은 플랫폼입니다. 온오프라인 행사를 개최하거나 참여할 수 있는 온라인 서비스도 여럿입니다. 코로나 대유행으로 다소 위축된 면이 없지 않지만 만나려고 하면 지금도 얼마든지 새로운 사람을 만날 수 있습니다. 책을 읽는 것도 새로운 만남의 하나입니다. 이 책에서 저는 내내 노래합니다. "30년 커리어패스 동안 공부하세요, 시간 관리하세요." 이렇게 책으로나마 저와 만난 계기로 여러분 삶에 변화가 생길 수도 있는 거죠.

블리자드는 여러 자기계발 프로그램을 제공합니다. 예를 들어 '다른 직원과 무료 점심'이라는 프로그램이 있습니다. 회사가 지원하는 점심 비용을 활용해 본인이 원하는 사내 다른 사람과 교류하는 제도입니다. 미국인들은 보통 점심식사 시간이 되면 샌드위치를 사서 본인 자리에서 먹으며 일합니다. 혼밥 시간을 활용해 새로운 사람과 교류해보라는 프로그램인 거죠. 팀장들이 한 달에 한 번 모여서 커피를 마시며 당면한 큰 문제를 공유하는 시간을 갖는 프로그램도 있습니다. 다른 관리자의 이야기를 들으면 문제를 보는 시각이 넓어지거나 때로는 180도 바뀝니다. 그 덕에 저 역시 여러 차례 문제 해결의 실마리를 얻었죠. 두 프로그램 모두 평상시에 업무로 만나지 않는 사람과 대화하면서 생각과 경험의 폭을 넓혀주어 좋은 평가를 받았습니다.

지금까지 조직 문화를 주제로 이야기를 나눴습니다. 개인을 변화시켜야 조직에 변화가 일어나고, 조직에 변화가 일어나야 조직 문화가 변해서 경쟁력을 갖춘 회사가 됩니다. 직원이 오래 근무할 수 있는 문화를 만드세요. 그래야 조직과 회사가 오래갑니다. 다양한 일을 경험해볼 수 있는 문화를 만드세요. 그래야 큰 그림을 보게 됩니다. '그냥 개발만 하면 된다'고 단순하게 생각하지 마시고 다양한 직군의 사람과 교류하세요.

PART 4

개발자로
살아남기 30년

개발자로 살아남기 30년

지금까지 개발자 30년 커리어패스에 필요한 9가지 기술을 10년 단위로 구분해 알아보았습니다. 상황에 따라 익히는 정도가 다를 수 있지만 '비즈니스에 관심이 없으니 나머지 여섯 가지만 익힐래'라는 생각은 안 됩니다. 9가지 기술은 알면 알수록 커리어패스 전반에 더 도움이 됩니다. 직원으로서 뿐만 아니라 창업을 하더라도 도움이 됩니다. 30년 정도 IT 업계에서 생활할 계획이라면, 지속해서 이 기술들에 시간을 투자해서 상황에 따라 필요한 기술을 활용해야 합니다.

한 사람이라도 더 9가지 기술을 제대로 갖추고 30년 동안 IT 업계에서 활약하면, 본인뿐만 아니라 IT 업계에도 큰 이익입니다. 많은 사람이 IT 업계로 유입되고 빠르게 이탈합니다. 그러면 업계는 인재를 잃는 겁니다. 사람들이 업계에 남아서 꾸준히 경력을 쌓고 역량을 쌓아서 소프트웨어 개발자 수가 늘어나고 다양한 IT 직종에서 활약해야 업계 전체가 성장합니다. 특히 10년 일하고 치킨집 차리면 굉장한 손해입니다. 11년 차면 시니어 개발자 아닙니까? 한 분이라도 더 30년 커리어패스를 쌓기 바라는 마음에서 다음과 같이 두 가지 이야기를 준비했습니다.

- 시간 관리 비법
- 30년 커리어패스에서 배운 것

9가지 기술에 들지는 않지만, 30년 커리어패스를 달성하는 모든 과정에서 공기 같은 필수 조건이 있습니다. 바로 시간 관리입니다. 무작정 열심히 하는 것은 정답이 아닙니다. 시간을 잘 써야 합니다. 저만의 시간 관리 비법을 공개하고, 30년 커리어패스에서 무엇을 배웠는지 회사별로 소개하는 시간도 가져보겠습니다.

시간 관리
비법

지금까지 정말 많은 이야기를 했습니다. 언급한 모두를 다 공부하기에는 주어진 시간이 너무 부족합니다. 그래서 이제부터 시간 관리를 주제로 이야기하겠습니다. 이 책의 목표는 독자 여러분이 30년 동안 개발자로 잘 먹고 잘 살 수 있게 하는 데 있습니다. 개발자로서 잘 먹고 잘 살려면, 끊임없이 공부하고 성장해야 합니다. 세상을 보고 책을 읽고 사람을 만나고 많은 활동을 해야지만 살아남을 수 있습니다. 조용히 혼자 숨어서 무턱대고 공부한다고 끝이 아닙니다. 결국 주어진 시간을 잘 써야 30년 커리어 패스 동안 잘 살 수 있습니다. 어떻게 시간 관리를 잘할 수 있을까요?

시간은 돈이다

시간을 돈이라고 생각하세요. 매일 86,400원*을 받는다고 생각해보세요. 그런데 이 돈은 저녁이 되면 사라집니다. 뭘 하든 저녁이 되면 사라지다니! 안 될 일입니다. 철저하게 계획을 세워 써야겠다는 생각이 번쩍 드시죠? 시간을 효율적으로 써야겠다 싶을 겁니다. 효율보다는 생산성이 더 중요합니다. 중요한 일을 잘하는 게 중요합니다. 속도보다 방향이 중요합니다. 시간을 아껴 써서 뭔가를 빨리 해내는 방식이 아니라, 정해진 시간 안에서 무엇을 어떤 방향으로 어떻게 할지 고민하는 방식입니다.

아인슈타인은 "같은 일을 같은 방식으로 하면서 다른 결과를 기대하는 것은 미친 짓이다"라고 말했습니다. 놀랍게도 대부분 사람은 어제와 같은 방식으로 일하면서 오늘은 다른 결과가 나오길 기대합니다. 버스를 타고 회사에 가는 데 25분이 걸린다고 해봅시다. 그런데 갑자기 오늘은 10분 만에 도착하기를 기대하는 것과 같습니다. 우리가 다른 결과를 기대한다면, 일하는 방식을 바꿔야 합니다. 즉, 프로세스를 바꿔야 합니다.

시간 관리는 결국 시간을 쓰는 프로세스를 바꾸는 겁니다. 반복해서 이야기했듯이 항상 목표와 계획을 세우고 실천한 뒤 측정해야 합니다. 그리고 반복하면서 최적화해야 합니다. 시간을 쓸 때도, 목표를 세우고 그 안에 계획을 만든 뒤 실천하고 반복합니다. 한 조사에 따르면 전 세계 인구의 10% 정도만이 뚜렷한 목표를 가지고 산다고 합니다. 그리고 그 10% 중에서 다시 10%만이 계획을 세운다고 합니다. 예를 들어 다이어트를 할

---

* 24시간×60분×60초

때, 막연하게 살을 빼고 싶다고 생각만 하고 구체적인 계획이 없는 경우가 많습니다. 아침에는 건강식을 먹고, 점심에는 달리기를 하고 이런 구체적인 계획이 없는 거죠. 게다가 계획을 세운 사람 중에서 10%만이 실천한다고 합니다.

스스로의 과거를 돌아봅시다. 지금 어떤 목표를 향해 계획을 세우고 실천하고 계십니까? 이 책의 독자라면 적어도 목표는 있지 않을까 기대해봅니다. 그렇다면 계획은 어떤가요? 계획이 있다면 실천은요? 실천이 끝이 아닙니다. 평가도 뒤따라야 합니다. 평가는 스스로의 평가도 중요하지만 주변의 도움을 받는 게 더 낫습니다. 살을 빼겠다면 계획을 세우고 주변에 자신의 계획을 알린 뒤, 주변 사람들이 확인하고 구박할 수 있게 만들면 효과가 좋습니다(구박이 싫으시면 어길 때마다 벌금을 내는 방식도 좋습니다). 무슨 일을 하든 일하는 방식 자체를 체계적으로 관리해야 시간도 체계적으로 쓸 수 있습니다.

계획을 세운다는 것은 목표가 있다는 의미입니다. 목표가 계획을 만들게 합니다. 회사에는 목표를 가진 사람과 계획을 가진 사람이 있고, 목표와 계획에 끌려다니는 사람이 있다고 이야기했습니다. 결국 사람은 자신의 꿈을 이루는 사람과 누군가의 꿈을 이루어주는 사람으로 구분됩니다.

시간을 어떻게 쓸지 계획을 세운다면, 계획에 따라서 시간을 쓸 수 있습니다. 그런데 아무 생각 없이 일하면, 다른 사람이 시간을 뺏어갑니다. 소소한 일을 해치우며 바쁘게 일했는데, 결과는 없고 시간도 말라버립니다. 이런 모습이 샐러리맨으로 대변되는 직장인의 고된 일상, 평범한 일상으로 묘사되곤 하죠. 고되고 바쁘기만 한 평범한 직장의 일상에서 벗어나지 못하는 이유는 계획이 없기 때문입니다. 계획이 없는 이유는 목표가 없기 때문이고요.

정말 하고 싶은 일이 있다면 명확한 목표를 세우고, 달성에 드는 시간을 쓸 계획을 세워야 합니다. 그렇게 일하면 다른 일이 들어와도 방어가 가능합니다. 계획이 없으면 중간에 끼어든 일에 시간을 쓰고 맙니다. 계속 리액티브 모드로 살면, 시간 낭비는 헤어날 수 없는 늪입니다.

프로액티브 모드로의 변신이 어려운 게 아닙니다. '오늘은 이 일을 꼭 마무리하겠다'고 계획을 세우고 중간에 끼어드는 일에 "미안한데 오늘은 내가 이걸 꼭 끝내야 하니 내일 저녁까지 해줄게"라고 일정을 미루거나, "이건 그렇게 중요하지 않으니 다른 사람에게 맡겨도 될 것 같아"라고 다른 사람에게 미룰 수도 있습니다. 프로액티브하게 목표와 계획에 몰입하면, 일정을 관리하고 일을 위임하며 시간을 계획하에 관리할 수 있습니다.

계획 세우기

계획은 사장과 관리자만 세우는 것이 아닙니다. 상사가 계획을 세우고 아랫사람이 그대로 따르는 시대는 지났습니다. 최대한 본인의 시간, 계획, 목표에 몰입하길 바랍니다. 회사가 세운 큰 계획 안에서 여러분은 실무단 계획을 세울 수 있는 자유가 있습니다. 하루 단위를 넘어 1주일, 1달, 1년 단위로 계획을 세우고 중요하게 생각하는 일을 적어보세요. (회사와 팀 계획은 혼자 세우는 게 아니므로) 회사 차원에서의 큰 계획 말고 개인이 할 수 있는 계획을 세우면 됩니다. '백엔드 기술을 익혀, 동접 10만이 가능한 서버를 개발하고 싶다'처럼 세우면 됩니다. 똑같이 일하더라도 자신의 시간을 스스로 쓸 줄 알아야 합니다. 그래야 계획에 의미가 생깁니다.

저는 출근하자마자 '할 일 리스트'를 만듭니다. 컴퓨터로 타이핑하는 것보다 연필로 종이에 쓰는 걸 좋아합니다. 종이에 쓸 때만의 느낌이 있거든요. 그 느낌을 기억하는 탓인지 사람은 손으로 쓴 것을 오래 기억한다고 합니다. 컴퓨터에 타이핑한 것과 녹음한 목소리를 듣는 것과 종이에 적는 것은 다릅니다. 종이에 쓰면 이미지가 훨씬 오래갑니다. 저는 아침마다 할 일을 적고, 저녁에 확인합니다. 끝낸 일들에는 쭉쭉 선을 긋습니다. 완료한 일에 선을 그을 때마다 작은 희열을 느낍니다. 성취감과 행복인 거죠. 성취감과 행복이 다시 에너지가 돼서 매일매일 열심히 일하게 합니다. 여러분도 할 일을 적고 끝낸 뒤, 줄을 그어보기 바랍니다. 그 희열이 생각보다 큽니다. 물론 끝내지 못한 일도 있습니다. 그런 일은 다음 날로 넘깁니다.

어떤 일은 일주일이 지나도 안 끝납니다. 왜냐하면 저는 할 일을 우선순위대로 적기 때문에, 중요하지 않은 일은 열 번째나 열한 번째 순위로 적거든요. 항상 중요한 일과 급한 일을 먼저 처리합니다. 일주일 동안 계속 우선순위 최하단에 위치해 처리하지 못한 일은 금요일 저녁에 그냥 없애버려도 됩니다. 다음 주에 다시 적을 필요가 없습니다.

이렇게 할 일 리스트를 적으면, 중요하지 않은데 계속 들고 다니는 일을 파악하게 됩니다. 그런 일을 무시하는 게 시간을 제대로 쓰는 내공입니다. 할 일 리스트를 주변인(팀 구성원)에게 공유하면 더 좋습니다. 예를 들어 일주일치 리스트를 만들어서 주간 보고 형식으로 공유하면 여러분이 무슨 일을 하는지 옆 사람이 알게 될 겁니다. 그 일을 하는 게 맞다고 들 생각한다면 다들 조용히 있을 것이고, 아닌 것 같다고 생각하면 조언을 해줄 수도 있을 겁니다. 다른 사람에게 자신이 할 일을 알리는 행위는 이전에 말씀드린 소프트 스킬의 '투명성'과 연결됩니다. 할 일을 알리면 소통이 빠르고 편해집니다. 시간 관리에도 도움이 됩니다. 할 일 리스트를 알리는 행동 자체가 '나는 이런 중요한 일을 하고 있으니, 이것보다 중요한 일이 아니라면 나에게 시키지 말아주세요'라는 의미가 될 수도 있습니다. 적어둔 할 일보다 더 중요한 일이 들어온다면 당연히 해야 할 겁니다. 할 일 리스트를 만들고 공유하는 습관을 들여보길 바랍니다.

몰입하기

그렇다면 생산성은 언제 가장 높아질까요? 당연히 '몰입'할 때입니다. 영어로 플로flow라고 하는데, 플로 이론도 있고 최근 책도 많이 나왔습니다. 몰입은 일을 하다가 좌악~ 일 속에 들어가서 집중focus하게 되는 상태입니다. 몰입 상태로 전환하는 데는 시간이 듭니다. 어떤 사람은 5분 만에 몰입 상태로 전환되고, 어떤 사람은 20분이 걸리기도 합니다. 몰입 상태에 들어가면 생산성이 무척 높아지는데, 이때 방해를 받으면 다시 처음부터 시작해야 합니다. 그래서 여러분의 몰입력이 높아지기까지 시간이 얼마나 걸리는지 파악해보고, 시간 관리를 해야 합니다. 몰입 상태에서 자꾸 방해interruption를 받으면 밀도 높게 일 처리를 하지 못할 수 있습니다.

하루라는 시간을 쓸 때 관건은 몰입 환경을 확보하는 겁니다. 사람마다 몰입 성향이 다릅니다. 아침에 몰입이 잘 되는 사람이 있는가 하면 밤에 몰입이 잘 되는 사람도 있습니다. 조명이 어두워야 하는 사람, 음악을 들어야 하는 사람 혹은 그 반대인 사람도 있죠. 본인의 성향에 맞는 몰입 방법을 찾고 주변에 공유하기 바랍니다. "아침에 몰입이 잘 되니 아침에는 말을 걸지 말아주세요", "음악을 들으면서 일하면 몰입이 잘 되니 헤드폰을 끼고 일할 게요"라고 말하는 거죠. 시간을 잘 쓸 수 있는 자신만의 방법을 찾고, 주변에 도와달라고 말하면 시간을 잘 쓰는 데 도움이 됩니다.

사람은 멀티태스킹을 할 수 없는 존재입니다. 여러 가지 일을 동시에 할 수 있다고 착각하는데, 절대 아닙니다. 사람은 한 번에 한 가지 일을 잘할 수 있습니다. 일과 일을 스위칭할 때마다 몰입 상태로 진입하는 시간이 듭니다. 멀티태스킹은 몰입으로 전환하는 시간을 낭비하는 방법입니다. 그러니 동시에 두 가지 일을 하지 마세요. 하나를 빨리 끝내고 다음 것을 하는 게 낫습니다. 몰입 상태에서 방해받지 않도록 사람들과 미리 조율하세요. 물론 함께 일하며 그 어떤 방해도 받지 않는 것은 불가능합니다만 그럼에도 서로가 몰입해서 일할 수 있게 배려해야 합니다. 이는 관리자 입장에서도 굉장히 중요합니다. 몰입해야 계획대로 일을 진행할 수 있으니 관리자는 쓸데없는 일로 몰입을 방해해서는 안 됩니다. 또한 몰입 근무를 도와주는 환경을 만들어야 합니다.

그런데 혼자만의 몰입이 늘 최고의 선택은 아닐 수 있습니다. 혼자 몰입이 팀과 회사의 성과에 도움이 되어야 합니다. 그러므로 혼자 몰입해서 풀지 못하는 일이 조직의 생산성을 떨어뜨리는 요인이 되지 않게 하려면, 주변에 도움을 요청해야 합니다. 함께 해결하라고 팀이 있는 겁니다. 큰 그림에서 보면 도움을 구하는 게 시간을 절약하는 일입니다. 혼자서 붙들고 있다가 일을 그르치는 것만큼 나쁜 일은 없습니다. 그래서 일을 시작할 때는 기한을 정해야 합니다. 시간을 얼마만큼 쓸지 계획을 세우는 겁니다. 저는 사람들에게 일을 줄 때, 중간 점검 시간을 꼭 줍니다. 4시간이 걸리는 일이라면 2시간쯤 지났을 때 확인하고, 4일이 걸리는 일이라면 2일 지나고 확인하는 것이죠. 중간 점검을 해서 일이 잘 안 되고 있다면, 어떻게 하면 잘될지 조율합니다. 그래서 개인의 시간뿐만 아니라 전체의 시간을 아끼는 그림도 살펴봅니다.

혼자서 어딘가에 너무 빠지면, 도움을 요청할 타이밍을 놓칠 수도 있습니다. 그래서 몰입이 순기능으로 작용하려면 몰입과 중간 점검, 팀 전체 시간을 함께 고려해야 합니다. 그래야 역기능을 방지할 수 있습니다. '중간 점검 방법을 찾기', 이것이 팀 전체 시간을 관리하는 핵심입니다.

쓴 시간 측정하기

시간을 잘 쓰고 있는지는 꼭 측정해야 합니다. 제가 개발 팀장이었을 때 시간 측정에 사용한 표를 소개합니다. 아무래도 개발 팀장이라는 역할을 하다 보니 상당히 다양한 일을 했습니다.

개발 관리, 면접, 버그 관리 등 제가 한 일을 일주일 동안 추적해서 표를 만듭니다. 그리고 나서 어디에 얼마만큼의 시간을 썼는지 확인합니다. 한 주간 중요한 일이 무엇이었는지도 점검합니다. 나만이 할 수 있던 일은 무엇이었는지, 남이 할 수도 있는 일을 내가 하지는 않았는지 확인합니다. 중요하고 나만 할 수 있는 일을 먼저 하려고 노력합니다. 중요하지 않은 일인데 나만 할 수 있는 일이라고 해서 꼭 해야 하는 건 아닙니다. 또 중요한데 남도 할 수 있는 일이라면 다른 사람에게 주면 됩니다. 이렇게 하면 엉뚱한 일에 시간을 쓴 건 아닌지 되돌아볼 수 있습니다. 그리고 중요하지 않은 일을 쳐냅니다. 사람은 자기가 하는 일을 남에게 주지 않고

끌어안으려는 경향이 있습니다. 그러면 안 됩니다. 계속 일을 버리는 연습을 해야 합니다.

• 쓴 시간 측정 예시 •

Work	Category	Hours	Percentage	ROI
Technical Design for Features	Engineering	6	13.3%	10
Technical Directing for Features	Engineering	4	8.9%	5
Bug Review & Coordination	Quality	4	8.9%	3
Hiring	Managing	0	0.0%	N/A
Morning Scrum	Meeting	3	6.7%	N/A
Backlog Review By Myself	Planning	3	6.7%	8
Review & Test work	Engineering	0	0.0%	5
Design Meetings	Planning	3	6.7%	N/A
Asia/IGR	Quality	0	0.0%	10
Helping Other Teams	Quality	0	0.0%	4
QA Meeting	Meeting	0	0.0%	2
One-on-One	Meeting	0	0.0%	N/A
Backlog Review Meeting	Meeting	1	2.2%	N/A
Scrum of Scrums	Meeting	1	2.2%	N/A
Programming	Engineering	16	35.6%	5
Random		4	8.9%	N/A

시간을 어디에 썼는지 측정하는 일이 쉽지는 않습니다. 평상시에 늘 측정하면 좋겠지만 그렇게 할 수 없다면 일이 잘 풀리지 않을 때 사용해보세요. 수치화해야 문제를 해결할 수 있는 겁니다. 저 역시 일하다 보면 프로젝트가 잘 진행되지 않기도 합니다. 문제가 있을 때는 팀 전체보다 나 자신부터 점검합니다. 내가 잘하고 있는지, 내 시간을 잘 쓰고 있는지 확인하는 거죠. 그래서 뭔가 안 되고 있으면 나를 의심하고, 내가 쓴 시간을 분석합니다. 그래서 저는 시간을 측정했고 제일 중요한 프로그래밍 업무에 사용할 시간을 확보하고자 꼭 직접 하지 않아도 되는 일을 위임하거

나 버렸습니다. 효과는 만점이었습니다. 아인슈타인의 말처럼, 결과를 바꾸고 싶으면 과정을 바꿔야 합니다. 결과에 차이가 없다면 일하는 방식을 바꿔야 합니다. 결국 시간을 쓰는 방식을 바꿔야 하는 거죠. 방식을 바꾸려면 쓴 시간을 측정해야 합니다. 측정해서 전체 상태를 파악하고, 쓰는 시간을 바꿔서 방향을 바꿉니다. 그러면 꾸준히 발전할 수 있습니다.

저는 관리자로서 10%는 계획, 10%는 팀과의 소통, 10%는 공부, 10%는 회의에 씁니다. 그리고 나머지 시간은 개발에 씁니다. 여러분도 시간을 어떻게 사용할지 목표를 세우고, 현재 사용하는 시간 비율을 분석해보세요. 뭔가 안 풀린다면 자신이 쓰는 시간을 측정하고 분석하고 개선하는 것이 최고의 방법입니다.

최적화하기

목표를 세우라, 계획을 세우라, 실천하라, 측정하라고 말씀드렸습니다. 쓴 시간을 측정하는 목적은 최적화입니다. 최적화는 큰 그림에서 이루어져야 합니다. 예를 들어 집에서 회사를 가는 데 한 시간이 걸린다고 해봅시다. 출근 시간을 최적화하고 싶어서 집에서 버스 정류장까지 걸어가면 5분인데 뛰어가서 2분 30초로 줄였습니다. 의미가 있을까요? 없습니다. 버스 정거장에 도착하고 나면 50분이나 버스를 타고 가야 하거든요. 물론 작은 것도 쌓이면 커지니까 최적화를 할 수도 있겠지만 최적화 우선순위는 제일 덩치가 큰 것에 있습니다. 그러니 여러분이 하루 중에서 시간을 가장 많이 쓰는 영역을 찾아 최적화하세요. 예를 들어 개발 환경이 될 수도 있습니다. 네트워크 속도, 빌드 속도, 테스트 속도에 개발 속도가 적지 않게 영향을 받죠. 최적화가 어려운 게 아닙니다. 당장 컴퓨터 성능만 높여도 가능합니다.

블리자드에 있을 때 〈월드 오브 워크래프트〉를 매일 빌드했습니다. 무려 20GB나 됐습니다. 게임 테스터 300명이 이를 복사하는 데 (동시 복사를 하니) 30분 정도 걸렸습니다. 빌드 후 게임을 실행했더니 크래시가 발생합니다. 그럼 300명의 30분씩이 낭비됩니다. 그래서 20GB를 다 복사해서 테스트하는 게 아니라, 그중 20MB만 복사해서 테스트하도록 시스템을 개선했습니다. 매일 300명의 30분을 아낀 겁니다. 굉장히 큰 생산성 향상이었습니다. 물론 테스터들은 싫어했습니다. 이전에는 복사하기를 걸어놓고 나가서 30분 동안 담배를 태우며 쉴 수 있는데, 이제 그럴 여유 시간이 없어졌으니까요. 어쨌든 이처럼 큰 덩치를 공략해서 생산성을 향상하면 최적화 효과를 확실히 볼 수 있습니다. 최적화에는 새로운 방식, 새로운 도구, 새로운 기술이 필요합니다.

시간 최적화는 낭비를 없애서 일하게 하는 방법입니다. 낭비만 없애도 시간 관리에 큰 도움이 됩니다. 시간이 많이 낭비되는 분야로 '소통'이 있습니다. 소통 방법은 다양합니다. 말, 이메일, 메신저로 소통할 수 있죠. 일마다 적합한 소통 방식이 따로 있습니다. 아주 급한 일이라면 자리로 찾아가거나 전화를 해야 합니다. 덜 급한 일이라면 메시지를 보내고 기다릴 수 있습니다. 정말 덜 급하거나 긴 내용이라면 이메일을 보내놓고 답장을 기다릴 수도 있습니다. 반대로 시급한 일인데 이메일을 보내면 안되겠죠. 회사의 공식 소통 도구를 언제 어떻게 사용할지 미리 약속해두면 시간을 최적화하는 데 도움이 될 겁니다.

조직마다 개인마다 최적화된 시간 관리 시스템을 고안해야 합니다. 제가 정답을 드릴 수는 없지만, 조직의 구성원이라면 시간이 줄줄이 새는 곳을 스스로 잘 알고 있습니다. 그대로 두면 시간이 계속 새니까 시간 관리를 하는 데 시간을 써야 합니다. 예를 들어 주식으로 돈을 벌고 싶다면 돈을 투자해야 합니다. 시간도 마찬가지입니다. 시간을 벌고 싶으면 시간을 써야 합니다. 5% 정도 시간을 시간 관리에 투자해야 합니다. 시간을 쓰지 않으면서 시간 관리를 잘하겠다는 것은 모순입니다. 바쁘다는 핑계로 시간 관리에 투자하지 않으면, 엉뚱한 데 시간을 쓰게 됩니다. 중요하지 않은 일에 매몰되고 최악에는 프로젝트가 방향을 잃거나 좌초될 수 있습니다. 바쁠수록 잠시 멈추고 '시간을 잘 쓰고 있는지', '제대로 된 방향으로 가고 있는지' 들여다봐야 합니다. 그리고 시간 관리도 혼자만의 숙제는 아닙니다. 개인을 넘어 팀과 조직이 공통된 시간 관리 시스템을 가져야 합니다.

이메일 최적화

항상 메일을 길게 쓰는 사람이 있습니다. 낭비죠. 미국의 한 소설가가 친구한테 편지를 보냈는데, 평상시에는 편지를 매우 짧게 썼습니다. 그런데 하루는 엄청나게 긴 편지를 보낸 겁니다. 그런데 첫 줄에 "미안해 친구야 내가 너무 바빠서 이 편지를 짧게 줄일 시간이 없었어"라고 쓰여 있었답니다. 때로는 이메일을 짧게 쓰는 데 시간이 더 오래 걸립니다. 이메일을 압축해서 용건만 간단히 쓰기 위해 노력해야 합니다. 발신자가 긴 이메일을 10분 동안 마구 써서 보냈는데, 이메일의 수신자가 열 명이라면, 아무렇게나 쓴 이메일을 읽느라 각각 10분씩 총 100분을 쓰게 됩니다. 그러니 이메일을 짧게 써서 모두의 시간을 아낍시다. 그리고 수신자와 참조자 선택도 중요합니다. '잘 모르겠으니 몽땅 받아라'라는 태도는 안 됩니다. 메일을 받아서 행동해야 하는 사람이 수신자입니다. 행동은 하지 않지만 알고 있어야 하는 사람을 참조에 넣어야 합니다. 메일 제목도 중요합니다. 제목만 봐도 지금 읽어야 하는지 아닌지 판단할 수 있게 해줘야 합니다. 그런데 제목을 '안녕하세요? 3팀 홍길동입니다'처럼 보내면 무조건 열어볼 수밖에 없습니다. 다른 사람의 몰입을 방해하는 일입니다. '차주 TV 광고 기획안 긴급 승인 요청 건'처럼 쓰면 해결해야 하는 기한이 있고, TV 광고 승인 담당자라면 급히 열어볼 겁니다. 담당자가 아니라면 나중에 시간이 날 때 확인하겠죠. 메일 앞부분에 요약을 적어놓으면 더 좋습니다. 그렇지 않으면 주절주절 전체를 읽어봐야 하니까요.

때로는 회의나 메신저로 해야 할 말을 이메일로 하기도 합니다. 이메일은 수많은 사람이 토론하는 데 적합하지 않습니다. 이메일로 할 일은 이메일로 하고 회의로 할 일은 회의로 해야 합니다. 이 둘은 전혀 다른 소통 방식입니다. 뭔가 답이 필요해서 토론을 해야 한다면, 반드시 회의를 하길 바랍니다. 메일은 일의 방향이 결정된 후 지시를 한다든지, 현황을 정리해 참고하는 용도에 적합합니다.

이메일을 받았을 때 처리하는 방식도 중요합니다. 보관은 중요한 내용을 정보로서 담아두는 겁니다. 나중에 보려고요. 행동은 답장을 하거나 다른 사람에게 전달하는 겁니다. 단순 참고용이라면 그냥 읽고 끝낼 수 있습니다. 보관할 정도의 가치가 없는 메일은 삭제할 수도 있습니다.

메일을 보고 '나중에 처리해야지'라고 생각하면 잊기 십상입니다. 메일을 확인했다면 곧바로 처리해야 합니다. 메일을 보고도, 아무 행동도 하지 않는다면 상대방 시간을 낭비하는 겁니다. 즉답을 할 수 없다면 '1시간 정도 걸릴 것 같다', '내일 알려주겠다' 등으로 짧게라도 답변을 해야 합니다. 그래야 상대방도 상황을 인지하고 기다릴 겁니다. 아무 조치도 하지 않고 놔둔다면 상대방은 마냥 기다리게 됩니다. 모든 이메일에 바로 답장하면 좋지만, 그 답장 내용이 상대방이 원하는 결과일 필요는 없습니다.

5분마다 한 번씩 (너무 자주) 메일을 확인하면 몰입에 방해가 됩니다. 30분에서 1시간에 한 번, 혹은 몰입이 끝난 이후에는 메일을 확인하고 읽고 나서는 꼭 적절한 조치를 취해야 합니다. 회사 문화에 따라 다르지만, 요즘에는 이메일을 중요한 소통 수단으로 쓰니까 한 시간에 한 번은 좀 긴 느낌입니다. 어쨌든 본인의 패턴에 맞춰서 지정된 시간에 맞춰 메일을 확인하는 습관을 들이기 바랍니다.

업무에 쓴 시간 측정을 해보면 이메일을 읽고 쓰는 데 적지 않은 시간을 쓴다는 걸 확인하게 될 겁니다. 과도하게 이메일에 시간을 쓰고 있다면, 시간을 최적화할 여러분만의 방식을 고안해보기 바랍니다.

회의 최적화

회의는 미팅이라고도 하죠. 저는 농담으로 '회의를 많이 하면 회의적이 된다'고 말합니다. 회의에는 모인 사람 모두의 시간이 들어갑니다. 두 명이서 10분 동안 끝낼 만한 회의를 열 명이 모여서 한다면, 더 모인 사람만큼의 시간인 80분이 낭비됩니다. 정확히 회의 시간만 낭비되는 것도 아닙니다. 몰입을 깼으니 다시 몰입하는 데까지 드는 시간이 낭비됩니다. 회의실까지 오가는 데 걸리는 시간도 낭비됩니다. 온종일 회의만 하면 많은 일을 한 것 같은데 아무것도 한 일이 없게 됩니다. 회의는 프로덕트가 아닙니다. 이메일도 프로덕트가 아니고요. 즉 우리가 출시하는 제품이 아니라는 말입니다. 회의나 이메일은 제품을 만드는 도구인데, 도구에 시간을 다 써버리면 제품을 만들 시간이 부족해집니다. 이메일이든 회의든 균형을 잘 잡아야 합니다. 일하는 데 시간을 써야 합니다. 회의가 시간을 잡아먹는 하마라고 생각하고 꼭 필요할 때만 사용해야 합니다.

저는 회의를 세 가지로 분류합니다. 토론 회의, 정보 전달 회의, 브레인스토밍 회의입니다. 브레인스토밍은 회의에 적합합니다. 여럿이 모여서 자연스럽게 이야기를 하면 아이디어가 불쑥 나오기도 하죠. 하지만 정보 전달에는 이메일이 더 적합합니다. 토론 회의에는 많은 준비가 필요합니다. 안건을 고민하고 발표하고 대화를 해야 하는데, 준비하지 않고 모이면, 생산적이지 않게 되거나 한 사람만 말하고 끝나는 전달식 회의로 끝날 수 있습니다. 토론 회의는 꼭 준비를 하고, 참여하는 사람들에게 미리 자료를 공유하고 각자 검토한 뒤 아이디어를 가지고 모여야 제대로 진행됩니다.

정보 전달 회의는 하지 않는 게 답입니다. 브레인스토밍 회의는 권장합니다. 토론 회의는 정말 준비된 사람만 참여해야 합니다. 저는 토론 회의를 주최할 때는 '한마디도 안 할 사람은 참가하지 마세요'라고 미리 공지합니다. 토론 회의는 들으려고 하는 게 아니라 말하려고 하는 겁니다. 듣기는 앞서도 말씀드렸지만 이메일로도 충분합니다. 실제로 이렇게 말하면 참여하는 사람이 확 줄어듭니다. 참여자는 말을 해야 하므로 회의에서 무엇을 논의할 것인지 미리 고민하고 참석하게 됩니다. 시간도 아끼고 본래의 목적에 부합하니까 효과적인 방법입니다. 회의는 가급적이면 작게 그리고 밀도 있게 진행해야 합니다.

사무실에서 즉석에서 벌어지는 '스탠드업 회의'는 효율적입니다. 앉은 자리에서 함께 모니터를 보며, 혹은 가까운 회의실에서 5분 정도 이야기하고 다시 제자리로 가는 거죠. 요즘에는 화상 회의도 많이 합니다. 원격으로 떨어진 사람이 굳이 한 곳에 모일 필요가 없는 장점이 있습니다. 화상 회의 역시 회의이므로 너무 자주 혹은 대규모로 진행되면 생산성이 떨어집니다. 화상 회의는 최소한의 사람이, 사전 준비를 해서 모인 뒤, 최소한의 시간에 마무리해야 합니다.

휴식 취하기

"일이 끝났기 때문에 쉬는 게 아니고 일을 끝내기 위해 쉬어야 합니다." 쉬지 않으면 생산성이 떨어집니다. 생산성이 떨어지는데 억지로 일하는 건 의미가 없습니다. 하루 8시간 일하고, 8시간 자고, 8시간 쉬는 데는 다 이유가 있습니다. 휴식 속에서 새로운 에너지가 나오니, 잘 쉬면 더 잘 일할 수 있습니다. 특히 개발, 소프트웨어, 서비스는 창조의 영역, 즉 창의성과 연결됩니다. 그래서 그냥 무조건 기계적으로 일하면, 창조 능력이 발현되지 못합니다. 휴식을 취해야 창조 능력을 유지할 수 있습니다. 인생은 마라톤입니다. 끝까지 달려야 합니다. 지속 가능성을 생각해야 합니다. 오늘 밤새서 일등 해봤자 소용없습니다. 최고의 컨디션으로 일하고 싶나요? 그러면 휴식을 취하세요. 의도적으로 몰입해서 말이죠.

맥도날드 창업자 레이 크룩의 이야기를 해보겠습니다. 전 세계에 맥도날드 매장을 열었더니 일이 어마어마하게 많았습니다. 해야 할 일이 너무 많아 너무 힘든 시간이지만 견뎌내야 했습니다. 그런데도 레이 크룩은 매일 최고의 컨디션을 유지해 경영에 몰두했습니다. 어떻게 된 걸까요? 답은 숙면에 있었습니다. 매일 밤 잠들기 전에 '나는 오늘 밤에 잠을 정말 잘 잘 거야, 그래야 내일도 전 세계 맥도날드를 운영할 수 있어'라는 주문을 걸었습니다. 이런 노력으로 숙면이라는 선물을 얻은 겁니다. 이처럼 몰입된 휴식을 취하면 더 좋은 컨디션으로 더 많은 일을 해낼 수 있습니다. '무슨 휴식을 몰입까지 하냐'고 생각할 수 있습니다. 조금 모순되게 들리기도 합니다. 그런데 휴식도 시간을 쓰는 행위입니다. 계획을 세워서 몰입해 확실히 쉬어야 효과가 더 좋습니다.

엉망진창 늪에서 벗어나기

시간 관리는 자신의 삶에 대한 확신, 자존감과 연결됩니다. 확신과 자존감이 서 있으면 휴식을 몰입해 즐기는 여유가 저절로 생깁니다. 회사에서는 자신이 하는 일을 좋아하고, 같이 일하는 사람을 좋아하고, 업무 자체도 좋아해야 시간 관리가 잘 됩니다. 그렇지 않으면 업무뿐 아니라 결국 인생에도 좋지 못한 영향을 미칩니다.

일이 잘 안 돌아가면 내 생활과 삶도 엉망진창이 됩니다. 자존감도 떨어지고 시간 관리도 할 수 없습니다. 그냥 쫓겨다니게 됩니다. 시간 관리를 할 수 없는 상황에 처했다면, 휴식을 제대로 취하지 않아서일 수도 있지만, 여러분이 원하는 환경이 아니라서 그럴 수도 있습니다. 시간 관리가 안 되는 현상의 원인을 분석해야 늪에서 탈출할 수 있습니다. 업무를 좋아하고 직업도 좋아하고, 주변 사람들을 좋아해야 워라밸도 지키면서 자존감을 갖고 업무를 하고 시간 관리를 하는 정상궤도에 올라설 수 있습니다.

엉망진창 늪에서 벗어날 3가지 해결책을 알려드리겠습니다. 첫 번째는 자신을 바꾸는 겁니다. 자신을 바꾸는 게 사실 가장 근본 해결책입니다. 세상의 모든 일은 작용과 반작용으로 이루어지므로 자신이 일하는 방식, 생각하는 방식, 역량을 엄청난 노력을 들여 바꿔야 합니다. 두 번째는 직장에서 주변 환경을 바꾸는 겁니다. 일하는 방식과, 조직 안에서 사람들과 지내는지 방식을 바꾸는 겁니다. 마지막 방법은 회사를 바꾸는 겁니다. 그런데 어디에나 문제는 있고 이전과 같은 문제는 반복됩니다. 이직으로 모든 게 좋아질 수는 없습니다. 힘든 일이 있으면 문제를 먼저 해결할 방법을 찾는 게 더 좋습니다. 완전히 새로운 환경에 가도, 문제가 자신에서 기인한 거라면 결국 같은 문제가 또 발생합니다. 자신을 바꾸고 주변 환경을 바꾸고 정 안 되면 직장을 바꿉니다.

제 아버지가 주신 세 번째 교훈을 소개합니다. "인생에서 중요한 것이 뭔지 알아? 지금 삶이 만족스럽니? 결국엔 삶을 만족스럽게 사는 것이 중요하단다." 만족은 주관적인 겁니다. 돈이 많고 직위가 높을수록 더 만족하는 건 아닙니다. 밖이 아니라 나한테서 만족을 얻어야 하는 겁니다. 그래서 저는 세상에 몰입하기보다는 제게 몰입하는 습관을 갖게 됐고, 어떤 일이 잘 안 될 때도 제 자신에게 조금 더 몰입해 문제를 해결하려 애썼습니다. 결국 외부보다 내부를 먼저 보는 습관을 들인 거죠. 30년을 뒤돌아보면 빨리 변하는 IT 업계에서는 밖을 보는 방법보다 나를 성찰하는 방법이 꽤 효과적이었던 것 같습니다.

나만의 시간 관리 비법

제 시간 관리 비법을 공유합니다. 시간은 돈이라고 이야기했죠? 돈 지출을 용도에 따라 세 가지로 분류할 수 있습니다. 첫 번째는 필요spend해서 쓰는 돈, 두 번째는 낭비waste하는 돈, 세 번째는 투자invest하는 돈입니다. 미래를 위해 투자하면 돈은 계속 불어납니다. 시간도 똑같습니다. 시간을 필요한 일을 하는 데 쓸 수 있고, 필요 없는 일에 낭비할 수도 있고, 미래에 투자하는 일에 쓸 수 있습니다. 미래에 시간을 투자하면 계속 새로운 것을 얻게 될 겁니다. 그래서 더 시간을 효율적으로 사용할 수 있게 됩니다. 예를 들어 운동으로 체력을 길러두거나, 좋은 사람들과 관계를 많이 맺거나, 공부를 하거나, 회사 시스템을 개선해서 다음에 일을 더 빨리 할 수 있게 고쳐놓는 일은 투자입니다. 지금 충분히 투자를 해놓지 않으면 나중에 골칫거리가 되거나 골칫거리가 생겼을 때 해결하기 어렵습니다.

30년 커리어패스 단계마다 일, 낭비, 투자에 쓰는 시간 비율을 달리할 수 있습니다. 처음 10년 동안은 필요한 곳에 쓰는 시간이 20%면 됩니다. 낭비를 최소화해서 나머지 시간은 투자에 써야 합니다. 경력의 초기 단계이니까, 열심히 일하면 성장(투자)까지 되는 일을 해야 합니다. 처음 10년에 시간을 낭비하면 이후 20년 직장 생활이 피곤해집니다.

그다음 10년은 일을 더 많이 해야 하니 필요한 곳에 시간을 더 많이 쓰고 성장하는 데 쓰는 시간을 조금 줄입니다. 운동을 안 해놔서 체력이 부족할 수도 있고, 프로세스를 개선하지 않아서 쓸모없는 일을 해야 할 수도 있습니다.

그리고 마지막 10년 차가 되면 어쩔 수 없이 낭비가 점점 늘어나게 됩니다. 사람이 영원히 일에만 파묻혀서 살 수는 없습니다. 체력이 떨어졌으니 휴식 시간이 더 길어져야 합니다. 취미에도 시간을 써야겠죠.

여러분의 일주일은 어떤가요? 일, 낭비, 투자의 비율을 수치화하면 깜짝 놀랄지도 모릅니다. 낭비가 생각보다 엄청 많아서요. 그리고 투자하는 데는 거의 시간을 안 쓰고 있을 겁니다. 투자가 없으면 '5년 후 질문'에 대한 대답이 어두울 겁니다. 낭비가 너무 많다면, 줄이는 게 해결책이죠. 예를 들어 출퇴근 시간이 길다면 직장 근처로 이사를 해봅시다. 재택근무를 활용하는 것도 방법이죠. 회의가 너무 많다면 선별해 참가하는 것도 방법입니다. 측정하고 파악하고 시간을 어떻게 사용할지 목표를 세우세요. 필요한 일에는 얼마를, 투자에는 얼마의 시간을 쓸지 정하면 됩니다. 목표를 세웠으면 계획하세요. 그리고 실천하세요. 반드시 실천하고 싶다면 주변에 알리고, 도움을 청하세요.

시간 관리는 회사뿐만 아니라 인생의 숙제입니다. 공유해드린 방법을 잘 기억하고 여러분의 업무와 삶에 적용해보시기 바랍니다. 준비한 이야기는 사실상 여기가 끝입니다. 마지막 12장에서는 30년 커리어패스에서 얻은 경험을 회사별로 공유합니다.

30년 커리어패스에서
배운 것

저는 이 글을 읽는 대부분의 독자보다 먼저 30년 커리어패스를 밟았습니다. 책 전반에 제가 겪은 30년을 녹였습니다. 끝으로 제가 30년 동안 일했던 회사들을 하나하나 살펴보는 시간을 가져보겠습니다. 제 이야기를 통해 여러분이 지금 회사에서 무엇을 배우고, 다른 회사에서는 무엇을 배울 수 있을지 간접 경험을 하는 시간이 되길 빕니다.

한글과컴퓨터

첫 직장은 '아래아한글'을 만든 한글과컴퓨터입니다. 1993년 입사 당시에는 10명 정도 되는 스타트업이었습니다. 퇴사하던 1999년에는 200여 명으로 규모가 커졌습니다. 단 6년 만에 20배 성장했다고 볼 수 있겠지요. 한글과컴퓨터에서는 개발하는 방법을 배웠습니다. 엔지니어링을 배웠죠.

굉장히 좋은 개발자가 많았습니다. 처음 2년 동안은 좀 어렸을 때라 그런지 철학적인 생각을 많이 했습니다. '일을 왜 할까? 내가 일하는 목적은 뭘까?' 이런 고민에 빠졌죠. 2년 차와 4년 차에 슬럼프를 겪었습니다. 결국 6년 차가 되었을 때 새로운 도전을 해야겠다고 생각하고 미국으로 옮겼습니다.

'나는 왜 일을 하는가?'라는 질문의 첫 대답은 '돈을 많이 주니까'였습니다. 그 당시 다른 직장과 비교할 때 굉장히 대우가 좋았고 스톡옵션도 있었습니다. 그러다 일의 의미를 생각했습니다. '이거 굉장히 중요한 일인데, 한국에 아래아한글이 없으면 어떡해, 나는 국가를 위해서 일하는 거야'라고 의미를 부여하며 일했습니다. 당시 아래아한글은 MS 워드에 맞짱 뜨는 토종 애국 소프트웨어 이미지가 강했습니다. 개도국 시절에는 애국심 마케팅이 잘 먹히기 마련입니다. 게다가 1998년 내놓은 '아래아한글815특별판'은 60만 카피 이상 팔리는 기염을 토했습니다. 기술 + 토종 + 815 애국심 + 파격 가격의 4단 콜라보가 일궈낸 성과였습니다. 당시 조직에 몸담고 있던 저도 토종이라는 사명이 있던 거죠. 그러다가 다시 번아웃이 왔습니다. 마지막에는 관계를 생각했습니다. '같이 일하는 좋은 사람과 함께 일해야지 내가 어떻게 배신하나.' 매번 마음을 다잡으며 일했건만 6년이 지나니까 돈, 의미, 관계 중 어떤 것도 중요하게 느껴지지 않았습니다. 결국은 그만두고 미국으로 건너갔습니다.

미국에서 스타트업

미국에서는 스타트업 두 곳에서 일했습니다. 한 곳에서는 토크센

더 Talksender라는 보이스 메일 솔루션을 개발했습니다. 이 회사는 피봇pivot이라 부르는 변화를 계속했습니다. 제품에 끊임없이 변화를 주고 심지어 회사 이름도 바꿨습니다. 입사할 때는 소프트매직스SoftMagix라는 이름으로 이북 사업을 시도하다가 퇴사할 때 즈음에는 토크센더로 사명을 바꾸고 보이스 메일 솔루션 개발에 주력했습니다. 단기간에 많은 변화를 실행한 회사입니다. 결국에는 매출을 창출하는 의미 있는 솔루션을 개발해냈습니다.

당시 리드 개발자로 일했기 때문에 필요한 일이라면 뭐든 다 했습니다. 정말 많은 일을 하면서 '스타트업이란 무엇인가'를 배웠습니다. 피보팅, 즉 시장의 상황에 따라서 변화하는 것을 배웠습니다. 그래서 '무엇이든 시장에 필요한 것을 만든다'는 생각으로 일했죠. '핵심 가치는 무엇인지', '회사에서 가장 중요한 것은 무엇인지'를 고민했습니다. 핵심 가치는 '빠르게 피보팅한다', 가장 중요한 것은 '신뢰'였습니다. 사명도 바꾸고 주력 제품도 심심치 않게 바꾸는 회사에서 여러분 같으면 계속 일하려 들겠습니까? 회사가 성공한다는 확신, 성공할 때까지 함께 개발한다는 믿음과 신뢰가 있어야 가능한 겁니다. 스타트업이라면 모든 직원이 강한 신뢰를 바탕으로 움직여야 성공합니다. 신뢰가 깨지면 조직이 와해됩니다. 팀 다이내믹스를 다룰 때 이야기했듯이, 지식이 많은 사람을 모으는 게 중요한 게 아니라 사람 사이에 신뢰가 있어야 팀이 제대로 굴러갑니다. 이곳에서는 배운 신뢰에 대한 경험은 제가 이후 직장 생활을 하는 데도 큰 영향을 주었습니다.

이후 저는 핸드스토리Handstory를 창업했습니다. 팜OS와 포켓PC용 모바일 오프라인 정보 브라우저, 요즘 말로는 웹 브라우저 비슷한 것을 만들

없습니다. 이때는 제품에 신경을 많이 썼습니다. 그리고 글로벌로 일을 했습니다. 한국, 일본, 미국에 제품을 출시했습니다. 이때는 사업을 배웠습니다. 매출을 만드는 방법, 직원 채용과 관리 등에서 정말 많은 것을 배웠습니다. 무엇보다 사업이 얼마나 힘든지 알게 됐습니다. 다행히도 제품이 시장에서 인정을 받아서 여러 시도를 해보던 중 M&A되어 저는 자연스럽게 다음 직장으로 이직하게 되었습니다. 저는 우연히 출구를 찾았습니다만, 이 글을 읽는 분 중 스타트업에 관심이 있다면 출구 전략을 반드시 미리 세워두기 바랍니다. 제품으로 크게 성공을 하고 매출을 계속 낼 수도 있고, 매출이 적게 나더라도 상장을 하거나 큰 투자를 받아서 미래를 위해서 계속 달려볼 수도 있습니다. M&A도 훌륭한 출구 전략입니다.

블리자드

다른 일을 해보고 싶었습니다. 게임을 좋아하던 터라 블리자드 행을 택했습니다. 많은 게임사 중에서 블리자드를 선택한 이유는 재밌는 게임을 만드는 비법이 궁금했기 때문입니다. 2004년 당시는 〈워크래프트〉, 〈스타크래프트〉, 〈디아블로〉가 연이어 대히트를 친 이후였습니다. 아마 누구라도 궁금했을 겁니다. 입사하고 보니 이유는 단순했습니다. 능력 있는 사람들이 열심히 일하는 게 전부였습니다. 열심히 일한 이유는 좋은 비전이 조직 문화로 정착되었기 때문입니다. "최고로 재밌는 게임 경험을 제공하는 데 최선을 다한다." 게임을 좋아하는 프로그래머 베테랑에게 이와 같은 비전은 매력적일 수밖에 없습니다. 베테랑들이 재밌는 게임을 만들고자 열심히 일할 때 회사는 개발에 전념할 수 있게 모든 것을 지원해주면 그만입니다. 저도 많은 일을 했습니다. 〈월드 오브 워크래프트〉에 스트리밍을 추가하고, 배틀넷 데스크톱 앱을 개발하고, 〈하스스톤〉을 출시했습니다. 블리자드에 12년이나 근무했습니다. 2004년 입사 당시 100명 규모였는데, 2016년 퇴사 당시에는 5,000명이 근무하는 회사로 성장했습니다. 블리자드가 초고속 성장을 할 때 저 역시 개발자로서, 관리자로서 성장했습니다.

12년은 긴 시간입니다. 처음에는 개발팀에서 개발자로서 일했습니다. 회사 공용 라이브러리를 만들고, 레거시 게임을 업데이트했습니다. 이때 〈스타크래프트〉에 미니맵 미리보기 기능을 만들어넣는 과제가 있었는데, 원래 개발 계획에 없었지만 야근을 해서 한글 지원 기능을 넣었던 기억이 있습니다(제 스스로 자랑스러워하는 개발입니다). 〈스타크래프트 : 고스트〉의 엑스박스와 플레이스테이션 2용 한글 출력 라이브러리도 만들었습니다. 메모리가 부족해서 점을 찍어가며 만든 글꼴과 코드 모두 합쳐서 5K 미만의 인생 코드를 만들었죠. 아쉽게도 게임 출시 취소로 인생 코드는 빛을 보지 못했습니다. 〈월드 오브 워크래프트〉의 엄청난 성공으로 회사가 커지면서 관리자로서 매니지먼트, 조직 문화, 사업, 매출을 고민하며 일하게 되었습니다. 마지막에는 하스스톤팀에서 플랫폼/도구 쪽 개발 팀장을 하면서 프로젝트 리드와 테크니컬 리드 역할을 수행했습니다.

관리자로 활동하면서 결국 '사람이 제일 중요하다'는 사실을 깨닫게 됐습니다. 회사는 사람이 전부입니다. 사람이 좋으면 회사도 좋고 사람이 아쉬우면 회사도 아쉽습니다. 사람이 핵심이라는 답변을 얻게 되니 사람을 움직이는 조직 문화에 자연스럽게 관심이 쏠리게 됐습니다. 워낙 역량 있는 직원이 많았기 때문에, 역량 있는 사람이 협동하고 대화하고 빠르게 움직이는 걸 옆에서 지켜볼 수 있었습니다. 눈에 보이지는 않지만 그들을 움직이는 힘인 핵심 가치와 조직 문화를 개선하는 데 시간을 할애했습니다. 좋은 사람을 단순히 채용하는 것만으로는 안 되고, 좋은 문화를 만들어야 한다는 것을 깨달았습니다. 정말 바쁜 개발 일정이었지만, 열심히 팀원들을 면담하고, 매주 금요일 점심에는 피자를 먹으며 한 명씩 업무와 상관없는 새로운 기술을 발표하는 점심 테크 세미나 등 팀 내 교육 프로그램들을 만들고, 애자일 방법론인 스크럼을 도입했습니다. 2주마다 서브팀들의 프로젝트 결과를 발표하는 데모 데이를 만들어 작은 성공을 축하했죠. 그 외에도 다양한 변화를 주어서 살아 움직이는 조직을 만들고자 노력했습니다.

넥슨

미국 생활을 오래 하고 나니 한국에 돌아가서 프로젝트 리더로서 관리자로서 배운 것을 공유하고, 멋진 프로젝트를 맡아보고 싶다는 생각이 들었습니다. 그래서 넥슨으로 갔습니다. 넥슨에서는 글로벌 PC 게이밍 플랫폼, 모바일 게이밍 플랫폼 등을 만들었습니다. 한국과 미국을 오가면서 일했습니다. 플랫폼 본부라는 큰 조직에 속한 미국에 있는 팀과 한국에 있는 팀을 동시에 관리했습니다.

미국 팀은 새로 생긴 조직입니다. 주로 채용하고 사람들에게 에너지를 주는 피플 매니저 역할을 수행했습니다. 신규 직원을 뽑으면 일주일 뒤에 점심을 먹으면서 회사의 모든 비전을 설명하며 열심히 일할 수 있게 격려

했습니다. 한 번은 신입사원이 "부본부장님은 무슨 일을 하나요"라고 질문했습니다. 제가 한참 생각을 하다가 "hiring and cheering을 한다"고 대답했습니다. 좋은 사람을 뽑아 에너지를 주는 사람이라는 대답입니다. 높은 사람은 이 두 가지만 잘하면 직원이 알아서 움직이고 결과적으로 회사가 알아서 돌아갑니다. 제 노력이 헛되지 않았는지 실제로 미국 조직은 알아서 잘 돌아갔습니다. 반대로 최고 관리자가 채용에 신경을 안 쓰고, 비전과 에너지를 주는 데 힘을 쓰지 않으면 어떻게 될까요? 대리나 팀장처럼 일하면 어떻게 될까요? 대리나 팀장처럼 일하는 관리자는 마이크로매니징을 하면서 본인이 아니면 제대로 돌아가는 게 없다고 생각합니다. 신뢰 결핍의 전형적인 행태입니다. 관리자가 스스로 신뢰를 무너뜨리면 직원 사이의 신뢰도, 직원과 회사 사이의 신뢰도 무너집니다. 마이크로매니징은 당장 성과를 낼 수 있을지는 몰라도, 자율성을 훼손해 조직을 절벽으로 몰아넣습니다.

한국 조직에는 원래 있던 레거시 프로젝트가 많아서 옛 제품들을 바꾸는 데 신경을 많이 썼습니다. 개발 조직도 계속 변화시켰고, 옛 제품에 쓰인 옛 기술을 새 기술로 바꿨습니다. 제품 자체가 옛것이라 변화를 주는 데 2년이 넘게 걸렸습니다. '변화란 무엇인지, 변화를 만들기가 얼마나 어려운지'를 몸소 체험했습니다. 아쉬운 일이 하나둘이 아닙니다만, 가장 아쉬운 점은 변화를 이끄는 방법이었습니다. 당시에 저는 "우리는 모든 것을 바꿀 거야. 기술도 바꾸고 제품도 새로 만들고, 개발 조직도 바꿀 거야. 엄청난 변화가 있을 거야"라고 공개적으로 말했습니다. 지금 돌이켜 생각하면 굉장한 잘못입니다. 변화를 선언해버려 역효과가 났습니다. 작은 변화를 조금씩 만들었어야 했는데 말입니다. 그냥 선언을 해버리니,

변화의 절반을 실패하고 시작한 겁니다. 조직, 조직 문화, 일하는 방식에 변화를 어떻게 이끌어야 하는지 배우는 시간이었습니다. '지속 가능한 작은 변화Small Changes that Last'를 계속 만들어가야 한다는 사실을 깨닫게 되는 시간이었습니다.

삼성전자

큰 기업에서 일하고 싶어졌습니다. '한국에서 소프트웨어 엔지니어가 가장 많은 곳이 어딜까' 생각했습니다. 당연히 삼성전자죠. 어마어마하게 큰 회사니까요. 삼성전자는 전 세계에서 30만 명이 일하는 큰 회사입니다. 소프트웨어 엔지니어만 5만 명 규모입니다. 삼성전자 무선사업부에서 광고 사업을 총괄하면서 개발과 비즈니스 업무를 수행했습니다. 바닥부터 새로 만든 조직이었지만 1년 반 만에 한국, 미국, 인도에서 150여 명이 같이 업무하는 조직으로 커졌습니다. 모든 분이 열심히 일해주신 덕분에 성과도 좋았습니다.

삼성전자에서 무엇을 배웠냐고 물어보면 저는 인생을 배웠다고 말합니다. 조금 모순적으로 들릴 수도 있겠습니다. 이전까지는 일, 기술, 제품, 관리에 신경을 썼는데, 삼성전자에 있는 동안은 직원과 많은 이야기를 나눴습니다. 한 사람 한 사람의 삶과 생각을 알아가며, 사람들이 원하는 것을 관리자로서 지원해주고 싶다 생각했습니다. 각 사람의 인생을 생각하며 시간도 많이 쏟았습니다. 큰 조직이 한 몸처럼 움직이려면 얼라인먼트 해야 합니다. 사람이 워낙 많으니까요. 대화를 많이 해서 조율해야 합니다. 스타트업에 있을 때는 모두가 달려가는 느낌이었다면, 여기에서는 많은 대화를 통해 얼라인먼트되는 느낌이었습니다. 당연하지만 조직이 크니 스타트업에 비해 느립니다. 하지만 대기업은 느려도 우직하고 묵직하게 나아가기 때문에 큰 일을 할 수 있습니다. 대기업이 하는 일은 전혀 다릅니다. 삼성전자에서 많은 사람과 대화하면서 저마다의 인생, 삶을 느꼈습니다. 관리자로서도 많이 성장했습니다.

대기업에서 일하는 것도 좋았습니다. 그런데 다시 작은 팀에서 기민하게 일하고 싶다는 생각이 들었습니다. 블리자드도 처음에 들어갔을 때는 작았지만 규모가 커졌고, 이후 넥슨, 삼성전자를 다니다 보니, 작은 스타트업에서 빠르게 일하고 싶다는 욕망이 생긴 거죠. 기술에 더 집중하는 회사에 가고 싶다는 생각도 들었습니다. 그래서 제가 하던 광고 일과 연결해, 몰로코라는 글로벌 애드 테크 회사로 옮겼습니다.

몰로코

마지막으로 몰로코 이야기를 할 차례군요. 몰로코는 시가총액 1조가 넘는 유니콘 회사로 머신러닝 기반의 광고 플랫폼이 주력 제품입니다. 스타트업 조직 문화가 잘 잡혀 있어서 각자 알아서 일을 잘합니다. 저는 제 일만 열심히 하면 됩니다. 자기 할 일만 하면 되는 회사는 굉장한 회사입니다. 모두가 잘한다는 뜻이니까요. 말장난 같지만 나만 잘하면 되는 팀과 내가 잘해야 하는 팀 중에서 어느 팀이 좋을까요? 나만 잘하면 되는 팀이 훨씬 힘들고 어렵지만 더 많이 성장할 수 있습니다. 몰로코는 머신러닝, 인공지능 기술을 활용합니다. 현시점에서 가장 핫한 기술이라 배울 게 많습니다. 그래서 저는 지금도 성장하고 있습니다.

'플랫폼의 정의가 무엇인가?'라는 질문을 가끔 받습니다. 비즈니스 세계에서 플랫폼은 다른 회사들이 돈 벌 수 있게 도와주는 기반입니다. '몰로코 엔진'이라는 플랫폼이 있습니다. 몰로코가 기술을 공급하고 다른 회사가 기술을 활용해 새로운 일을 합니다. 몰로코 엔진은 다른 회사가 광고 사업을 해서 매출을 내게 돕습니다. 제가 하고자 했던 일입니다. 책을 써서 개발자와 스타트업을 돕고, '플랫폼으로 다른 회사를 도우면 되겠네' 그래서 플랫폼 회사인 몰로코에 입사하게 되었습니다. 생각대로 되었는지는 조금 더 시간이 흘러야 알 수 있습니다. 아직은 저도 모릅니다. 그냥 계획대로 꾸준히 걸어갈 뿐입니다.

개발자
고민 상담 119

Q. 얼마나 오래 공부해야 하나요?

주제당 6개월은 해야 합니다. 수박 겉핥기는 필요가 없습니다. 다른 사람을 가르칠 수 있는 정도로 공부해야 시간이 지나도 써먹을 수 있습니다. 업무에 필요한 것만 잠깐 공부하고 사용하면 다 잊어버립니다. 확실하게 파세요. 인터넷에서 코드를 복사/붙여넣기해 대충 돌아가는 것만 확인하지 말고, 책으로 공부하세요. 책을 처음부터 끝까지 다 읽어야 합니다. 그러고 나서 실무자를 만나서 이야기를 나눠봐야 합니다. "제가 이런 걸 공부하는데, 어떤 기술을 쓰세요? 요즘 뭐가 유행인가요? 제가 어떻게 공부해야 하나요?" 이렇게 물어보세요. 책으로 배우고, 사람을 만나 한 번 더 배우면 오래도록 남습니다. 역량은 몰입한 시간에 비례해 축적되는 겁니다.

여럿이 하는 공부는 효과적입니다. 블리자드에 있을 때 스터디 클럽을 만들어 책 한 권을 같이 읽고 매주 한 시간씩 모여서 토론회를 했습니다. 함께 공부하면 서로에게 도전이 됩니다. 가능하면 기획자, 아티스트, 비즈니스 담당과도 함께 공부하기 바랍니다. 마케팅도 공부하세요. 사내에서 공부하는 분위기를 만들어야 합니다. 나 혼자 잘 되는 게 아니라, 회사가 잘 돼야 좋습니다. 옆사람에게 "나 이런 공부하는데 같이 공부해볼래요?" 물어보세요.

5년이라는 시간이 기술에 국한해서만 긴 시간이 아닙니다. IT를 활용하는 비즈니스에서도 긴 시간입니다. 당근마켓, 마켓컬리, 배달의민족, 야놀자, 토스 같은 서비스를 지금은 누구나 사용하지만 5년 전을 생각해보면 그렇지 않을 겁니다. 심지어 5년 전에 세상에 없던 서비스도 있죠. 오늘날 비즈니스는 IT 기반이므로 개발 직군이 아닌 사람도 기술 관련 공부해야 합니다. 비즈니스 그림을 그릴 때 IT 이해도가 높으면 더 혁신적이면서 더 현실적인 구상에 도움이 됩니다. 허황된 기술로 채워진 비즈니스 그림은 아무짝에도 쓸모가 없죠.

따라서 개발자는 한 배에 탄 비 개발 직군의 성장을 도와줘야 합니다.

Q. 인공지능이 개발자를 삼킬까요?

개발자의 미래는 굉장히 밝습니다. 업계는 계속 발전하고 시장은 계속 커져 할 일이 늘고 있습니다. 수요가 늘고 더 좋은 대우를 받게 될 겁니다. 제가 게임 회사 출신이라 게임 개발 이야기를 많이 하지만 심지어 군대에서도 개발자가 필요할 정도입니다. 세계적으로 소프트웨어 산업은 어마어마하게 크고, 정말 많은 곳에서 필요로 하므로 개발자의 미래를 걱정할 필요는 없습니다.

즐겁고 재밌게 할 수 있는 분야를 찾아서 역량을 키우세요. 그러면 개발자 대환영이라는 큰 물줄기를 타고 커리어 30년을 성공리에 보낼 수 있을 겁니다. 한 지인이 처음에는 신용카드, 그다음은 핀테크, 현재는 증권사 투자 관리 소프트웨어를 개발합니다. '금융'이라는 큰 물줄기에서 다양한 경험을 하는 것이지요. 또 다른 지인은 IT 회사 개발자인데 의류업체에서 데이터 분석가로 스카우트했습니다. 산업 전반에서 개발자를 찾고 있습니다. 어떤 일이라도 해낼 수 있는 역량을 갖추면 이런 일이 생깁니다.

인공지능이 핫합니다. 인공지능 때문에 개발자라는 직업이 없어질까 두려우신가요? IBM 왓슨이 의사를 정리해고시킬 거라 불안해했지만 왓

슨이 병원에서 퇴출되었죠. 인공지능으로 이력서를 거르던 아마존은 2018년 AI 채용 프로그램을 폐기했습니다. 여성 지원자에 편견을 보였거든요. MS 인공지능 테이는 24시간 만에 인종차별 발언으로 오프라인 상태로 격리되었죠. 인공지능이 작곡하고, 그림을 만들지만, 그럼에도 과거의 데이터를 기반으로 학습하므로 후행적 창조에 머물게 됩니다. 산업 혁명 때문에 농부가 다 굶어 죽었나요? 기존에 없던 새로운 직업이 탄생하고 더 많은 고용과 부를 축적할 기회가 생겼죠? 인터넷은 어떤가요? 인공지능도 마찬가지입니다. 후행적 창조 능력이 먹히는 단순 반복되는 업무나 코딩이라면 개발자 자리를 인공지능이 대체할 수도 있습니다. 하지만 선행적 창조 능력을 발휘하는 개발자의 모든 업무를 인공지능이 대체하는 날은 이번 생에 오지 않을 겁니다.

본인이 직접 변화를 만들고 싶다면 인공지능 분야에 도전해보시기 바랍니다. 어렵지만 정말 재미난 분야입니다!

Q. 임베디드 소프트웨어를 개발합니다. 확장이 좀 어렵네요.

임베디드는 특수한 영역에 속합니다. 주로 C 언어나 어셈블리어를 사용하죠. 개발자가 많지 않아 당장의 안정성은 높습니다만 수요도 많지 않아 이직할 곳이 별로 없죠. 그렇다고 당장 직업을 때려치울 수도 없죠. 이럴 때는 나만의 프로젝트에 퇴근 후 시간을 투자하는 수밖에 없습니다. 개발자는 평생 공부하는 거라고 했죠? 공부하고 가능하면 완성도 높은 결과물을 내놓아야 합니다. 그리고 깃허브와 블로그에 결과물을 공개하는 거죠. 그러면 기회가 올 겁니다(임베디드 소프트웨어의 미래가 어둡다는 이야기를 하는 건 아닙니다. 분야를 바꾸고 싶은 분께 말씀드리는 거예요).

직원 교육에 돈을 많이 쓰는 한 회사가 있습니다. 어느 날 재무 담당자가 사장에게 "직원들이 공부해서 성장한 다음에 회사를 나가면 어떻게 하냐"고 걱정을 늘어놓았답니다. "직원들이 공부하지 않아 뒤쳐지면, 시간이 지날수록 점점 바보가 될 텐데, 그 사람들이 회사에 남는 게 좋은 건가요?"라고 사장이 답했죠.

<u>재무 담당자</u>	What if they learn and leave?
<u>사장</u>	What if they don't and stay?

교육을 안 시키는 회사의 미래는 없습니다. 생존을 원한다면 회사는 직원을 교육해야 합니다. 직원 역시 마찬가지입니다.

Q. 개발자에게 추천하는 자기계발 활동은 무엇이 있나요?

저는 책 읽기를 굉장히 좋아합니다. 주로 기술, 비즈니스 매니지먼트, 인문학 서적을 봅니다. 프로젝트 관리, 소프트웨어 매니지먼트, 소프트웨어 공학, 비즈니스 매니지먼트 주제를 챙겨봅니다. 직무랑 상관은 없지만 여행서나 시집, 말하기, 글쓰기 책도 봅니다. 이렇게 세 종류 책을 동시에 읽습니다. 시간을 내기 어려우니까 오전에는 기술, 오후에는 매니지먼트, 자기 전에는 인문학 책의 1개 장을 읽습니다. 달에 분야마다 1권씩 총 3권을 읽으려 노력합니다. 주니어라면 더 읽어야 합니다.

다시 말씀드리지만 웹보다 책이 훨씬 좋습니다. 책을 읽고 나서는 전문가를 만나세요. 리액트를 잘하고 싶다면 리액트 책 한 권을 읽고, 전문가를 찾아가서 잘 모르겠는 것과 더 배워야 할 것을 물으세요. 어떻게 고수가 되었는지 비결도 물어보세요. "어떻게 그렇게 잘하세요?"라고 물으면 1시간 동안 열심히 자랑을 할 겁니다. 자연스럽게 더 공부할 내용을 알게 됩니다.

책을 읽고, 사람을 만나면 빠르게 성장할 수 있습니다. 거기에 익힌 내용을 활용해서 개인 프로젝트를 시작해보세요. 다만 이런 활동에는 시간이 많이 듭니다. 책을 읽어야지, 사람을 만나야지, 또 개발해야지, 회사 일도 해야지. 결국 시간이 부족합니다. 그래서 시간 관리를 잘하는 사람이 모든 걸 잘하게 됩니다.

Q. 임베디드 개발자, 애플리케이션 개발자, 게임 개발자에 어떤 차이가 있나요?

사용하는 기술, 개발자 성향, 시장도 다릅니다. 하지만 개발자의 본질은 같습니다. 미션을 해결할 최고의 선택을 하고 완수하는 거죠. 영원히 임베디드 개발자라는 생각은 버립시다. 다른 분야도 알아야 합니다. 애플리케이션 개발자도, 게임 개발자도 마찬가지입니다. 게임 회사에서 게임 회사로만 옮기면서 살 수도 있지만, 게임 회사에서 서비스 회사에 갔다가, 증권 회사에 갈 수도 있는 겁니다. 개발자라는 본질에서 크게 봅시다. 예를 들어 넥슨에서 인공지능으로 몬스터를 만들다가, 야놀자에서 인공지능 추천 시스템을 만들 수 있습니다. 우리나라는 BTS 보유국입니다. 오늘날 비즈니스는 기술과 창조가 융합되고 흐릅니다. 개발자라는 본질에서 가장 중요한 건 기술과 창조의 융합입니다. 두 마리 토끼를 놓치지 마세요.

Q. 상사의 코드를 리뷰하려니 부담됩니다.

개발자와 개발자는 한 사람 한 사람이 동등하다는 생각을 가져야 됩니다. 프로페셔널 세계입니다. 야구로 생각해볼까요? 야구단 안에 선후배 관계가 있긴 하지만 각자 위치에서 1루수는 1루 일을 하고, 3루수는 3루 일을 합니다. 3루수가 어떤 일을 잘못할 때 1루수가 조언을 해줄 수 있겠죠. 이런 개념입니다. 개발자들도 자기가 맡은 일을 하면서 서로 도우며 협업하기 때문에, 누구에게든 부담 없이 이야기할 수 있어야 합니다. '한 사람 한 사람이 전문가. 자신의 일은 자신이 해낸다'는 자존감을 가지고 일해야 합니다.

2002년 월드컵 4강 신화를 쏘아 올린 거스 히딩크가 한국 감독으로 부임해 필드에서 존댓말을 없앤 일화는 다 아시죠? "홍길동 선배님 이쪽으로 공을 패스해주시겠습니까?"와 "홍길동 패스!" 어때요? 의사 전달에서 실제로 공이 패스되기까지 드는 시간이 짧아지겠죠? 실점 위험과 득점 기회가 공존하는 필드에서는 빠른 의사전달이 무엇보다 중요합니다. 우리가 뛰는 IT 개발 필드도 마찬가지입니다.

정답을 제공해야 한다는 부담감을 버립시다. "홍길동 패스!"를 외쳐 받은 골을 놓치거나 빼앗기거나 헛발질해 노골이 되는 건 비일비재합니다. 그동안 쌓은 기량을 발휘해 면밀히 살펴 의견을 남기세요. 좋은 상사라면 좋은 의견을 수용하고 그렇지 못한 의견은 왜 수용하지 않았는지 이유를 알려주어 후배의 발전을 도울 겁니다. 서로가 온전한 조언을 주고받을 수 있어야 팀 전체가 성장하고 프로젝트를 진정 성공적으로 완수할 수 있습니다.

스스로 30년 커리어패스를 설계하세요

30년 커리어패스를 처음 10년은 성장하는 시기, 두 번째 10년은 본격적으로 일하는 시기, 마지막 10년은 안정적으로 서포트하고 다른 사람을 돕는 시기(또는 경영과 사업의 시기)로 잡았습니다. 이미 시니어 개발자가 된 15년 차 이후부터는 개발 능력을 더 키워서 개발자로 남거나, 사업을 하거나, 관리자가 됩니다. 20대 중후반에 직장에 입사해 마흔 초중반이 되는 시기죠. 현업에서 개발하는 게 소원이면 남은 15년을 고급 개발자로 살면 되고 다른 일을 원하면 관리자나 CTO 길을 가면 됩니다.

물론 딱 세 가지 길만 있는 건 아니죠. 회사에는 다양한 역할이 있습니다. 15년 차 이후에 개발 커리어를 쌓지 않아도 됩니다. 직군을 바꾸더라도 개발 경력은 도움이 됩니다. 특히 프로덕트 매니저라든지, 프로젝트 매니저를 한다면, 개발 경험이 많은 도움이 됩니다. 영업을 하더라도 기술 영업에서는 기술 지식이 굉장히 중요합니다. 개발자로 30년을 채우겠다고 생각하는 것도 좋지만, PM이나 영업으로 바꿔보는 것도 좋습니다.

사내 여러 직군을 고려해 본인의 성향을 파악해보세요. 성향에 따라 창업을 생각할 수도 있을 겁니다.

향후 진로를 정하려면 본인이 지금 어디에 있는지, 앞으로 어디까지 갈 건지, 어떤 일을 하고 싶은지 스스로에게 질문하면서 정리해야 합니다. '이대로만 하면 이렇게 살 수 있다' 이런 정답은 없습니다. 지금까지 알려 드린 제 이야기는 과거에 통했던 옛이야기입니다. 세상은 빠르게 변합니다. 저에게는 통했지만 여러분에게 안 통하는 기술이 있을 겁니다. 여러분 스스로 커리어패스를 설계할 줄 알아야 합니다. 단계를 나누고 각 단계별로 집중할 것과 투자할 목록을 적고 실천하는 거죠. 그때 제 이야기를 참고 삼으면 됩니다. 인생은 자신이 결정하는 겁니다. 제가 했던 이야기들이 여러분의 상황을 고민하고 점검하는 기회가 되기를 바랍니다.

커리어패스를 설계할 때는 목표 위주로 설계해야 합니다. 결과 위주로 설계하면 안 됩니다. 목표와 결과가 비슷하게 보여도 둘은 분명히 다릅니다. 예를 들어 결혼은 목표일까요 결과일까요? 돈은 목표일까요 결과일까요? 행복하게 사는 게 목표이고 그러다 보니 결혼이라는 결과가 나올 수 있는 거고, 훌륭한 개발자가 되는 게 목표이다 보니 돈을 많이 벌게 됐다는 결과가 나올 수 있습니다. 목표는 자신의 역량을 키우는 것이었는데, 결과로 승진을 하게 되는 겁니다. 정말 훌륭한 개발자가 되려고 했는데, 결과로 보너스를 많이 받을 수도 있죠.

과연 이것이 목표가 맞는지 아니면 목표를 향해 가다가 나온 결과인지 점검하세요. 목표를 명확하게 세팅하면 더 많은 것을 설계할 수 있습니다.

마지막으로 자신의 미래를 결정하는 '5년 후 질문'을 다시 보여드립니다.

- 이 회사는 5년을 갈 것인가?
- 나는 5년 후에도 이 회사에서 일하고 있을 것인가?
- 5년 후에 내가 이 회사에 아직 있다면, 나는 무슨 일을 하고 있을 것인가?

다른 길도 많지만 가능하면 30년 동안 업계에서 활약하는 개발자가 되길 개인적으로 바라봅니다. 그런 개발자들이 많아야 IT와 창조 능력이 시너지를 발휘하여 대한민국 미래가 더 밝아지지 않겠습니까?

감사의 말

머릿속 생각을 정리해서 말로 꺼내는 일이 쉽지 않았습니다. 개발자로서 경험을 지난 십여 년간 강연으로, 컨설팅으로, 코칭으로 적지 않은 분과 공유했습니다. 우연한 기회로 패스트캠퍼스에서 온라인 강의로 정리하고, 다시 책으로 옮겼습니다. 생각과 말을 글로 정리하는 일이 얼마나 힘든지 체감하게 되었습니다.

책으로 써 보자고 권유해주신 최현우 편집자께 먼저 감사를 드립니다. 비록 내용은 제 머리에서 나왔겠지만 독자에게 드리는 험난한 과정은 편집자님 공으로 돌립니다.

이 책이 나오기까지 열심히 응원해준 가족, 특히 눈에 넣어도 아프지 않을 아이들 예순, 예지, 예도의 밝은 미소 덕분에 무사히 책을 마무리하게 되었습니다. 세상을 살면서 많은 분에게 빚을 지면서 살고 있다고 항상 생각하는데, 부족한 이야기를 책으로 내다보니 더욱 많은 분께 빚을 지는 느낌입니다. 이 책이 대한민국 개발자분들께 조금이라도 도움이 되기를 바랍니다. 감사합니다.

개발자로 살아남기

한글과컴퓨터, 블리자드, 넥슨, 삼성전자, 몰로코 출신 개발자의
30년 커리어패스 인사이트

초판 1쇄 발행 2022년 01월 01일
초판 3쇄 발행 2022년 11월 01일

지은이 박종천

펴낸이 최현우 · **편집** 최현우, 이복연
디자인 표지 내지 min. · **조판** 이경숙

펴낸곳 골든래빗(주)
등록 2020년 7월 7일 제 2020-000183호
주소 서울 마포구 신촌로2길 19, 302호
전화 0505-398-0505 · **팩스** 0505-537-0505
이메일 ask@goldenrabbit.co.kr
SNS facebook.com/goldenrabbit2020
홈페이지 goldenrabbit.co.kr

ISBN 979-11-91905-11-3 93000